文春文庫

# 僕のなかの壊れていない部分

白石一文

# 僕のなかの壊れていない部分

## 1

十一月十日土曜日、僕と枝里子は京都へ行った。

日中からとても寒い一日で、夕方六時発の「のぞみ」に乗ったのだが、東京駅の新幹線ホームで北風に吹かれて枝里子を待っているあいだに身体がすっかりかじかんでしまうほどだった。

その日は僕の二十九回目の誕生日だった。

しかし、この小旅行は、僕の二十代最後の年の始まりを共に迎えるというイベントだったわけではない。二人の休みの都合がついたのがその週末であり、それがたまたま誕生日に当たっていただけのことだ。

京都駅に着いたのは午後八時十四分。

それからタクシーで移動し、河原町にある古いホテルにチェックインすると、街の夜景を一望におさめる展望レストランで、僕たちは初めての旅行を記念して乾杯した。

残念な話だが、枝里子にとっての僕はすでに二十九歳であり、この夏には高価そうなサマーセーターもプレゼントされていたから、誕生日のお祝いをしてもらうことはできなかった。

なぜそんな馬鹿なことになっているかといえば、昔から僕には話のついでにささいなウソをついてしまう習癖があるからだ。

枝里子と知り合った最初の頃、よくあることだと思うが、互いの星座の話になって、僕はつい出来心で枝里子の星とめぐり合わせのよい夏の星座を誕生日に選んでしまった。いつかまた話のついでに訂正したいとは思っているのだが、案外そういう小さな好意的ウソひとつでも、事実でないと知ると妙に本気になって考え込む人も多いので、何となく無駄な気が働いて本当のことがまだ言えないでいる。

それに、この旅行はそもそも僕のささやかな悪意の産物でもあった。

旅行はすべて僕が企画し、車中での検札も勝手に済ませたので、枝里子は駅に着くまで目的地を知らないままだった。だから、京都駅で降りるとき彼女はちょっと困惑の色を見せた。丁寧に観察していたので、普通なら決して気づかないだろう、そういう幽《かす》かで瞬間的な表情や物腰の変化を僕は見逃しはしなかった。

ホテルで食事しながら、

「明日はどこを回ろうかな」

僕は枝里子に訊《たず》ねた。

「きみは京都は詳しいの？」

「ぜんぜん。だから、あなたにまかせるわ」

と、ここでも枝里子はやや目を逸《そ》らすようにした。

「そう。だったら明日は僕がじっくり京都案内してあげよう。紅葉もそろそろ盛りだろうしね。京都は学生時代によく遊びに来たんだ」

「そうなんだ、初めて聞いたわ」

「まあね」

アルバイトに明け暮れた学生時代に、僕が京都なんかに遊びに来れたはずもなかった。

「だけどさ、きみの方が詳しいのかと思ってた」

「どうして？」

「だって、撮影なんかでよく来てるんじゃないかと思って」

「そんなことないわよ。たまーにって感じだし、仕事のときはほとんど日帰りで、ろくに街を歩いたりしないもの」

「ま、そりゃそうだね」

僕は頷《うなず》いた。

実のところ枝里子は最近まで京都に頻繁に来ていたはずだった。

二年前に別れた恋人が京都に住んでいるのだから。

その元恋人は売れっ子のグラフィックデザイナーで、ここ数年ずっと京都芸大の講師を務めながら、たくさんの媒体に作品を発表しつづけている。麩屋町《ふやちょう》あたりの古い町家を一軒借り上げてアトリエとし、優雅な芸術生活を嗜《たしな》んでいるのだ。ちょくちょく雑誌やテレビにも登場して京都暮らしの蘊蓄《うんちく》など語っているから、僕と同じくらいの年回りのくせにちょっと小太りであごひげなどたくわえた、そのいかにもの容貌と雰囲気は否応なしに目につく。

といって、僕は別に彼のことが嫌いなわけじゃない。話したこともなければ直接顔を見たこともない相手を好きにも嫌いにもなれるはずがない。

ただ、こんな男と三年近く恋愛関係にあった枝里子のことは、「どうかしている女だな」と内心で思っている。

枝里子はまだ僕たちが寝るようになる前に、質問に答えて、

「前の人とは一年前に別れたの。三年近く付き合ってたけど」

と言った。

「そのモト彼は何やってる人だったの」

そう言うと、

「モト彼なんて言い方しないで。嫌な言葉だわ。それに、もう思い出したくもないの」

むろん僕はそれ以上は詮索《せんさく》しなかったし、以来その元彼のことを訊ねたことはない。

しかし、本人に質《ただ》さないからといって、その別れた彼氏のことに僕が特段の興味を持っていないなどとどうして言えるだろうか。いやむしろ、そうやってあっさりと引き下

がったからこそ、僕が、三年ものあいだつづいた二人の関係に対して執拗《しつよう》な関心を払っているに相違ないと彼女は推量すべきではなかろうか。

僕たちは似たような業界に住んでいる。僕の仕事からして、相手の男を割り出すくらいは雑作《ぞうさ》もないことは彼女だって分かっているだろうに。

そしてこうやって、わざわざ初めての旅先に京都を選び、ほとんど悪質とも言えるあてこすりをしているというのに――。

おいしそうに料理を口にしながら、枝里子はまったく気づいていない風をしている。

だが、彼女は気づいているのだ、と僕はじっくり考えて思う。

胸のうちでいまは冷や汗をかき、明日の朝になれば、そんな僕のことを彼女はきっと哀れんでくれるにちがいない。

枝里子はそういう優しい人だ。

次の日、僕たちは京都見物などしなかった。

ホテル近くのレンタカーショップで車を借りて、僕は滋賀県の彦根に向かった。

京都市街を抜けて山科《やましな》あたりまで来たところで枝里子が、

「なんだか、京都から離れてるみたいだけど」

と怪訝《けげん》そうな声を出す。

「気が変わったんだ。京都はやめにして、彦根城でも見に行こう」

「どうして」

「どうしてって、きみに感傷的になられても困るしね」

路肩に急に車を駐《と》めて、僕は助手席の枝里子に顔を向けた。

「それに、きみだって昔の男にばったり出会ったりしたら気まずいだろう」

彼女はすこし黙って、僕の顔を見つめ返し、

「きっとそんなことだろうとは思ったけど、やっぱりわざと京都を選んだのね」

そう言って小さなため息をついた。

「だけど、ずいぶん手が込んでるっていうか、どうしてわざわざそんなことまでするのか私には理由が分からないわ」

僕はそこでやにわにクラクションを思い切り鳴らしてやった。

枝里子が驚いた顔になる。

「きみが正直にモト彼のことを言わないからさ。だから、こっちが知ってるってことを正直に伝えておこうと思っただけだ」

「何、一人でカッカしてるのよ」

枝里子がおかしそうに笑う。

「あんな男のことなんてもう何とも思ってないし、別にばったり会ったってちっとも構わないわ。考えてみればほんとうにつまらない男だった。あんなのと付き合って大事な時間を無駄にしたのは、つくづく自分が馬鹿だったわよ」

僕はハンドルから手を放して、枝里子の方に身体を寄せる。枝里子が横抱きにしてく

れて、髪を静かに撫《な》でてくれた。

「昔の人のことを気にするなんて全然意味がないと思わない。私はあなたがこれまで誰と付き合ってきたかなんてこれっぽっちも興味がない」

僕は、身体を戻して枝里子をもう一度見る。

「僕はそう思わないね。その人間に対して心から興味があれば、その人の過去をまるごと知りたいと思うのが自然だからね。きみがもし僕の過去の女性関係に興味がないとしたら、それは僕自身に興味がないと言っているのと同じだと思うけどね」

「はいはい」

枝里子がおいでおいでをするので、再び彼女に身体をあずける。

また笑いながら、言う。

「だけど、あなたは私が訊《き》いたって、そんなこと絶対喋ってくれないでしょう」

「当たり前だ」

「だったらどうすればいいの」

そこで、僕は再度身体を起こす。

「勝手に調べればいいのさ」

「あなたみたいに」

「そうだよ」

「そんなことしてどうなるの。調べ上げてあなたに報告するなり、問い詰めるなりすればいいの。そしたらあなたは嬉しいの」

「どうなるとか、ならないとかの問題じゃない。そうやって調べるという行為自体がとても重要なんだ」

「だけど方法がないじゃない。私はあなたの部屋にだって一度も連れていってもらったことがないんだから」

はぐらかすような台詞《せりふ》だが、今度は僕がため息をつく番だった。

「ほんとに面倒くさい人よね、あなたって。だけど、私は私と付き合っているあなたを見てるだけで、あなたのことは十分に分かってあげられるつもりよ。私はそういう自分の目を信じることに決めてるから」

枝里子がいかにも枝里子らしくといった口調できっぱりと言い切った。

琵琶湖大橋を渡り、昼前には彦根に到着した。昨日とは打ってかわって日射しはあたたかく、吹く風もやわらかだった。彦根市役所のパーキングに車を置き、護国神社の脇の鳥居をくぐり、中濠沿いに城の中に入っていった。郭内の楓《かえで》や銀杏《いちょう》はすっかり色づいている。多聞櫓《たもんやぐら》の手前で右に折れ、僕はまず埋木舎《うもれぎのや》に向かった。ここは井伊《いい》家の十四男として生まれた直弼《なおすけ》が十七歳から三十二歳までの不遇の十五年間を過ごした館で、舟橋聖一《ふなはしせいいち》の「花の生涯」の主要舞台の一つとなった場所でもあった。

「井伊直弼学問所」という大きな看板の掛かった表門をくぐると、瀟洒《しょうしゃ》な平屋建ての棟が連なっている。観光客らしい三、四人が棟伝いに、襖《ふすま》や障子《しょうじ》を開け放った室内を竹の柵越しに眺めているだけで、あたりはひどく静かだった。

「やっぱり井伊直弼の住んだところだけあって、立派ね」

感心したように枝里子が言うので、

「このくらいだと、当時としては中級藩士程度の屋敷だよ」

と僕が笑う。

居間には直弼を象《かたど》った等身大のパネルが据えられ、添えられた説明書きをいかにも熱心に枝里子は読んでいた。井伊直弼だの日米修好通商条約だの安政《あんせい》の大獄《たいごく》だの桜田門外の変だの、そんなことにさして関心もあるまいに、と僕は思いながら、その姿を背後から眺めていた。

「花の生涯って読んだことある？」

不意に振り向いて枝里子が言った。

「あるよ」

と僕は答える。

「ほんとに何だって読んでるのね」

「そうでもないよ」

「どんな話なの」

「さあ、それほど印象には残っていないけど、主人公は直弼というよりは、彼の側近で安政の大獄を指揮した長野主膳という人だったな。この二人に村山たかという絶世の美女が絡んで、言ってみれば三角関係小説かな」

「へえー」

そして僕は、「花の生涯」で最も気に入っている一節を思い出し、諳《そらん》じてみせた。

——古い言葉にも、世の人の心を惑わすこと、色欲に如《し》かず、と申すではございませんか。久米の仙人の、もの洗う女の脛《はぎ》の白きを見て、通力を失い、女の髪筋をもて縒《よ》れる綱には、大いなる象もよく繫《つな》がれ、また、女のはける足駄《あしだ》にて作れる笛には、秋の鹿、必ず寄るとか申しまする。女こそ、魔性のもの。滅多に心はゆるせませぬ。

枝里子が呆《あき》れたような顔で僕を見ていた。

「だけど、あなたの頭の中ってどうなってるのかしら。私、いつも思うわ」

「これは村山たかに迷う長野主膳に向かって、京旅籠《はたご》の亭主の和助が見かねて意見する場面なんだけどね。要するに、きみのような人の髪の毛なら鯨だって釣り上がるし、さしずめその履いている靴を両手に持って打ち鳴らしてみれば、きっとパンダだって集まってくるってことさ」

僕は記憶のライブラリーから無理やりデータを引き出したので、頭の芯が消耗したような気がしたが、久しぶりにこの一節を反芻《はんすう》してみて、実に正鵠《せいこく》を射た言葉だとあらためて思った。

女こそ、魔性のもの、色欲ほどに男を惑わすものはない――。

先年マリナーズに行ったイチローが、オリックス在籍時代に愛人と揉《も》め事になり、挙げ句そのセックスを見事に雑誌で暴露されたとき、件《くだん》の愛人が言うには、イチローはいみじくもこんな風なことを呟《つぶや》いたという。

「性欲だけは男は抑えられないんだ」

あの正確無比のバット・コントロールを誇る天才にして、下半身のバットは制御不能なわけだな、と僕はその記事を読んでつくづく感じ入った気分になったが、なるほど美しい女というものは恐ろしく、いまこうやって目の前に立つ枝里子もきっとそうに違いないと思う。

そういえばこの月曜日、或る作家を共に担当にしている某出版社の常務氏と酒を飲んだのだが、彼が言うには、

「ぼくは、毎朝マスターベーションしてからでないと会社に来れないんだよ。もう何年もそうなんだ」

とのことで、「アダルトビデオでも鑑賞しながらやるんですか」と僕が問うと、

「たまにね。まあ、もっぱら寝起きにベッドのなかであれやこれや妄想してやってるよ」

と言った。常務といってもまだ三十八歳だが、いまの僕があと十歳年《とし》をとってもそんな風なのか、と少々げんなりさせられた。村上春樹の「ノルウェイの森」でも主人公が

デートの前にマスターベーションをするという話が出てきたが、僕だって、枝里子と寝ない夜、さらには朋美や大西さんとも会わない日には、よくマスターベーションをやっている。

それにしても、結婚した男たちは、妻に隠れてそれをするのは面倒だろうし、一体どうしているのだろうか、とたまに僕は想像し、妻の方にしても始終家にでもいれば適当に自分で済ませ、場合によっては主婦売春なり流行りの出会い系サイトなりで、色褪《いろあ》せた結婚生活への不満を解消しようとやっきになっているのだろうとも思う。

先週も、原稿取りに出向いた浦和の駅前で拾ったタクシーの五十年配の運転手が、しきりに携帯メールのチェックをしているので訊ねてみると、

「人妻二人いてね。どっちも二十代でね。二十四と六。若い男は怖いからって言って、俺と付き合ってくれてるんだ」

と自慢していた。

「しかし出会い系といったって、歩《ぶ》どまりは悪いでしょう」

さらに訊いてみると、

「そりゃそうですよ。この二人だって、何十人も当たってようやくでしたよ」

彼はちょっと上ずった声で答えた。

彦根城の天守は、かの大隈重信《おおくましげのぶ》が廃城撤去の寸前に視察に訪れ、その威容を惜しみ、わざわざ明治天皇に奏上して残したというだけはあって、さすがに立派なものだった。

といってもこの天守は京極高次《きょうごくたかつぐ》の居城・大津城から移築されたもので、それでいえばこの天秤櫓《てんびん》も、元は秀吉ゆかりの長浜城の大手門だという。

胸を突くような急な階段を上り、三層三階の天守の最上階にのぼって北西の眼下に広がる琵琶湖を間近に望みながら、僕がそんな話をすると、

「昔も、そうやってちゃんとリサイクルしてたんだ」

と枝里子が言う。

「そりゃあそうだよ。城の造営というのは莫大な費用がかかる大事業だからね。合戦のたびに火をかけて燃やしたりもしたけど、焼け残った築材や石垣はちゃんと再利用してたんだよ。でなきゃ金も時間もかかって仕方ないからね」

「戦国の殿様たちも、経済観念は意外にしっかりしてたのね」

「当たり前だよ。彼らはいまの人間よりはるかにちゃんと生きていたからね」

「だけど戦争ばっかりしてたわけでしょ」

「その分、彼らは死ぬことを知ってた。死ぬことを知らなくては人はきちんとは生きられないだろ」

「じゃあ、あなたは死ぬことを知ってるの」

「いや。僕はただ生まれてこなければよかったと毎日思って生きてるだけだけどね」

「また、変ちくりんなことばっかり」

枝里子は僕の手をとって一緒に晴れ渡った景色を見つめる。穏やかな湖面にはさざ波

ひとつなかった。しばらく黙ったあと、彼女は、

「生まれてこなきゃよかったなんて言っちゃいけないわ。そんなこと言ったらきっと罰《ばち》が当たるわよ。生きたくても生きられない人たちも沢山いるのに」

と言った。

僕はその言葉に、ふと、かあちゃんのことを思った。

あの人も、やはり生きつづけたいと念じながら、今日この時この瞬間を病院のベッドの上でやり過ごしているのだろうか。

「そういう人は、一体いつまで生きれば、もういいって思えるんだろうか……」

僕は小さな声で、別に枝里子に言うでもなく呟いてみた。

「そういう人って」

彼女が訊き返す。

「だから、生きたくても生きられない人たちだよ」

僕はちりちりと照り返す湖面から目を離さずに、枝里子の手を強く握り返した。

「どうしても生きたい人がいたら、こんな僕の命でよければいつでもあげていいような、そんな気がするよ。だけど、そうやって仮に僕の限りある命をその人に渡したとしたって、やがて何十年かすれば、再び生きたくても生きられなくなる時間がやってくる。そしたら、その人はまたきっと『どうしても生きたい』と言いだすんじゃないかな」

「でも、あと一年でもいいからって、死にそうな人はみんなそう思ってるんじゃな

い？」

「じゃあ、一年たったら死んでもいいってこと」

「気持ちとしては、そうじゃないかな。そうやって自分の死を受け入れる準備をしたいんじゃないかな」

「そうだろうか……」

少し考えてみる。死ぬことに準備などあるのか？　準備というのなら生きていることそれ自体がまるまる死ぬための準備ではないのか？

そして、僕は言った。

「僕はそうはならないと思うよ。あと一年余計に生きられたとしたら、きっとみんな必死に生きようとするばかりで、死ぬときはただ一年前よりはっきりと諦《あきら》めがつくだけのことだと思う」

「その諦めがきっととても大切なのよ」

枝里子がすかさず言い返す。

だが、僕はそうは思わなかった。諦めるなんてことが大切なことであるはずがないし、大したことのはずもない。諦めとは所詮、一瞬の覚悟にすぎないのだから。それに、諦めることが「きっととても大切」というのなら、「生まれてこなきゃよかった」というのがどうして「きっと罰が当たる」ようなことなのか。

枝里子の言うことは、聞き流す分にはいかにももっともらしいが、ちょっと子細《しさい》に検討してみると、いつだってこんな風にいい加減で整合性が薄い、と僕は感ずる。

彦根プリンスホテルで遅い昼食をとり、車で安土《あづち》に向かい、安土城址《じようし》を僕たちは見学した。近年、熱心な発掘調査と研究によって安土城の全貌がCGなどで再現され、竣工当時の壮大なスケールと黄金ずくめの天守閣などが話題になっているが、実際の城址は小高い丘に石垣だけが残るわびしいたたずまいだった。とはいえ、その縄張りの跡を辿《たど》るだけで、この城郭の桁外《けたはず》れの規模は察することができた。山頂の天守跡に向かって延々とつづく階段を上りながら、枝里子が、

「だけど、この階段どうしてこんなに一段一段の幅が広いのかしら。これじゃあ余計に上りにくいだけなのに。もっと丁寧に作ればいいじゃない」

とぶつぶつ言っている。

「多分、馬が上れるようにわざと幅をとってるんだよ。それに、敵が攻め込んできたとき迎え撃つには兵士が槍を構えて両足を踏ん張れるだけの幅が必要だしね」

「へぇー、そういうことなんだ」

例によって枝里子はしきりに感心している。

天守跡に到着したときには、陽も急速に傾き、冷たい風が吹きはじめていた。二人ともたっぷり汗をかいて、その汗が寒さを運んでくる。そそくさと丘を下り、枝里子の提案で京都に取って返した。遅い夕食になったが、彼女が案内してくれた鴨川べりの料亭は味も良く、勘定もこの店は彼女が持ってくれたので僕は嬉しかった。

「言っとくけど、ここは別に勘繰《かんぐ》られるようなお店じゃないわよ」

玄関をくぐるとき言わずもがなのことを言うので、

「ほんとに悪かったね、僕の方こそ厭味《いやみ》なことしちゃって」

と謝ると、枝里子は唇を嚙んで、すこし切なそうな表情になった。

食事を済ませると、こんどは僕が、関西に来ると必ず立ち寄ることにしている祇園《ぎおん》のお座敷バーに枝里子を案内した。その店の女将は、僕が担当している或る若手作家の父親のむかしの二号さんで、どういうわけかいつも愛想がよかった。太った猫のような丸い体と新品の石鹼のようにつるりとした白肌は当の作家とよく似ていて、僕はひそかに、彼はこの女将の実子ではないかと睨《にら》んでいた。

その晩も女将は僕たち二人を歓迎してくれて、枝里子を紹介すると、

「えらい別嬪《べっぴん》さんやなあ、松原さんよろしゅおますなあ」

と繰り返し言った。僕が本格的に飲みはじめると、女将はカウンターの隅に枝里子を呼んでずいぶん長いこと二人で何かひそひそ話をしていた。

昨日のホテルにあらためて向かうタクシーの中で、枝里子がこんなことを言った。

「あなたはいつも気難しい顔してるけど、本当は淋しがり屋で、独りではやっていけない人だってママさん言っていたわよ。ああいう人は、案外どこにも行くところがないのよ、だって」

僕はそれを聞いて、そういえば大分前、あそこで一人酔い潰れて二階の座敷に泊めて

もらったことがあったのを思い出した。女将にはあの時の情けない僕の姿が脳裏に焼きついているのだろう。もしかしたら彼女の膝頭に突っ伏してさみしいさみしいと泣き崩れるくらいの醜態は演じたかもしれない。だが、そんなことは何にしろ試しにやってみることで、僕はいろんな店で一度はそういうことをしてみるのだ。それはちょうど、犬が立ち回り先の電柱に小便をひっかけてまわるのと同じような馬鹿げた習性にしかすぎない。

あの女将のお節介にも少々幻滅だな、と内心思ったが、いい気分でいるらしい枝里子にそんな感想はむろん伝えはしなかった。

2

京都から帰ってくると、枝里子とはしばらく会わない方がいいような気がした。

さんざんセックスをして身体の親和力だけは妙に高まっていたし、週末の小旅行とはいえ、朝から晩まで隙間なく過ごした経験は、何がしかの意味を今後の二人の関係に付与せずにおかない。枝里子にとって僕の存在はより確かなものになっただろうし、僕にとっても枝里子は一層くっきりとしたものになった。

それは決して不愉快なことではない。が、僕としては、ここで枝里子との接触を当分絶つことの方を選びたかった。そうすることで、僕はもう一度枝里子を分かりにくいものにしたかった。大方の人間関係を維持するには、まずは相手を理解しようと努め、その上で、決して充分には理解しないままでいることが大切だと僕は思っている。一度読んだ本は、もう繰り返しては読めないし、読めば退屈して厭になる。人との付き合いも似たようなものだ。

ずいぶん昔、付き合っていた人にそんな話をしたら、彼女は言った。

「人間は本なんかではないし、何度読んでも面白い本だってあるわ。それに、もし人間を本にたとえるなら、それは終わることのない長い長い物語だと私は思う」

さらに、彼女はこうも言った。

「そもそもね、いくら理解しようとしたって、人間という書物には判読不能な文字や暗号がたくさんちりばめられてて、何回読んでも完全には読み取れないのよ。私は、譬《たと》えるなら、人間って一人一人が何万種類もの音が絡まりあった音楽みたいなものだと思う。聴くたびに毎回印象が変わるような、きっとそれはとても複雑な音楽なのよ」

このときも、僕は何日間か、この彼女が言った言葉を理解しようと真剣に試みた。だが、僕はやはり何回読んでも面白い本などないと思ったし、終わりのない物語などないと思った。ましてや人間を音楽に譬えるなど、いい加減にもほどがあるという気がした。

そして僕は思い当たったのだ。

もし何度でも同じ本を読みたいのなら、片端から読み込んだ内容を忘れてしまうしかないのだ、と。

僕は枝里子の身体も知った。昔の男のことも知った。それ以外のこともかなり知った。もうそろそろ、少し忘れてしまわなくては——。

で、次の日からはとにかく酒を飲んで夜を潰した。

最初の日は同僚と連れ立って新宿で飲み明かし、そのまま出社したが、好きでも嫌いでもない連中と一緒にいるのは退屈でしかないし、ひどく億劫《おっくう》なことでもあるので二晩目からは独りで何軒かの馴染みの店へ顔を出した。大体いつも午前三時頃まで飲んでからアパートに帰った。

その間、何度も枝里子から携帯に電話が入ったが、僕は一度も出なかった。

五日目の朝。猛烈に歯が痛くなって目が覚めた。

半年ほど前に中途で治療を放棄してしまっていた右奥の親不知《おやしらず》が連夜の酒で膿んでしまったのだろう。側頭部を金槌《かなづち》で殴りつけられるような痛みは、およそ我慢できる代物《しろもの》ではなかった。僕は不義理つづきの歯科医院に駆け込んだ。案の定ひどい状態だと言われ、結局、抜歯された。

その夜も酒を飲みに出かけた。抜いて一時間もすると出血は止まり、貰った三回分のボルタレンをまとめて飲んだので、あっという間に痛みも消えた。昼食は控えたが、かわりに夕方から或るエッセイストを誘って柳橋に寿司を食いに行った。店で日本酒を三合ばかり飲んだが別に平気だった。

九時頃エッセイストと別れ、一時間後には僕のアパートがある森下駅そばの「ニューソウル」の扉を引いていた。

客の姿は見えず、朋美はひとりでグラスを拭いていた。

カウンターに七つばかりのスツールが並び、細長い店の奥にコの字型の茶色いソファと四角いテーブルが一脚だけおいてある小さな店だった。

僕は、両国側の地下鉄出口のそばにある何でも屋で、軒先に並んでいた「とっとこハム太郎」のぬいぐるみを一つ買ってきていた。

もう一ヵ月も顔を出していなかったので、朋美は僕を見ても別に表情に出すでもなく、「あら」と呟いたきりだった。

僕は朋美の正面にあるイスに腰掛けると、ぬいぐるみをカウンターに置いて、

「拓也、寝ちゃった」

と訊いた。朋美は黙って水割りをつくり、グラスを置いてからようやく口を開いた。

「最近、宵《よい》っぱりになってほんとに困るわ」

そしてカウンターの右奥にある暗い急な階段の方に向かって大声で叫んだ。

「タクヤー、お兄ちゃん来たよー」

「髪、染めたんだ」

朋美の妙に赤いかさついた感じの髪にはじめて気づいた。

「なんだか変でしょう」

「そうでもないよ」

階段を慌てて駆け下りてくる拓也の足音がした。朋美が僕の顔をやっとまともに見つめ頬笑んだ。

ハム太郎を渡すとパジャマ姿の拓也は大喜びだった。風邪ばかり引く弱い子で、今度の正月にはもう五歳になるというのに、いまでも月に一度は必ず熱を出す。からだつきも同年の子供たちよりずっと華奢《きゃしゃ》で顔色も青白かった。母親に似て眼ばかり大きいから尚更に腺病質な印象を与える。

客が入ってきた。二階に戻らなくてはならなくなって、拓也は恨めしそうな顔でその客の方をちょっと睨《にら》んでみせたが、朋美に顎をしゃくられると、ぬいぐるみを抱いて階段を昇っていった。客は茶色のくたびれた背広を着た五十年輩の、額に皺《しわ》の多い男で、たまにここで見かけることがあった。

朋美がその男のボトルを取り出して濃い水割りをつくっている最中、僕はカウンターから身を乗り出して小声で言った。

「ねえ、あさっての日曜日、ディズニーランドに行かない？」

男の前にグラスを置くと、朋美は空になった僕のグラスを取りかえた。

「この前、上野動物園で一日うんざりした顔してたのは誰よ」

「あの日はひどく寒かったから。ねえ行こうよ。プレス用の只券《ただけん》をもらったんだ。アトラクションは乗り放題だし食事券もついてるんだよ。隣にはディズニーシーもできたしイクスピアリもあるから買い物だって楽しめるしね」

僕はいつものようにたたみかける。

「よく考えたら僕たち一度もあそこ行ったことないんだよ。拓也も大きくなったし、もうどんな乗り物にだって乗れるし、いい機会じゃない。きっと拓也すっごく喜ぶよ」

「そうねえ」朋美は考えるそぶりをした。

「あさって、十時に車で迎えにくるから」

「そんな急に言われたって、こっちだっていろいろ……」

「いいよ迎えにくるよ。駄目だったらそれでもいいんだから」

それからは相当飲んだ。常連の男は三十分ほどで帰り、ほどなく五、六人が入れ替わりで入ってきては、それぞれ賑《にぎ》やかにカラオケを二、三曲ずつ歌って引きあげていった。また客足が途絶え、しばらくしてからだった。僕の歯が再び激しく痛みだしたのは。

朋美は最初僕の苦悶の様子をみて何かふざけていると勘違いしたようだった。呻《うめ》き声が店中に響くようになって、やっと本気で心配しだした。そこで、唸《うな》りながら途切れ途切れに今朝の顛末《てんまつ》を語ると、こんどは僕を無謀だとなじりはじめた。

しかしその頃には、もう口から溢れるように血がこぼれだし、黒いデコラ貼りのカウンターに幾つも小さな血溜まりができていた。出血の量は僕自身が仰天するほどだった。

朋美は慌てて僕の背後に回り、上着を脱がせ、ネクタイをほどき、大きなタオルを僕の首に巻いた。それから不意に二階に上がっていくと何か手に持って下りてきた。トワイニング紅茶の箱だった。朋美はそこからティーバッグを二つ取り出すと包装紙から抜いて、ついている糸で縛って束にし、眼前に突き出してきた。これを嚙めという。

「紅茶には止血する成分があるの。痛くてもしっかり嚙むのよ」

僕がタオルの端で口許《くちもと》を押さえ渋っていると、少し水で湿らせたティーバッグを無理やり口の中に突っ込んできた。

しかし、必死の思いで奥の親不知の抜けた穴にティーバッグをあてがい、嚙み合わせていると、頰の肉が千切《ちぎ》れるような痛みがさらに激しく募ってきた。僕は混乱し、カウンターにしがみついて、ついには泣き声になった。ほんとうに目に涙が滲んでくる。

血が紅茶と溶けて厭な匂いの汁が口内に広がり、吐き気がこみ上げた。息が継げず、酔いがいちどに回ってきて、体内の熱が体表まで押し寄せているのだが、毛穴という毛穴を塞がれてどうにも発散できないという感じだった。網膜に薄く靄《もや》がかかり目の前のものが何もはっきり見えなくなった。

朋美の方は再び二階へ上がっていき、頭の真上あたりで、どんどんと荒い足音が聞こえてきた。五分ばかりして戻ってくると、お次は店の早仕舞いを始めた。七つのスツールを引きずるコンクリートとの擦過音《さっかおん》が、痛みの神経を逆撫《さかな》でするようで無性に腹が立った。

結局、僕は二階の朋美の部屋に連れていかれ、支度してあった布団の上に寝かされた。

「紅茶のせいで益々ひどくなった」

肩を借りて階段を昇る間も布団の上にうずくまってからも、そのことで僕は朋美に文句を言った。

「脱脂綿、脱脂綿」

と急《せ》かすと、朋美は化粧用のコットンの箱を鏡台から取ってきて、何枚か重ねては渡してくれる。それが次々真っ赤に染まって枕元の畳の上に散らばり、あっという間に箱は空になった。

「もうないわよ」

代わりのティッシュペーパーを差し出されたとき、僕はどうにもその不手際に我慢がならなくなった。

「なんで脱脂綿ぐらい買いおいてないんだ。拓也が怪我でもしたらどうするつもりなんだ。もういいから放っといてくれ」

朋美はティッシュの箱を僕の傍《かたわ》らに置くと何も言わず離れていった。

しばらくして、彼女は氷水の入った盥《たらい》と冷たい濡れタオルを持って戻ってきた。冷えたタオルをそっと頬にあてられると、いくらか痛みが消えていくのが分かった。一緒に酔いがその倍の速度で引いていくのを感じ、眠り込む直前のような不思議な安心感を覚えた。

数度タオルを取り替えてもらった頃、痛みはほとんどなくなり、僕は惰性で唸っていた。出血は依然つづいていたが、

――ああ、世界がふたたび扉を開いていく。

そんな陳腐なセリフが頭に浮かび、大袈裟で馬鹿みたいだと思った。考える力が戻ってきたのだ。

体を丸めた姿勢で、このままどろみの中へ沈んでいこうかと思った時、ふと側《そば》にいままでいたはずの朋美がいないことに気づいた。慌てて顔を上げてあたりを見回した。八畳の部屋の隅っこに朋美は申し訳なさそうに座って、俯《うつむ》いていた。泣いているのかと一瞬思ったが、何やら一心に膝元で両手を動かしている。

あんな赤い髪は、はすっぱで全然似合わないし、下を向いていると顔の翳《かげ》りが化粧の底の皺《しわ》の目立ってきた三十女の地金を浮かびあがらせて容赦がないな、などとぼんやりそんなことを思った。

朋美は僕より五つも歳上だった。痩せた首筋が青白く、隣の部屋で寝息を立てている拓也の顔を思い起こさせる。

しばらくして、一体なにをやっているのかと気になり、僕はタオルで頰を押さえたまま身体を起こし膝歩きで彼女の方に近づいていった。

黒いスカートの上に小箱が乗っていた。生理用品の箱だった。僕は朋美の手の中にある細くて小さな白いものを見つけた。朋美はその固い綿のかたまりを一生懸命にマゼンタのマニキュアを塗った爪先でほぐしているのだった。

僕の視線に気づいて彼女はゆっくり顔を上げた。

「もう少し我慢してね。あとちょっとほぐせば脱脂綿の代わりになるから」

真剣な目つきで朋美はそう言った。

3

翌朝、僕は早起きをして歯医者に行った。痛みは完全に治まっていたが、明日が日曜日だというのが不安だった。また今晩似たような羽目になったら絶望してしまう。ほんとに絶望するだろうと思った。どうしても大量の鎮痛剤をせしめてくる必要があった。

隣の布団で寝ている朋美を起こさぬよう、そっと寝床から抜け出し、ズボンをはき、座卓の上にあった家具屋のチラシの裏にボールペンで、枕カバーを血でずいぶん汚した詫び言や昨夜の介抱の礼など書きつけていたら、朋美が目を醒《さ》まし、不意に背中に声をかけてきたのでびっくりしてしまった。

こちらを向いた枕の上の朋美の顔は化粧っ気がなく、昨夜いつの間に化粧を落としたのかと不思議な気がした。

力のない大きな両の瞳の中に疲れが鈍く澱んでいるさまが、カーテン越しの淡い光を受けてよく見えた。だがその顔は相当魅力的でもあった。小さな皺が浮かびあがり、肌理《きめ》がつぶさに見てとれる艶のない顔には強い実在感があった。くっきりとした眉と高い鼻、そしてそれらをいつも少しだらしなくしている厚い唇が疲労の色にうまくなじんでいた。僕は自然と枝里子や大西昭子の顔を脳裡に甦らせ、朋美には彼女たちとは異なる、また格別な美しさがあると思った。

目が合うと、

「ぬいぐるみ、ありがとね」

朋美は言った。

「明日、十時に迎えにくるから」

と言うと、

「うん」

まるで少女のように彼女は頷いてみせた。

僕は手元に置いた上着の内ポケットから財布を取り出し、一万円札を三枚抜きとり、チラシの上に重ねた。ボールペンをその上に福沢諭吉の顔を縦に二つに区切る格好で載《の》せ、朋美に小さく手を振ってから足音を消して階段を下りた。

僕の借りているアパートは森下駅から門前仲町の方へ十五分ほど歩いた場所にある。隅田川に通ずる小名木川《おなぎがわ》にかかった高橋《たかばし》を渡ってまだしばらく先だが、清澄《きよすみ》庭園近くの寺町で、小さなビルや商店が立て込んだ地区だ。ニューソウルは森下駅からすると反対の両国方向にあるので、そのまま歩くと三十分近くかかってしまう。普段はタクシーを使うのだが、今朝は通っている歯科が高橋のたもとあたりなので、仕方なく歩きにした。

診察を受け薬を貰うとふたたび歩いて部屋に帰った。

「コーポなぎさ」という名前の古いコンクリート造り三階建てのアパートだ。川そばのアパートなのに「なぎさ」というのも妙な気がするが、これは大家の孫娘の名前からとったもので別に深い意味があるわけでもないらしい。ともかく上中下三戸ずつでどれも同じ2DKの間取りという、ちゃちなアパートだった。

年中薄暗い階段を上がって開放廊下の一番奥の自分の部屋のドアノブを回した。鍵のかかっていないドアを開けながら、ふと、そういえば雷太もほのかもここしばらく顔を見せていないな、と思った。

靴を脱いで部屋に上がる。台所に行って五日分の鎮痛剤と消炎剤でぱんぱんに膨らんだ薬袋をテーブルに置くと、まず薬罐《やかん》を火にかけてコーヒーを淹《い》れる支度をし、それから冷蔵庫の扉を開けた。ビールばかりで食品の類《たぐい》が何も入っていないことを確認し、台所とつながった六畳の和室の戸を引いた。

カーテンが閉じられた仄《ほの》暗い室内を見回したが、十日ほど前、ほのかが泊まって帰ったあと風通しのために一度入ったときと何も変化はないようだった。念のために押入れを開けて布団の位置など検《あらた》めてみたが、ほのかはいつも几帳面《きちょうめん》に畳んでいくから、その後使われたかどうかは判然としなかった。とはいえ、シーツや枕カバーは皺も少なく、そう何度も出し入れしたようには見えない。やはり、彼女はあれ以来一度もここには来ていないのだと思った。

雷太が泊まるときは、台所とは廊下を隔てて独立した八畳の洋室で一緒に眠ることにしているから、彼が最近姿を見せていないことは間違いなかった。

しかし、雷太の方はともかく、ほのかは一体何をしているのだろうと多少気にかかる。この部屋に出入りさせるようになって半年近くになるが、これまで週に一度や二度は必ず泊まりにきていた。こんなに長いあいだ足が遠のいているのは初めてのことだ。どこかにもっと便利なねぐらをこしらえたとも考えられるが、あの子の場合はなかなかそういう器用なことはできそうにない気がした。

背中で薬罐がけたたましく鳴り、ほのかのことは頭から追い払って、台所に戻った。心配してみたところで、連絡を取るすべがあるでなし、どうにもならない。雷太にしろほのかにしろ、別にそこまで深い付き合いをしているというわけでもなかった。

薄めのコーヒーを淹れ、二人掛けのテーブルでぼんやりとベランダの窓越しの景色を眺めていると、不意に背広のポケットの携帯電話が鳴った。

抜いてディスプレイを見る。枝里子の名前と携帯の番号が表示されていた。一瞬ためらったが、開始ボタンを押して携帯を耳にあてた。枝里子の声が響いてくる。聴きながら腕時計を覗くと、針は九時二十分あたりをさしていた。

この一週間どうしていたのかと枝里子は心配にかこつけて訊いている。口調はどこかどうでもよさそうな感じだったが、いくら連絡しても電話に出ない僕にかなり立腹している気配がその裏に滲んでいた。だが、僕の方は久しぶりに声を聴いて、やはり枝里子のことが愛《いと》しかった。この一週間は酒ばかり飲んでいたこと、親不知を一本抜いたことを報告し、さっきまで歯科医院の治療台に横たわっていたことを伝えた。

「べつに何でもなかったよ」

「食事はちゃんとしているの」

「ちゃんとしているよ」

「もう痛まないの」

「痛くないよ。それにたくさん薬も貰ってきたんだ」

「そう……」

「それより何か急用でもあったの」

「どうして」

「何回も携帯に電話が入ってたみたいだから」

ここで束《つか》の間《ま》、枝里子が息を詰めるのが分かった。

「だったら、どうして電話に出るなり、掛けてくるなりしてくれないの」

「悪かったね。何となく出る気がしなかったんだ。夜は早い時間から酔っ払ってたしね」

僕は携帯しか持っておらず、このアパートには電話を引いていなかった。

「緊急の用事だったらどうするつもりだったの」

「そうだったの？」

枝里子は何も答えない。

「そういうときは会社にかけてくれればいいよ。不在でも会社だったら交換に伝言が残るから」

電話の向こうで枝里子が小さく息を吐《つ》いた。

「まったく。せめて会社にくらいPC置けばいいのに。あなたの会社に直接電話するわけにはいかないわ」

僕は昨年四月の異動で、二年働いた月刊誌の編集部から出版部に移って以降は、パソコンは一切使っていなかった。毎月の校了があって入稿が締切日に集中する雑誌の編集部では、さすがにメールでの原稿のやりとりは欠かせなかったが、現在のように多くても年間十冊程度の単行本を校了すればいい仕事では、メールを利用する必要はさらさらなかった。

「僕がメールが嫌いだということは、だいぶ前に話したと思うけど」

「そうね」

枝里子は一度相槌《あいづち》を打って、言葉を加えてきた。

「だけど、最初の電話に出てくれれば、私だってあんなに何度もかけなくてすむし、あなただってその方がいいんじゃない」

「理屈ではね。だけど、旅行から帰って、すこしきみと距離を置きたかったんだ」

僕は正直に言う。途端《とたん》に枝里子がくすくす笑う声が聴こえた。

「なに、それ。またへんちくりんなことを言い出すのね」

「そうかなあ」

「そうよ。私のことが厭になっちゃったの」

「そういうわけじゃないけどね」

「じゃあ、どうしてそんなこと言うの」

「僕はただ、お互いが常に新鮮であることが必要だと思っただけだよ」

枝里子がまた笑う。

「どうして笑うの」

訊いてみた。

「だって、恋人同士がたまにしか会わないようにしたら、それでずっと新鮮な関係でいられるなんて、そんなはずがないもの」

「そうかな」

「当たり前でしょ。誰かを好きになって、いつも新しい気持ちでいられるってことは、それだけ互いに分かり合って、相手の人の新しい面を発見するということだし、ほんとうの新しさは二人が付き合っていく中で自然に生み出されていくものでしょう。お気に入りのゲームや本を楽しむのとは訳が違うんだもの。人と人との関係は、一緒にいることで次々に変化して、その変化が新鮮さにつながるのよ。距離なんてとってたら、関係はただ風化していくだけじゃない」

「ふーん」

僕は枝里子の言ったことに感心していた。ただ、その通りだと思ったわけではない。

「どうしたの。感じ入ったような声出しちゃって。めずらしいじゃない」

枝里子は愉快そうだ。

「いや、なかなかうまいこと言うなと思ってね」

「だったら、今度からは私の電話にちゃんと出てくださいね」

「そうだね。そうするよ」

「はいはい」

それからしばらく枝里子のこの一週間の話を聞いた。

枝里子はファッション関係ではちょっと名の通った中堅のPR会社で、雑誌を担当するプランナーの仕事をしていた。芸大に通っていた学生時代からスタイリストの仕事を始め、最初は大手のアパレルメーカーが経営する雑誌社に入って、ファッション雑誌のスタイリスト兼編集者として働いていたが、その雑誌が親会社の経営難で二年前にフランスの新聞・出版コングロマリットに買収された際に、いまの会社に転籍したのだという。といっても、現在の会社とは一年毎の契約を結んでいるだけで、フリーランスのスタイリストとしての仕事も同時にこなしているようだった。女性誌の編集部にいる同輩たちの話では、枝里子はその世界ではカリスマめいた存在であるらしいが、僕はファッション業界にはまったく馴染みがないし、関心もないので、そう言われても何ほどの感想を持つこともできなかった。

ロケで銚子半島の犬吠埼《いぬぼうざき》灯台まで出かけたら突然の雨に見舞われて撮影が台無しになっただとか、いつも相談相手になっている某女性タレントが、新しい男とのトラブルで自暴自棄となり、深夜に泥酔してアパートまで押しかけてきたので、一晩泊めてじっくり話を聞いてあげただとか、そんなあれこれを枝里子は話した。

二十分ほどで一段落したので、今度は僕の方から口を切る。

「ねえねえ、それより僕の顔おぼえてる?」

「どういうこと」

枝里子が怪訝な声になる。

「いや、もう一週間も会ってないから、きっと忘れたんじゃないかと思ってさ」

そう言うと、やや間があって、

「なるほどね」

と枝里子の返事がかえってきた。

「なるほどねって?」

「だから、あなたがさっきお互いに新鮮でいたいって言った意味が分かったってこと」

僕はよく合点《がてん》がいかなかった。

「意味って?」

「だからあ、そうやってお互いの顔を忘れるくらいになれば、また初めて会った時みたいに新鮮に会えるってことでしょ」

「そんな単純な話でもないんだけどね」

僕は言いながら、しかしまあ、そう言われればそういうことか、という気もした。

「で、どうだったの。ちゃんと私の顔を忘れてくれた？」

「それがさっき思い出しちゃったんだ。失敗したよ」

「馬鹿ねえ、あなたって」

枝里子がおかしそうに笑う。

「そうかなあ」

「そうよ。たかだか一週間会わなくたって、忘れたりできやしないわ」

「だけど、昨日まではすっかり忘れてたんだけどね。ずっと酔っ払ってばかりだったし」

何気なく僕がそう言うと、不意に枝里子が何も言わなくなった。

「どうしたの」

一度、大きなため息が聞こえ、それから枝里子の声が戻ってきた。

「私は、いつもあなたのことを思い出すわ。お昼食べてても、あなたもちゃんと食べてるのかしらとか、夜、仕事の打ち合わせなんかしてても、あなたも今頃きっと作家や大学の先生と会って話してるんだろうなとか。あなたがいつも、頭が悪いとか何も知らないとか、悪口ばかり言っている人たちの前でお愛想笑いなんか浮かべている光景を想像して、時々ひとりで吹き出したりしてるのよ。あなた口を閉じて笑うといやあな顔になるでしょ、知ってる？　相手もきっと気づいているわよ。とにかくよく思い出してあげてるのに」

「そうなんだ」

「そうよ。だからたまにあなたの声が聴きたくなって電話をかけるの。なのにいつだってあなたは出てくれないじゃない。用事なんてなくたって、今こうやって話してるみたいに、ただあなたの声を聴いていればそれでいいの。話している内容が大切なんじゃなくって、二人で話しているというその事実が大切なんだから」

僕は、この枝里子の台詞を聞いて、話す内容に価値がないのなら話すこと自体にも価値などあろうはずがないと思ったし、二人で話すという「その事実」の一体何がどう大切なのだろうかと疑問に感じた。

「だったらやっぱり会社に電話してくれればよかったのに。そうすれば話くらいできたと思うよ」

「会社の電話でこんな二人きりの話は無理でしょう」

「だけど内容なんてどうでもいいんだろ。つまらない世間話程度ならできるじゃない」

「またすぐにそんな皮肉を言って。反省が足りない証拠だわ」

なぜか枝里子がいやにきつい調子で言った。

僕は話題を変えることにした。

「今日、休みなの」

「これから夕方まで撮影。あなたは」

「休みだよ」

「どこかで会いましょうか」

「今夜はいいよ。歯のこともあるし、ゆっくりしたいから」

「明日は私、休みだから。映画でも観に行く？」

「ごめん、明日は予定が入ってる」

「仕事？」

「仕事じゃない」

「どこかへ行くの」

「うん」

「どこ」

「さあ、まだ決めてない」

「ひとり？」

「うん」

「ひとりで行って愉《たの》しいの」

「ぜんぜん愉しくないと思うよ」

「じゃあ、どうして行くの」

「『どうして』って言われても困るよ。別に理由なんてないんだ。誰だって愉しむためだけにいつもどこかに行くわけでもないだろう。きみの方はどうするの」

「どうしようかな。やっぱり映画にでも行こうかしら」

「ひとりで映画なんか観たって、それこそつまらないよ」

「そんなことないわ。映画やお芝居はひとりで観た方が気兼ねなしに愉しめるものよ」

ならば、どうしてさっきは誘ったのだ、と僕は思う。

「誰か他の人と行けば」

「他の人と行って欲しいの」

「そういうわけじゃないけど。誰か友達とでも行けばいいかなって思っただけだよ」

「じゃあ、あなたも友達と出かければいいじゃない」

「僕は友達なんていないからね」

「そんなことないでしょ」

「そんなことあるよ。昔から一人もいたためしがない。きみはきっとたくさん友達がいるんだろうけど」

「どうして」

「何が」

「だから、どうして私には友達がたくさんいそうだって思うの」

「いないの？」

「そういうことじゃなくて、どうしてそう思うのか理由が知りたいだけ」

「別に理由なんてないよ。ただ、そう思うからさ」

「嘘よ」

「何が」

「理由がないなんて言ってること。あなたは友達なんて信じてないんでしょ。友達がたくさんいるなんて思い込んでる人間はただの迂闊《うかつ》な愚か者だと思っているのよ」

「そんなことないよ。『恋愛を祝福する鐘は友情の弔鐘《ちょうしょう》である』って言葉もあるしね。恋愛にうつつを抜かしていると友情を失うから、きみもたまには友達と付き合った方がいいって思っただけだよ」

「また、そんな作り話して」

「作り話じゃないよ。フランシス・ベーコンも言ってる。『真の友をもてないのは、まったくみじめな孤独である。友人がなければ、世界は荒野にすぎない』ってさ。『恋愛と友情は互いにしりぞけあう』って言葉もあるくらいだ」

「何がフランシス・ベーコンよ」

枝里子がようやく笑った。僕も笑ってつけ加える。

「ま、もっともアリストテレスはこう言ってるけどね。『多数の友をもつは、ひとりの友ももたず』って」

「ほら、やっぱり私を馬鹿にしてるのよ」

「だったら、たくさんというのは取り消すよ」

「じゃあ、一人も友達がいないというあなたの方は、どうなるの」

「その答えは孔子様がちゃんと遺《のこ》してくれてるよ。『人至って賢なれば友なし』ってね」

「けんって？」

「賢いってことさ」

「馬鹿みたい」

「まあね」

ここで僕は、ふと本当の気持ちの欠片《かけら》のようなものが自分の心に浮かび出してくるのを感じた。こうやって互いにいい加減なことを言い合っている枝里子という存在は、きっと僕にとってとても大切な友達に違いないと。だが、そのことを口にすると却《かえ》って枝里子の気分を害しそうなので僕は言わなかった。

「じゃあ、また来週、今度は必ず僕の方から電話するよ。どこかで会おう」

僕が言うと、枝里子は間延びしたような物言いで呟いた。

「なんだか、今日は仕事に行きたくないなあ。休もうかな」

「そうだろうね」

相槌を打つ。

「どうして」

不意にまた枝里子の声が尖った。

「何が」

「どうして『そうだろうね』なんて平気で言うの」

「だって仕事は面白くないからさ。僕なんて毎日、会社なんて行きたくないと思ってる。いつもいつもね」

「そんなこと訊いてるんじゃないわ」

「なんだ、怒ったの」

「あなたが怒らせたんじゃない」

「だったら謝るよ。そんなつもりで言ったわけじゃないんだ。ちょっとした言葉の行き違いだよ。そうムキにならないでくれよ。『互いに小さな欠点を許し合う気がなくては、友情は全うできない』って言葉もあるんだから」

僕はもう面倒臭くて、半分笑ったような口調で宥《なだ》めにかかった。

しかし、そうした気楽な態度が逆に枝里子を刺戟してしまったようだ。

「何言ってるの。私はあなたの友達なんかじゃないわ」

ますます枝里子の声は鋭くなった。

「でもチェーホフは言ってるよ。『女が男の友達になる順序は決まっている。まず初めが親友、つぎが恋人、最後にやっとただの友達になる』って」

「あなた一体何を言ってるの。私はそんな冗談みたいなあなたの継《つ》ぎ接《は》ぎだらけの知識を聞きたいんじゃないわ。どうしてもっときちんと真面目に答えてくれないの」

この辺で、僕はもう電話を切りたかった。それもあって、若干まとまった反論を行なうことに決めた。それに、なるほど彼女がこんなに急にいきり立つのは、ついさっき、僕が彼女のことを本気で友達だと感じたその実感が微かな響きのように枝里子の第六感に伝わってしまったせいに違いない。

「僕は真面目に答えてるつもりだよ。きみだって言ってたじゃないか、話の内容なんか大切じゃないって。言葉なんて所詮は、継ぎ接ぎだらけの知識の寄せ集めに過ぎない。それは僕だけじゃなくて誰にしたって絶対そうだよ。きみにしろ、話しているというその事実、つまりはその行為の実感が大切なんだろう。だったら、僕が何を言ったって別に腹を立てる必要はないし、土台、言葉では、きみがいうところの僕たちが分かり合うことなんてできやしないはずだろう。なのにきみはいつも『どうして』、『どうして』って少しうるさいよ。そもそも、僕がどうして、きみとしばらく連絡を取らなかったか、きみは全然分かってくれようとしなかったじゃないか。鼻で笑うような言いぐさで一蹴しただけだ。もしきみが言うように、話すことの実感が重要であって、その内容が重要でないのなら、どうしてきみはこんな電話なんか寄越すんだよ。話したいなら直接僕に会いにくればいい。会社にでも来てくれれば、この一週間だっていつでも僕たちは会うことができたはずだよ。別に僕は逃げも隠れもしちゃいないんだから。それを電話程度で安直に済ませようとするから、こんな馬鹿げた喧嘩になってしまうんだ。きみが言っている話す事実の大切さとは、話すという行為の大切さのことだろ。もしそれがそんなに大切なら、お互い面と向かって話すべきだろう。こうやって電話で話している限りは、顔も姿も表情の移ろいも目の色の変化だって一切見えもしなければ、互いの息づかいも匂いも何も感じ取れやしない。ただ、さして意味のない言葉ばかりが往き来するだけのことだ。いい加減な知識の断片や、よくまとめられてない即物的感覚が無責任にやり取りされるだけのね。なのに、きみは片一方で話す内容なんて大切ではないと言いながら、もう一方ではこうして人の片言隻句《へんげんせっく》をあげつらって僕のことを非難し、まるで僕がきみをないがしろにしているような言い方をする。何が『真面目に答えて』だよ。不真面目なのはきみの方じゃないか。しかも僕はきちんと謝っている。それでもそんなにつっかかるんなら、最初からこんな電話かけてこなきゃいいんだ。何が『友達なんかじゃない』だよ。だったらきみは僕の何だと言いたいの。もし恋人だって言いたいのなら、まず友達と恋人とがどこがどう違うのか、ちゃんと自分の頭でしっかり考えてから、そういう台詞は口にしてくれよ。言っとくけど、僕はきみのことを本当の友達だと思っているよ。そして、チェーホフ流に言えば、親友であり、いまは恋人だとも思ってる。むしろそれで全部ってわけじゃないにしてもね」

電話の向こうで枝里子は何も言わなかった。ただ、僕の言ったことを理解したという雰囲気ではなかった。彼女はきっと混乱し、自分がまた僕特有の妙な論理でやり込められようとしていることをひどく警戒しているのだろう。

「歯が痛くなってきたから、もう切るよ。とにかく、僕が悪かったよ。この埋め合わせはする。来週きっと連絡するから」

僕はそう言って終了ボタンを押した。同時に携帯の電源を念のためオフにした。

それから、すっかり冷めてしまったコーヒーを注《つ》ぎ足し、それをすすりながら、僕はしばらく外の景色を眺めていた。

ちなみに僕が最初に引用した『恋愛を祝福する鐘は友情の弔鐘である』というドイツのノーベル賞作家パウル・ハイゼの箴言《しんげん》は、ちょっと違っている。本当は『結婚を祝福する鐘は友情の弔鐘である』が正しいのだが、まさか、枝里子に向かって「結婚」という言葉を使えるはずもなかったので、僕は「恋愛」に置き換えて口にしたのだった。

しかし、考えてみれば、そんなことはどうでもいい余計な気遣《きづか》いなのだなあ、と僕はベランダの外を眺めながら思ったりしていた。

## 4

翌週の水曜日、会社で遅くまで原稿を読み、終電で家路についた。森下駅から清澄通りをアパートに向かって歩きながら、僕はさっきまで読んでいた原稿のことを考えていた。筆者は女性のノンフィクション作家で、彼女が三十九歳のときに実母が脳溢血で倒れて身体の自由も言葉も奪われてしまうという体験をする。原稿は、半年ほど前に亡くなったその母親を、老いた父と共に介護しつづけた以後十三年間にわたる彼女の悪戦苦闘を克明に綴《つづ》ったもので、半ば私小説とも言うべき迫真の作品であった。

終章で母の死を看取る場面が詳細に描写されている。

――深夜、明かりを落とした部屋で、私は母と二人きりだった。ベッドのそばに座って私は母の手をさすり続けていた。母の胸はふいごのように激しく音を立てていた。ずっと苦しそうだった。誰もなにも言わなかったが、母が死に向かって助走を始めたのだと、私は気がついていた。もうなにを言っても母は答えなかったし、表情を変えることもなかった。見開いた目はぼうっと宙を捉えていた。母はもう休みたがっているように見えた。平穏な眠りにつきたがっているように思えた。が、肉体がそれを許さない、まだ駄目だ、まだ駄目だと、母を強引に引き止めているようだった。

だが、今、母は苦しそうだった。もう、こんなこといい、と言っているようだった。私は母の激しい呼吸に合わせて呼吸をした。でも、苦しみを共有することなどできなかった。母は一人で闘っていた。徹頭徹尾、それは孤独な闘いだった。

私はもう、頑張って、とは言えなかった。できることなら、喉の管をはずし、酸素を止め、なにもかも終わりにしてあげたかった。後戻りできないゴールに向かって、母は、一人でただ走っていた。その姿をひたすら見つづけている私の時間の観念は失われ、それからは時がたつのも気づかなかった。

朝七時半を過ぎた頃だ。医師から電話があった。変わりはないが、ずっと息が苦しそうなんです、と言うと、朝一番で看護婦をこちらから派遣すると言われた。

その直後だった。母の呼吸がさらに激しくなった。まるで、急な坂道を必死であえぎあえぎ登る機関車のように、シュワーッ、シュワーッと息を吐き、身体が持ち上がり、胸が大きく波打った。その激しさに思わず、横たわる母に抱きつき「おかあさん」と呼んで必死で抱きかかえた。私の腕の中で母が深々と息を吸い、胸がきしみ声をあげた。そして、突如、機関車が急停止したように母の息が止まった。一瞬、あたりが静寂に包まれ、母の口許から管がぽろりと落ちた。

「お父さん、お母さんの息が止まった……」

父は茫然自失してそこに立っていた。それから「そうか」と言った。

老いることも、死ぬことも生半可ではない。どれほど困難なことなのか。家族がいようといまいと、かたわらに誰がいようといまいと、結局は孤独な一人の戦いで、誰もがそれを自力で乗り切らねばならない。

だから、「人が死ぬということは、こういうことなのよ」と母はこの日、私にしかと教えてくれたのだ。

大丈夫。やれる。きっと。お母さん、あなたのように、私も。同じようにやれる。

僕は会社で、この文章を息を詰めながら何度も繰り返し読んだ。死は最後は孤独な一人の戦いで、誰もがそれを自力で乗り切らねばならない、という。そして彼女は宣言していた。自分も同じようにやれる――と。しかし、僕は思った。死が戦いだとすれば、一体何に対する誰のための戦いなのだろうか。また死を自力で乗り切るとは一体どういうことなのだろうか。

——かあちゃんは、この作者の母、さらにはこの作者のように、どれほどか困難な死というものを果して自力で乗り切れるだろうか。

僕は歩きながら、そう考えると胸苦しくなってくるような気がした。

死とは本当は取るに足らない、なんでもない現象に違いない。死に際しての苦痛は生と死の転換点を苦闘物語として演出するし、過去の累積された記憶は本人やその身近に佇《たたず》む人間たちを、深い未練の沼に誘い込む。しかし、それは死という現象のいわば周辺機器であって決して本体ではない。

死の本体とは、誰にでも必ず起こる事実——つまりは誕生と並ぶ人間にとって唯一無二の絶対現象というだけで、それ以上のことは実のところ誰にも分かってはいないのだ。死を正確に形容するとすれば、それはやはり「取るに足らない」、「ありふれた」、「平凡な」出来事と言う以外にはあるまい。

それでも、と僕はかねて思っているのだった。

僕たちは、その死の先にあるものを、たとえ不可能であっても必死に思考せねばならない。この作者の言うように死が「乗り切る」ものだとするならば、僕たちは是が非でも、その乗り切った先にあるものの正体を摑《つか》まなければならないのだ、と。

だが、かあちゃんにはそんなことは絶対に無理だ。だから、僕は、かあちゃんは無事に死を「乗り切る」ことができないのではないかと考え込んでしまう。

アパートの前まで来ると、三階の僕の部屋の窓から明かりが洩れていた。久し振りに雷太かほのかがやって来たのだろう。ドアを引くと鍵がかかっていた。

僕は自分の部屋に鍵をかけたことがなかった。一人で在室のときは内鍵もかけない。そもそも昔から誰かに侵入されて不都合な住居というものに住んだ経験がなかった。子供の頃に母や妹と一緒に暮らした北九州のアパートは、女所帯ということもあってむしろん鍵をかけていたが、高校を卒業して東京に出てきてからは鍵というものを使ったことがない。学費の捻出と日々の生活費を稼ぐのに血眼《ちまなこ》だった大学時代は、盗まれて困るような貴重品など部屋にあるはずもなかったし、就職して給料を貰う生活になっても通帳や印鑑の類を会社のロッカーにしまっておけば、アパートに鍵など不要だった。

ただし、ほのかには一人で部屋にいるときは必ず鍵をかけチェーンを下ろしておくようにきつく言いつけてある。当然のことだ。

チャイムを鳴らすと、しばらくしてドアが開いた。

「先生、お帰りなさい」

二週間ぶりくらいで見るほのかの顔だった。

「ただいま」

僕は言って、ドアの錠を下ろす。

「しばらく見なかったけど元気にしてたのか」

ほのかは答えず、不明瞭な笑みを浮かべる。長い髪が濡れていた。シャワーを使ったのだろう。僕は部屋に上がり、ほのかが戻ったキッチンの方へは行かずそのまま八畳の洋間に入った。背広を脱いでシャワーを浴びるために浴室に向かう。髪と身体を洗って部屋着に着替え、キッチンの扉を開けた。

ほのかはテーブルに本を幾冊か広げて、何か書き物をしていた。冷蔵庫からビールを取り出そうとしていると背中に声がかかる。

「サラダと煮物が入ってるから、食べていいですよ」

ああ、と頷いて缶ビールと一緒にラップしてある小鉢二つを摑んでテーブルの上に置き、向かいの椅子に座った。ほのかは顔も上げずにレポート用紙に熱心にペンを走らせていた。ビールをすすりながら、小鉢をつつき、その様子をぼんやりと眺める。サラダはタマネギと人参のポテトサラダで、煮物は椎茸とれんこんと栗、油揚げを甘く煮含めたものだった。夕食は出前のそばで簡単に済ませていたので、箸が進む。

ほのかは菜食主義者で、肉や魚は一切口にしなかった。その分、たまにこうして作ってくれる惣菜の味付けは巧みで、どれもなかなかに旨かった。

「動物の肉を食べることに嫌気がさしちゃったの。牛でも豚でも鳥でも魚でも、生き物を殺して食べるのは、とにかく私はもう厭なの」

僕が知り合ったときから、彼女はそう言っていた。そんなほのかに影響されたのか、もともと魚は決して口にしない雷太が、最近は肉もあまり食べなくなっているようだった。

ほのかに勉強を教えている頃、一度、彼女の部屋に紛れ込んだ蚊を潰したらひどく辛《つら》そうな目をされたこともあった。

「私って虫も殺さないような女よ」

中学生だった彼女は、しばらくするとそう言って照れ笑いを浮かべ、と思うと、

「だけど、こういう人間って、長く生きることできないよね」

不意に冷めきった顔になってつけ加えたものだ。

生き物を食べないという彼女のこころがけを僕は悪いことではないと思っている。ただ、そういう人間は長く生きることができないという彼女の直観もまた正しいような気はしていた。生理的なことではなしに、生き物を殺さないというその思想全体が人間という存在の摂理に逆らっていると僕は思う。

「別に自分がやりたくないことをやり通してまで長生きする必要はないさ」

あの時はそんなふうに言った憶《おぼ》えがある。

僕は会社に入ってからもしばらく家庭教師のアルバイトをやっていた。学生時代から続けていた母と妹への仕送りの務めもあり、ことに入社したての頃は四歳下の妹が地元の短大に進むことになって何かと物入りだった。いくら出版社が高給とはいえ、新入社員の給料ではとても高額の入学金や妹の学費、彼女の一人暮らしの生活費を捻出することはできなかった。

僕の最初の配属先は経理部だった。同期入社の連中は全員が編集部門を希望していたが、僕は出版社を就職先に選んだからといって編集者になる気などさらさらなかった。いまの会社を受験したのは、単に給与の高さにひかれたからに過ぎない。すすんで業務部門を望むと、願い通りに経理に回された。そのおかげで年に二回の決算時期を除けば残業もなく、学生時代同様に夕方からのアルバイトは自在だった。

中学三年生だったほのかの勉強を見たのは、入社二年目から三年目までの一年間だ。週三回、午後七時から十時まで三時間の受験指導だったが、その甲斐《かい》あってか慶應女子高校に無事合格した。現在彼女は、慶應大学文学部人間関係学科心理学専攻の三年生だ。僕の方は二年間の経理部勤務の後、別に申し出てもいないのに週刊誌の編集部に異動させられ、以降はさすがにアルバイトなど不可能な生活になってしまった。といっても、週刊誌時代は超過勤務手当がふんだんに付いたからバイトの必要はなかったし、入社して三年もすると、給与は一部上場企業の課長職を優に超える額となったので、母が三年前に病を得て治療費がかさむようになるまでは経済的に十分な余裕があった。

高校合格を祝った日を最後に一度も音沙汰のなかったほのかから突然、会社に電話が来たのがちょうど半年前、五月連休の谷間の時期だった。

僕はほのかと五年ぶりに再会した。

中学のときも拒食と過食を繰り返し、心身ともに不安定な女の子だったが、大学生になっても状態はおよそ改善されているようには見えなかった。銀座の料理屋で会ったのだが、相変わらず野菜以外は食べなかったし、それにしてもひとくちふたくち箸をつけるだけでビールばかりがぶ飲みしていた。身長はぐんと伸びて百七十近い背丈になっていた。訊ねてみると体重は四十キロそこそこだと言う。

　ほのかの失調の原因が家庭環境にあることは、彼女の家に通っていたときから察していた。航空宇宙技術研究所に勤める父親は日本のロケット開発の第一人者として高名だったが、生活の大半を家族と離れてアメリカや種子島で送り、ほとんど家庭を顧《かえり》みていなかった。母親の方は音楽家で、彼女も一年の三分の一はリサイタルや地方の音大での講義で家を空けていた。そのくせ、この母は著しい強権をほのかと三つ歳下の弟に対して揮《ふる》っており、徹底した過剰教育を姉弟にほどこしていた。

　食事のあいだも、どうして急に連絡を寄越したのか、ほのかはまったく理由を明かさなかった。向こうから切り出さない以上、僕から問いただすわけにもいかなかったが、それはともかくも、そうした変わらぬ有り様からして、たった二時間ほどのあいだにすっかりべろんべろんに酔ってしまった彼女をそのまま家に戻すわけにもいくまいと考え、その夜、僕はこのアパートに連れ帰ったのだった。

　アパートに向かうタクシーの中で、ほのかは酔いで苦しげな息を吐きながら、

「今日も駅のホームでね、小さな子供を狂ったように叱りつけている若い母親を見たんです。子供が泣き叫んでるのにお構いなしで、ほんとに気が違ったみたいに怒鳴りつけて。あんなに我が子を苛《いじ》めるなら、子供なんか産まなければいいのに。ああ、なんて嫌

な光景だろう。この世界はなんて惨めな世界なんだろう」

と、誰に言うともなく嘆息した。

「そんな母親は早く死んだ方が子供のためだ」

僕が言うと、彼女はしばらく黙り込んだ。そして、

「それでもあの子にとってはたった一人の母親なんです」

と呟いた。

部屋の六畳間に布団を敷いて寝かせ、酔い醒ましのために冷たい濡れタオルで顔や首筋をゆっくりと丁寧に拭いてやった。

「先生ごめんなさい、迷惑かけて」

目を閉じ、深いため息を洩らしながらほのかは言った。

しばらくして僕は訊いた。

「お前、死にたいのか」

「分かりません」

彼女はそう答える。

「死にたいなら、この部屋で死ねばいいさ。誰にも邪魔されない。一人で死ぬのがさみしいのなら言ってくれ。協力できないこともないから」

ほのかは何も言わず、そのうち痩せ細った顔を微妙に歪め、やがて閉じた二つの瞼《まぶた》から涙を流し始めた。

「誰もいなかったんです。誰かに電話しようと思って、そしたら誰も電話できる人がいなかったんです」

僕はその手を握った。骨ばった冷たい手だった。

ほのかは静かに泣いた。ずいぶん長いあいだ泣きつづけていた。

タオルで涙を拭《ぬぐ》っていると、唐突に、

「先生も死にたいんですか？」

と問い返してきた。

「さあ、分からないな」

言うと、

「ですよね」

ようやく小さく頬笑んで、彼女はそのまま事切れるように眠りに落ちたのだった。

ほのかの痩せた寝顔を眺めながら、彼女はしばしば死にたくなるのだろう、と思った。それは現代に生きている多くの人間たち、ことに彼女や、かろうじて自分のような、まだ若いと呼ばれる者たちにとってはごく当たり前の現実に過ぎないのだろう。たしかにこの世界は、むろんいつの世も似たようなものだったにせよ、そこで生きるには余りに魅力に乏しいように思われる。だが、僕はきっとほのかほどには死にたいとは思っていない気がした。生まれてこなければよかった、という感覚は死を願う感覚とはさほど重なるところはあるまい。

ただ、昔から、「生まれなければよかった」とか「誰も産んでくれなどとは頼まなかった」とか「こんなことなら死んだほうが楽だ」などと口にすると、僕の数少ない体験では、親身になってくれる人ほど決まって、

だったら死んでみろよ。

と言ったものだ。それは少し考えてみれば、逆説的な効用を持つ言葉の最たるものだったし、そういう人は、最初にそれを口にしたあと、こちらの話を深く聴き取り、みずからの体験にまつわるさまざまな話を披露し、僕を懸命にそして賢明になぐさめ、あたたかく励ましてくれたのだった。

だが、僕は、そうした彼らの、当のその最初の言葉にいつも失望した。その後の彼らのどんな話もろくに耳に入らないほどに実は徹底的に失望したのだ。

だいいち「生まれてこなければよかった」からといって「じゃあ死ねよ」と言われる筋合いはない。仮に「死にたい」と訴えたとしても、そう訴える相手に対して「死ね」と言い放つ権利が誰にあるというのだろうか。

そんな乱暴な言葉を口ずさむならば、せめて、「だったら一緒に死んでやるよ」くらいのことは言ってくれてしかるべきだろう。

死にたいと言い募る人間を止めることはできない、死に魅入られた人を救うすべはない――などと俗に言うが、そんなことはない。一日二十四時間、手分けしてでもその人

を監視しつづければ物理的に自殺は防げる。僕は常々、本来、自殺というのは激減させることができると思っている。減らせないのは自殺する人間の周囲にいる者たちが、妙な遠慮を働かせてしまうのが最大の原因で、その根底にあるのは現代に蔓延する西欧的個人主義崇拝の悪しき風潮であると確信している。

私はほんとうに死にたいのだろうか？

と、

私はほんとうに死にたくないのだろうか？

という問いはどちらが重要であるのか、と僕はそのときほのかの寝息を耳にしながら考えた。いつかは必ず死んでしまう僕等にとって、後者の方がはるかに重要な問いであろうと感じた。

あなたはほんとうに死にたくはないのですか？
もしそうだとしたら、
その理由は何ですか？

と問われたらみんなは一体何と答えるのだろうか？　ぼくに限って言えば、自分にも他人に対しても十分に説得的な「その理由」はどう思案してもひねり出せないような気がするのだが、愛する人や愛する家族がいる人達は、きっとその人達のために死にたくないと答えて、その先のことは何も考えないで適当に済ませるのだろうと思う。中にはもっと楽しみたい、もっと幸福になりたいから、などと「人の定め」と「その定めに至る単なる状態」とを混同してしまって、質問自体をはぐらかす人もいるだろう。そういう人は、自分が死ぬということから目を背《そむ》けているのだけれど、きっと死ぬ瞬間にその分の多大なツケが回ってきて苦しむことになるに違いない。

ある医師の書いた文章によると、一九九八年以降三年連続で自殺者が三万人を超えており、これは戦後の自殺者急増第三期なのだそうだ。彼は書いていた。

〈58年をピークとした第1期は、日米安保条約の改定を目前に控えた激動の時代であり、30歳未満の若者が全体の半分を占めた。第2期は83年から86年のバブル景気突入直前だ。このときも急増の原因は、この世代。98年から始まった第3期は、どの世代も増えているが、今度は、いま50代前半の団塊《だんかい》の世代が中心である〉

これを読むと昭和三十年代前半には、僕のような三十歳未満の人々が年間に少なくとも一万人以上は自殺していたようだ。これは大層な数字だと、この文章を読んだときに僕は驚いた。正確に一万人だとしても一日に二十七人も死んでいた勘定になり、ということは実質的には三十分に一人の若者が日本のどこかで必ず自殺していたことになると思ったからだ。

〈ただ、第1期に見られた、30歳未満の若者が自殺者の半分を占めるという傾向は、以

後は弱くなり、いまでは自殺者の十数パーセントにすぎなくなっている。若い人は自殺しなくなった〉

とも書かれていた。この部分を読んで、僕はなぜいまの若い人は自殺しなくなったのかを少し考えてみたが、その理由はよく分からなかった。

しかし、一方でそのときつくづくと思ったものだ。

どうして僕は自殺しないのだろう？

と。そしてその理由もそうやすやすとは見つからない、と僕は考えたのだった。

レポート用紙に一心に向かい、一度も顔を上げないほのかの正面に座って、僕は三十分近くかけて缶ビールを空けた。壁の掛け時計を見ると、針は十一時を指していた。ほのかが何を書いているのか分からなかったが、大方授業の課題のレポートだろう。僕は仕事以外で文字を追うことはうんざりだったので、最近は滅多に本を読まなくなった。僕は読むとしたら担当している作家の作品か、仕事に必要な参考図書がせいぜいのところだ。だから、目の前でほのかが書きつけている何かしらの文章にも一切の興味は感じなかったが、ただ、誰かがものを書くことに心を注いでいる姿をこうして側近くで見るのは嫌いではない。僕が家庭教師の仕事が好きだったのは、勉強を教えるという行為でなく、そういう生徒たちの真剣に勉強する姿に接することができたからだった。

心地よい幽かな酔いが体に広がって、僕は眠気を感じた。黙って立ち上がり二つの小鉢を流しで洗い、ビール缶は丁寧に潰して専用のゴミ箱に捨てた。ほのかが来るようになる以前は、僕や雷太が飲み捨てた大量のビール缶やワインやウィスキーのボトルが大きなゴミ袋にごちゃ混ぜになってそのまま台所のかなりのスペースを占拠していたのだが、几帳面な彼女の登場で、それぞれが分別され、適宜《てきぎ》ゴミ出しされるようになり、いつの間にか僕も雷太も素直に彼女の決めたルールに従うようになったのだった。

食器をカゴに置き、手を拭いて部屋に引きあげようとしたとき、

「お茶でも淹れますか？」

という声がした。振り返るとほのかがこちらを見て少し頰をゆるめていた。すでにレポート用紙はしまわれ、本は閉じられてテーブルの端に積まれていた。

「じゃあ、いまお湯を沸かそう」

僕は薬罐にミネラルウォーターを入れて火にかける。ほのかは水道の水は口にしなかった。彼女が隣にやって来て、流しの上の戸棚からグラスを二つ取り出した。

次に流しに嵌《は》まった小引出しから銀色のお茶の袋を出す。

「どうしたの、それ」

僕はグラスの方を見た。

「この前泊まったときにこのお茶を見つけたから、今日買ってきたんです。雷太さんの分もいれて三つ」

透明な肉厚のグラスだった。

「上等そうなグラスだね」

ほのかが笑う。

「そんなことないですよ。リサイクルガラスだから一個三百円」

「そうか」

「先生って、いつも思うけど、生活者としてはほんと最低レベルの人ですね」

僕は先に流しを離れてテーブルに戻った。

「それより、このお茶の方がずっと上等なんですから」

真空包装された茶袋の封を鋏《はさみ》で切りながらほのかが言う。

「誰が買ってきたんですか？」

「彼女がくれたんだ。そういえばあの人もいいお茶だと言ってたな」

「でしょう。このお店、青山でいまとても流行ってる中国茶の専門店なんです。これたぶん百グラム五千円くらいすると思いますよ」

ほのかはスプーンで丁寧にお茶の葉をグラスに落とし、沸騰したお湯を半分くらいまでゆっくりと注いだ。

「ああ、いい香り」

グラスの頭を持ってまず僕の前に置き、それから自分のグラスを運んで向かいの椅子に腰掛ける。

湯気に顔を近づけるとなるほど、蜜に似た淡い香りが鼻腔をくすぐる。細い茶葉は産《うぶ》毛《げ》のようなものをまとい、熱湯にわずかに開いて透明なグラスの中であざやかな黄緑色に染まっていた。一口含むととろりとした甘味がある。

「うまいな、これ」

ほのかもおいしそうに啜《すす》っている。

「リュイシエインヂェンっていうんですよ」

茶袋のラベルを見て、言った。

「なに、それ」

「緑の雪の銀の針で、緑雪銀針。先生、中国語は駄目なんですね」

「全然分からないよ」

「先生って知らないこと結構多いですよね。昔は何でも知ってるように見えたけど」

妙に感心した風に言う。

「あたりまえだろ」

「だけど、漢字っていいですよね、雰囲気あって。英語だったらお茶はただのグリーンティーだし、紅茶やコーヒーだって地名からとったものばっかりで、こんな素敵な名前なんてないでしょう」

「そうかな」

「そうですよ。だから私は英語は好きじゃないんです。今日も授業で和文英訳をやらされたんですけど、『狼狽《ろうばい》』って言葉が出てきて、これ英語だと何て訳せばいいと思います？」

「さあ、狼狽だったらコンフューズとかアップセットとかかな」

「ドント　ノウ　ホワット　トゥ　ドゥ」

ほのかが苦笑する。

「なるほど」

「だけど、これって狼狽のほんとうの意味と全然違うじゃないですか」

「ほんとうの意味？」

「狼狽というのは、獣偏に良と貝の二文字でしょう。狼も狽もオオカミのことで、狼は前足が長くて後ろ足が短いオオカミで、狽は前足が短くて後ろ足が長いオオカミのことなんです。だから彼らはいつも一緒に行動してるんですが、離れてしまうと倒れて、二頭ともパニックになっちゃうんです。だから狼狽。知りませんでした？」

「ああ」

「そうなんですか、常識ですよ」

「悪かったね」

「別に謝ることないですよ、責めてるわけじゃないんですから」

玄関で見たときはいつもの仏頂面だったが、どうやら今夜のほのかは機嫌が良さそうだ。熱いお茶を息で冷ましながら、うまそうに飲んでいた。再び茶袋をとって眺めている。

「今度、茶香炉《ちゃこうろ》を買ってきてあげますよ。遅くなったけどお祝いです。たしか先生の誕生日十日だったでしょう」

「何、その茶香炉って」

「先生、もしかして、お茶って飲むだけとか思ってます？」

返事しないでいると、なおさらおもしろそうな顔になった。

「茶香炉というのは、お茶の葉をお皿にのせて下から蠟燭《ろうそく》であたためる香炉です。このお茶だったらいい香りがしますよ。きっと心が落ち着きます」

「心が落ち着くね、ふーん」

「すぐにそういう馬鹿にした顔する」

彼女は実に楽しそうだ。

「馬鹿にしてはいないけど、興味はないな。心が落ち着くなんて曖昧な話だし、きみの口から聞くとますます信用できない気がするよ」

「ひどいなあ。私だって四六時中落ち込んでるわけじゃないですよ。それに、そういったゆとりが生活の中で一番大切なことなんですから。お茶もゆとり、香りもゆとり、漢字だってゆとりですよ」

僕は思い出した。そういえば枝里子がこのお茶をくれたときも、いまのほのかと同じようなことを言っていた。

——とてもおいしいお茶なの。コップに入れてお湯を注ぐだけで飲めるから、お酒を飲みすぎたときにでも飲んでみて。きっと一息つけるから。あなたには、何もしないでおいしいものをただおいしいと感じるような、そんなゆとりがいつも欠けてる気がするから。

「ゆとりね」

「そう、ゆとりです」

ほのかの笑みはどこか不思議な色合いを滲ませている、と僕はいつも思う。

5

仕事に追われているうちに、いつのまにか年が明けた。

出版の仕事というのは年末がいちばん忙しい。雑誌の編集部であれば、新年特別号と新春号（二月号）を十一月下旬から十二月中旬までのひと月足らずで仕上げ、さらに三月号（二月発売）の目次の半分は用意しておかなければならない。書籍においても、印刷所の状況に押されて一月、二月刊行予定の単行本の校了はタイトなスケジュールになる。さらに三月期の決算を控えて全社的に売上高の増進が号令されるため、例年、年明け早々の刊行点数は多く、加えて僕の勤める会社のような大手の版元では、元旦の新聞広告で、その年の劈頭《へきとう》を飾るにふさわしい目玉の商品をすくなくとも数点は並べなくてはならない。年末というのは、売れっ子作家の長編小説や、個人ないしはテーマごとの全集の第一回配本、大型企画本など、それまでの一年間で各編集者が手間隙《てまひま》かけてじっくり仕込んだタマを満を持して送り出す、いわば正念場の季節でもあるのだ。

僕の場合も、半年ほどを費やして集めた三十本余りの教育問題に関する各界人士の論考をまとめねばならなかったし、月刊誌時代に懇意にしていた前総理の回顧録を一気に仕上げる必要もあった。そういうわけで、十二月中の三分の二は社の地下にある仮眠室に泊まり込んだ。

クリスマス・イブは、枝里子と虎ノ門にあるホテルでフランス料理を食べた。去年もそこで食べ、今年もそうした。枝里子は二度目のイブを同じところで、同じ二人で迎えたことを少し感傷的に受け止めていた。「あの雨の日からもう一年になるのね」としみじみ言うので、まだ、たった一年だろうと言うと、彼女は嬉しそうな顔をした。料理は去年同様に値が張るばかりでちっとも旨くはなかった。

クリスマスの晩は「ニューソウル」でクリスマスパーティーをやった。僕がケーキとシャンパンと母子へのプレゼントを持って七時頃いくと、朋美は、いつもは店の冷蔵庫の上にのせてあるオーブンレンジをカウンターに持ち出してきて、チキンを焼いている最中だった。

白いテーブルクロスをテーブルにかけ、三人でコの字型のソファに座り、シャンパンを抜きクラッカーを鳴らした。チキンをむしりながら、朋美も、これをあなたと食べるのは三度目ねと言った。皮がカリカリになるまで焼けて、鶏はいままでで一番香ばしくよくできていたので、僕はそのことを何度も褒《ほ》めた。パク・イルゴンは昨日のイブにプレゼントを持ってやって来たという。拓也が父親に貰ったたくさんのベイブレードを、店の狭い床を使って回し、僕もゲームに参加して二人ですっかり熱中してしまった。

枝里子は十二月二十九日、実家のある諏訪《すわ》の町へ帰っていった。僕はそれを新宿駅で見送った。

朋美と拓也も三十日の昼、実家のある仙台へ帰っていった。僕はそれを東京駅で見送った。

大晦日《おおみそか》は晩に雷太が訪ねてくることになっていた。昼頃に起きだして、車で門前仲町のリカーショップに酒を揃《そろ》えにでかけた。僕もかなり飲む方だったが、雷太の飲みっぷりは痛快で、あれだけの酒豪にはめったにお目にかかれないと思っている。種類取り混ぜて大量の酒を購入し、回転寿司屋で食事を済ませてアパートに戻ると、午後はずっと本を読んで過ごした。自分のための読書など久方ぶりだったが、この東京に枝里子も朋美もいまはいないのだ、と思うと心が鎮《しず》まり、素直に活字に没入することができた。

雷太は九時過ぎにやってきた。大皿に盛ったたくさんの料理を持ってきたので、さっそくそれをダイニングテーブルの真ん中に据えて、二人で飲みはじめる。料理は昨夜まで営業していた店の余り材料で今日一日かけてこしらえてきたのだという。去年の大晦日も作ってきてくれたが、雷太の腕前はなかなかで、味は良かった。今年はそれ以上の品数で、とても一晩では食べきれない量だった。

「こりゃまた豪勢じゃないか」

と言うと、

「客の入りが悪くてさ、肉も野菜も去年の倍は残っちゃったんだよね」

と渋い顔をする。

「国民いじめの構造改革はもうこりごり、大企業優先の弱者切り捨て政治から中小企業と雇用を守りましょう——なーんてね。だけど、巷《ちまた》のプロレタリアートはマジで青息吐息だね。うちみたいな店でも常連さんの足がどんどん遠のいてて、大将はほんと頭抱えてるもん」

雷太は高校を二年で中退し、中野の「鳥正《とりまさ》」という焼鳥屋で住み込みの店員をやっている。今年二十歳になったばかりだ。父親は多摩地区の古顔の共産党幹部で、現在は稲城《いなぎ》市の市議会議員をつとめていた。この父親との折り合いは悪くないらしく、休みの日には党の活動の手伝いなどもしている。

そもそも雷太と知り合ったのは、二年前の春に彼が新宿の街頭で日共のビラ配りをしていたのを、僕の知人の寺内というテレビプロデューサーがスカウトしそこねたのがきっかけだった。声をかけたもののあっさり振られた寺内は、それでも諦めきれずに何とか勤め先を聞き出し、以来「鳥正」に日参して雷太を口説きつづけたのだが首尾は上がらなかった。そんな折に寺内から誘われて、僕も冷やかしのつもりで一緒に店を訪ね、そこで雷太と出会ったのだ。二年前の六月のことだった。

趣味は階級闘争、愛読書は「共産党宣言」とうそぶいて寺内を煙《けむ》に巻いていた雷太だったが、むろんマルキストでも何でもない。最近は父親から入党を勧められてもいるようだが、彼が応ずる可能性は皆無に違いない。

寺内がその個人的性癖はともかくも、自分が制作するドラマに雷太を起用したいと熱を上げたのは無理からぬ話ではあった。というのも雷太は「息を呑む」という言葉が字義通りに胸におさまるほどの美しい青年なのだ。さんざん寺内から前評判を聞かされたあげくに彼を初見した僕でさえ、思わず目を奪われてしまったほどだった。

二度目にひとりで店に顔を出した際に、そこそこ雷太とやりとりできたのだが、それによると寺内に類したスカウト話は、彼が高校に通っていたときから引きも切らなかったらしかった。

「だけど、そのルックスじゃあ、日常生活も容易じゃないんじゃないの」

僕が言うと、雷太はあっさりと頷いて、

「なんだかねえ……」

と笑ってみせた。

「ま、歳食って、貧乏暮らしが板についてくれば、若い頃のこんな面《つら》なんて坂道転げ落ちるみたいにくすんでくるじゃないすか。それまでの辛抱ってとこですかね」

「だろうね」

と、僕も相槌を打つ。

「顔がいいからって、調子に乗ってアイドルやタレントや役者なんかになる人間は、ちょっとどうかしてるって俺は思ってるよ。まあ、頭がいいからって東大行って官僚や学者になる連中はほんとにどうかしてるんだけどさ」

「なんだかねえ……」

串を炭火の上で丁寧に炙《あぶ》りながら、雷太は僕の言葉に同意した風で頬の肉をかすかに切り上げてみせた。その冷笑にも似た不敵な表情には、見る者を怖気《おじけ》づかせる確実な暴力の匂いがまとわりついていたのだった。

その後、店が引けたあと連れ立って飲み歩くようになると、よりはっきりと雷太は言い切った。

「直人さんは、学者とか役人はどうかしてるって言ってたけど、俺はやっぱ芸能人や政治家の方が下《げ》の下《げ》だって思いますよ。学者とか役人なんて所詮は誰も知っちゃいないけど、芸能人や政治家は顔売ってなんぼの下衆《げす》な商売じゃないですか。あんなかっこ悪いことやらかしといて、自分はかっこいいと思ってんだから、俺なんかだって、たまに許せないなって思うことありますもん。何を勘違いしてるって、俺は、自分のことが自分で見えてるって信じ込んでるやつほど、始末におえない人間はいないと思うんですよね。直人さんはそう思いませんか？」

「自分のことが自分で見えてるって、どういうこと？」

僕は雷太のその台詞にすこし興味を覚えて訊き返した。

「いや、だから顔売る商売ってのは、売ってる自分をほんとうの自分がうまくコントロールできるかどうかってとこにとりあえずの戦略が存在するわけじゃないですか。自分という商品をいかに高く他人に売りつけるかってことですよね。それによって利潤を得るという経済行為なわけでしょう。だけど俺は、自己を商品化した人間というのは、結局のところ、その商品をマネージメントするもう一人の自分というものをでっちあげることで、自分の中の不完全性や曖昧さや相対性を徹底的に排除して、富や権力の獲得にその人生をまるごと隷属させることを自らに許したんだと思うんです。だけどそれって正気の沙汰じゃないでしょう。自分のことなんていくら頑張ったって絶対分かりっこないじゃないですか。なのに、連中はその分からない自分の上っ面をひん剝《む》いて商売してるんだから、これはもう精神的なストリッパーとしか言いようがない恥知らずじゃないすか」

僕は、生煮えのような雷太の言葉をしばらく頭の中で咀嚼《そしやく》しつつ、かつて読んだ本の中でエーリッヒ・フロムが次のように書いていたのを思い出していた。

――客観的には自己以外の目的に奉仕する召使となりながら、しかも主観的には、自分の利益によって動いていると信じている事実を、一体われわれはどのようにして解決できるであろうか。プロテスタンティズムの精神と、近代的な利己主義の精神の信条とをどのように和解させることができるであろうか。

フロムは、結局のところ利己主義は自愛などではなく、単なる貪欲の一つに過ぎないと断じていた気がする。そこで僕は雷太に対して次のように言った。

「別に芸能人や政治家がかっこ悪いってことに、そんな回りくどい理屈は必要ないんじゃないの。俺は人間は誰でも物売りでしかないと思ってるよ。きみが焼き鳥を売って商売してるようにさ、八百屋は野菜を売ってるし、魚屋は魚、肉屋は肉を売ってる。ＧＳのお兄ちゃんたちはガソリンを売ってるし、車屋は車を売ってる。電器屋は電気製品を売ってる。銀行屋は金を売ってるし、学者や芸術家やいろんな職人たちは身につけた技術を売ってる。そして芸能人は芸を売ってる。政治家は政策を売ってる。ただそれだけだろう。誰も何も変わりはないのさ。みんな食っていくためにこの地球からさまざまな資源を剝《は》ぎ取っているってだけのことだ。きみが言うところの顔を売るってのは、たしかに自己の商品化とも言えるけど、もっと単純に言えば、芸能人や政治家は、たかが物売り風情にしては、八百屋や魚屋より嘘が多いってことだろ。商品である魚や野菜には嘘の入り込む余地はほとんどないし、職人の技術にも嘘はそんなにはない。しかし芸能人や政治家たちは、自分たちの商品が曖昧で形をとりにくいこともあって、虚飾でもってその商品価値を上げようとする。その見え透いた貪欲さと嘘がさ、買う側の俺らからすればひどくみっともないって話だろ。何にしろ、嘘つきは泥棒の始まりって言うからね。要するに連中はちんけな嘘つき野郎にすぎないってことじゃないの、きみの言いたいのはさ」

「まあ、そういうことかもしれないすけど。あいつらがアーチストとか先生とかお互い呼びあったりしてるの見てると、ほんとむかつくじゃないすか。この世の中、どんどん腐ってるって気がしますもん」

「別に、いまの世の中だけが腐ってるってわけじゃないだろ。世の中というのはいつの時代でもこんな風に腐ってたはずで、だから腐ってるなんて言う方がナイーブ過ぎると俺なんかは思うけどね」

付き合いだして一ヵ月もすると、たまに雷太は僕の部屋に泊まりにくるようになり、それからこの二年余り、ずっとそうした付き合いがつづいているのだった。

僕たちは紅白歌合戦を眺めながら、しこたま飲んで食った。雷太は十二時を回ると、グラスや食器を片づけ、

「じゃあ直人さん、自分はそろそろ引きあげます」

と言って帰って行った。

元旦から三日間、僕は恒例の政界の実力者たちの年始客リスト作りで、首相官邸や深沢の小沢邸、護国寺の鳩山本家などをぐるぐる巡って、ハイヤーの中から写真部のカメラマンと共に広壮な邸宅の門を出入りする黒塗りの高級車たちを眺めつづけていた。こ

の仕事はなかなか志願者がおらず、会社も数年前までは人のやりくりに四苦八苦していたようだが、僕が入社してこの方は、その煩《わずら》わしさから解放されていた。

三日間のあいだに自動車電話を四回使った。三回は北九州の妹にかけ、最初の一回は大西夫人にかけた。元日の朝六時に電話すると、夫人は起きぬけの間の抜けた声で「明けましておめでとう」と言った。

四日の夕方にいつものホテルで会う約束をして電話を切った。

午後になり、客足が途絶え、カメラマンがフィルムの整理を始めると、僕は大晦日から手をつけていた本を開いて毎日車の中で読みふけった。その本は、或る有徳の女性仏教者が晩年に著した随想集で、釈尊の教えをわかりやすく弁じたものだったが、幾度か読み返すに値する立派な文章だった。たとえば「生きるということ」と題された一文では、釈尊の有名な「四門遊観《しもんゆうかん》」の説話を紹介した上で、彼女は次のように記していた。

――若い日の私は、この伝説を実によそよそしい作りごととして聞いた。時には、大事なお釈迦さまをこんなひ弱な世間知らずに仕立ててよいものだろうかとさえ思って反発した。しかし七十年近くを生きて来てみて、まさに老いが至り、その老いは必然として病を含み、その向こうに死が見えるようになった今、ここに語られている言葉の一つ一つの真実にほとほと驚嘆し、そうだ、そうだ、全くその通りだ、生きるということは、そういうことだったのだ、人間存在から、若さや、美しさや、愛や、情念や、富や、地位や、世間的能力など、うつろい行くものすべてを、ささらでも使って根こそぎかき出してみれば、あとに残る骨組《ほねぐみ》は、万人共通の老・病・死があるばかりだったのだ。自分をはじめ人は誰でも、老いに直面し、病に直面し、死に直面してみてはじめてそのことに気がつく、いやもしかしたら、気づくことさえなく死ぬのかも知れない。

それに対して釈尊は、漆黒《しっこく》の髪を持ち、人生の花開いた美しい青春の日に、生存のまごうかたなき骨組を、老・病・死の「苦」とうけとめた。しかもそれを、生存するものすべて（一切衆生《いっさいしゅじょう》）の苦ととらえ、その苦を超える道を求めて出家された。何という宇宙大の感性、何という宇宙大の優しさ――更に私が喜悦するのは、若き日の釈尊は老・病、死が万人にとってまぬがれがたい真実であるにもかかわらず、人がそれをいとわしく思う底に、

若さには　老いに対する
健康者には　病者に対する
生きているものには　死者に対する

無意識の優越感、傲慢の思いがあるということに思い至ったと伝えられることである。ああ七十年を生きてかかえこんだ私のこの腐ったはらわたをつかみ出して見せてくれるこんな言葉を、一体他の誰が私の耳もとで語ってくれるだろうか。これほどわかり易く、

これほど理路整然と――。

そして後段で彼女は、現在の自らの心境を以下のように書いているのだった。

――老・病・死をかかえこんだ髑髏《どくろ》にいのちの衣をきせたのが「生」というものであるならば、ひとときまとうその衣は、出来得れば美しくたおやかでありたい。

日々に生きゆく姿は、日々に死にゆく姿だと思えば、ものみな有難い。

活き活きと生きゆくことが、活き活きと死にゆくことだと納得すれば、心やすらぐ。

一月三日の夜、アパートへ帰るハイヤーの中で、僕は突然胸が苦しくなった。呼吸が乱れ心臓が早鐘を打ちはじめ、息をつくたびに喉が笛鳴りして体中に震えがきた。肺のパイプの何本かが詰まり、吸った酸素がちゃんと胸の奥に届いていない感じだった。そのうち息のかたまりをうまく吐き出せなくなってきた。身体ぜんぶが、ピンホールから無理やり空気を抜かれている浮袋みたいだった。

僕はネクタイをゆるめワイシャツのボタンを三つ外し、ベルトをとって靴を脱ぎ、ムートンの敷物を敷いた車の後部座席にうつぶせにならねばならなかった。そんな差し迫った様子に運転手が何度も声をかけてきた。

この三日間ろくに物を食べていなかったからちょっと疲れただけです、と僕は運転手に説明した。

車を降りて、アパートの階段を昇るあいだに三度もしゃがみ込んで深呼吸を繰り返した。この数年の激務がたたって僕の心臓はかなりの負担を背負い込んでいた。こうやって少し無理をすると、最近は狭心症様の症状を呈する。女子医大出身のかかりつけの医師は若干の不整脈と胸部鬱血の兆候から、心臓神経症だと言っていた。軽い血管拡張剤と小児用バファリンをたまに処方してもらっている。それにしても滅多にない苦しさだった。

部屋の中は冷えきっていたが、ストーブを焚《た》く気にならず、胸は新鮮な空気を欲しがっていた。明かりをつけぬまま、まず窓をあけた。

星のない暗い新年の空を見上げた。吐く息が闇の中で白くゆらめいていた。僕は窓べりに上着をきたまま寝そべり、一分間に恐らく百回以上も息をついた。一時間近くもずっとそうしていた。眠気を催して窓を閉じ、ベッドに横になってからも胸苦しさはおさまらなかった。調子の狂った時計を飲み込んだような気分のまま、僕はただ身じろぎもせず、静止していた。

真っ暗な部屋の中、冷えきった自分の身体を僕は心の手足で抱きしめて、ひどく哀しい想いを感じた。こんなことは久しぶりだと思った。

翌朝、かかりつけの医師に電話をして、急遽《きゆうきよ》診察を頼んだ。いつも通り心電図と胸部レントゲンをとってもらった。

心臓には別段異常はなかった、と眼鏡をかけた中年の医者は言った。ただレントゲンをみると心臓のまわりに多少の脂肪がついているという。彼女は七日分の薬と精神安定剤をくれた。

僕はそのまま会社へ向かいながら、心臓にへばりついた黄色い脂身のことを想像した。その脂もまた僕自身なのだろうかと考えた。

会社に着くと、三日間に撮った数百枚の正装の男や女たちの写真ができあがっていた。スモークガラスの車窓の奥でステッキを抱いてかしこまっている老人、鳩山邸や小沢邸の広い前庭で大仰な挨拶を交わす毛皮をはおった厚化粧の婦人、僕はその一枚一枚の印画紙の裏に軟らかな芯の青鉛筆で彼らの名前と肩書を書き込んでいく。閣僚やただの国会議員、高級官僚や地元後援会のお偉方、大企業の幹部連の名前を書きつけていった。半分は確認でき、残りの二、三百人は結局誰だか分からずじまいだった。

その作業に丸六時間かかった。気がつくと大西夫人との約束の時間を一時間も過ぎていた。ホテルに電話を入れると夫人はいつもの部屋にいた。僕は待たせてしまったことを詫び、ついでに体調のすぐれないことを告げて、今夜は中止にして欲しいと言った。夫人は沈んだ声になって僕の具合を詳しく訊きたいと言うので「仮病のような気もする」と答えた。「じゃあ来てちょうだい」と言われ、ホテルに行くことになった。

夫人はいつものようにピンクローターをヴァギナに入れ込んで、僕の到着を待ちかまえていた。一ヵ月以上あいだが空いていたこともあり、彼女の欲情ぶりは見苦しいほどだった。

「あなたが今朝起きたらすぐに突っ込んでおけって言ったから、もう十二時間も入れっぱなしなのよ」

部屋に入るなり夫人はしがみついてくる。

すっかり失念していたが、元日の朝の電話でそういえばそんなことを命じたような気もした。すりつけてくる下腹部のあたりに微かな振動を感じ、耳をこらすとなるほどジーッとローターが震える音も聴こえてきた。

「いい子にしてたんだね」

体調のこともあったので、僕は普段のように焦《じ》らすことはせず、すぐに作業に取りかかった。すっかり出来上がった気配の夫人にも別に不服はなさそうだった。

まず裸になった夫人をよつんばいにさせて、彼女のヴィトンのバッグから取り出したバイブレーターを部屋の四隅に放っては、絨毯の上に転がったそれを口にくわえて持ってこさせるゲームを三十分ほど延々とつづけた。今夜は早く手仕舞するつもりだったので、上手にくわえて戻ってくれれば、尻を向けさせ、ご褒美としてヴァギナの入口に見え隠れするローターをいじくっていかせてやった。夫人は太いバイブレーターを口いっぱいに頬張り、くぐもった奇声を上げながら倦《う》むことなく何回も達した。

次に、やはり夫人が持参してきたロープで両腕を後ろ手にきつくしばり、猿ぐつわを噛ませアイマスクをかけてベッドに転がすと、全身にゼリーローションを塗ってマッサージをしながら、ローターは抜いて、かわりにバイブレーターを突っ込み、目盛りを最大にして根元まで存分に出し入れした。夫人は涎《よだれ》を垂れ流しながら嗚咽《おえつ》と絶叫を交互に繰り返し、そうやって、途中何度か休憩をはさみ、その都度ヴァギナを熱い濡れタオルで清拭《せいしき》しながらではあったが、二時間以上ひっきりなしにいきつづけたのだった。

半覚醒の態《てい》でだらしなく口を開けて仰臥《ぎょうが》する夫人を横目に時計を見ると、すでに十一時になろうとしていた。さすがに僕の両腕も痺《しび》れ始め、シャツとパンツ姿になってはいても、エアコンの設定温度を高くしていることもあって全身にひどく汗をかいていた。胸のあたりに発作の微かな予兆を覚える。今夜はこのくらいで切り上げようと決めた。

最後は、近頃の夫人が気に入っているメニューで終わらせることにした。

後ろ手のロープを解いて、大きく股を開かせ、今度は左右の足首と手首を二本の短いロープでそれぞれ何重にも縛る。夫人は形ばかりの抵抗を見せるが、これは毎回の反応で、「動くんじゃない!」と一喝《いっかつ》すれば途端に神妙になる。

ローションをたっぷり塗ったローターをとりあえずヴァギナに挿入して、僕は一度ベッドを離れた。自分の仕事カバンから爪切りを取り出し、両手の爪を一本一本丁寧に切り揃えた。右手の人さし指と中指はとりわけ深く切っておいた。

AV男優の加藤鷹が「潮吹き倶楽部」という人気シリーズの中で、潮吹き成功の何よりの秘訣だと力説していたのが、こうやってきちんと爪を切っておくということだった。

アップになった彼の右手の指の爪は、たしかに深々と切り揃えられていて、僕はプロの徹底ぶりはさすがだと感心させられたものだ。

ベッドに戻ってローターを抜くと、夫人のヴァギナからは驚くほどの量の液が溢れだした。右手の人さし指と中指を一気にねじ込み、膣壁《ちつへき》上部の襞《ひだ》の発達した部分に二本の指の腹を密着させ、下から上に揉み上げるように強力に圧をかける。同時に左手でクリトリスを、こちらも遠慮なしに皮を剝いて小さなネジを回す要領で刺激しつづける。

間歇《かんけつ》的に下半身を痙攣《けいれん》させ、無意識のうちに僕の腕から腰を逃がそうとする夫人を適度に宥めつつ、十五分近くただ膣壁の一点に精神を集中して指を使っていると、不意に夫人の腹筋が盛り上がり、さざ波立つように蠕動《ぜんどう》し、「あーん」という幼児の泣き声のような切ない悲鳴が洩れた。そしてその瞬間、股間から大量の液体が噴き出し、僕の右腕をぐっしょりと濡らした。

女性の場合、失禁すると、あとは一切の抑制がない。結局、夫人はベッドの軋《きし》む音が部屋中に響くほどに全身をのた打たせ、腹が空っぽになるまで股間からの噴出を重ね、縛りつけられた手首、足首に真っ赤な痣《あざ》をこしらえ、嚙ませた猿ぐつわで唇の両端を擦り切らせながら、最後には額の血管をいちどきに浮かび上がらせた恐ろしい形相で、失神し、果てたのだった。

加藤鷹は出演ビデオの中で、その日撮影現場で初めて会ったばかりの女優たちが、いともたやすく自分の手技によって失禁・失神していく有り様を見つめ、「いやー、ほんかねえ。ほんと羨ましいなー」といった台詞をさかんに連発してみせるが、そうした感慨が嘘偽りのない本心からの言葉であることは、彼の半ば呆れたような表情と口ぶりからも十分に推察できた。セックスは熟練すればするほどスポーツに近づく――とはよく言うが、僕もつくづくそうだと思う。

僕は大西昭子のことが嫌いではなかった。昭子にしても同様だろう。だが、僕たちは決して愛し合っているわけではなかった。多少の好意を互いに持ち合っているというにすぎない。そして、そうした淡い好意のリンケージの産物として、これほどの恥知らずな行為が成り立つのだとすれば、男女関係の実質とは一体何なのだろうか。

雷太がかつてこんなことを言っていたのを、その晩、僕は帰りのタクシーの中で思い出した。

「セックスってのは飯食ったり、寝たりするのと同じで、ただの瞬間芸じゃないすか。その場かぎりで忘れちまうから、何度でも同じこと繰り返すことができるっていうか。だってそうでしょ、考えてみたら、食うのも眠るのも女と寝るのも、俺ら、よくもまあ飽きないで一生つづけられますよね。そういう意味じゃ男女関係なんてゲームですらないと俺なんか思ってますよ。飯食ったり寝たりするのがゲームだなんて言うやつはどこにもいないわけですから」

また、ほのかがこんなことを言っていたことも思い出した。

「人を好きになることと、その人とセックスすることとって、実はなんにも関係がないんじゃないかって思います。なのに男も女も、この二つがいかに深くつながっているかにばかり気をとられて、結局、人を好きになることにも、セックスについてもろくな理解もないままに歳をとってしまうんじゃないですか」

## 6

一月六日の夜、近くのコンビニで簡単な買い物をして、アパートの階段を上ると、三階の薄暗い開放廊下の突き当たり、ちょうど僕の部屋の真ん前のあたりに誰かが立っていた。ほのかか雷太だろうか、とふと思ったが、彼らであればさっさと部屋に入ってしまうに違いない。怪訝な気分で足音を消してゆっくりと近づくと、相手の方がこちらを認めて顔を向けた。

枝里子だった。僕は少しおどろいた。大きな紙の手提げ袋がふたつドアの前に並び、黒いボストンバッグが彼女の足下に置いてある。

どうしてこんな時間にこんなところに彼女がいるのだろうか。いままで一度も連れてきたことがないのに、なぜここを知っているのだろうか——どれも咄嗟《とっさ》には了解できなかった。

小走りに彼女の側まで行って、

「どうしたの。何かあったの」

思わず、声を高くしていた。

それでも久しぶりに枝里子の顔を見ると、懐かしさが胸に滲んでくる。体調は復していたが、一昨日の大西夫人との交渉で、二日間どうにも憂鬱な気分が抜けなかった。まるで電気ミキサーのスイッチを入れたり切ったりするような夫人との行為は、僕を相当に消耗させてしまっていた。

「夕方の特急で諏訪を出て新宿で地下鉄に乗り換え、直接訪ねてきたけれど、このアパートは森下の駅からだとすごくわかりにくいところにあるのね。その上、私の新しい手帳にはあなたの携帯の番号しか書いてなくて、以前一度あなたに手紙を書いたときのうろ覚えの番地を頼りに、ずいぶん迷ってようやく辿り着いたのよ。おかげですっかり疲れちゃったわ――」枝里子はまるで前から約束でもあったかのような口振りで、静かに言った。

「あなたのためにお正月料理を重箱に詰めて持ってきたのよ。どうせまともな物なんて食べてないんでしょう。さあ、寒いんだから、早く中に入りましょう」

そういえば、一度枝里子から手紙を貰ったことがあった、と思い当たり、僕の同僚から住所を聞き出したと後から彼女が言っていたことを思い出した。

「どれくらい待ってたの」

訊くと、枝里子は腕時計を覗き、

「九時前に着いたから、一時間くらい」

と言う。僕も時計を見る。十時だった。

「電話くれればよかったのに」

「だって、私が勝手に思いついたことだから」

そのすんなりとした態度にはぐらかされて、僕は、この不意打ちのような突然の訪問を咎《とが》め立てる気持ちをすっかり失くしてしまった。それよりも、こんな暗くて寒い場所で一時間も佇んでいた枝里子のことが気の毒に思われてくる。

「ずいぶん汚くしているけど」

そう呟きながらノブを回してドアを開けた。

「鍵は？」

枝里子が口にする。その即座の口振りに、もしかしたらすでに一度ノブを引いて、彼女は施錠されていないことに気づいたのかもしれないと感じた。

「めったにかけないんだ」

「どうして？　不用心じゃない」

彼女は不審気な顔になっていた。

「別に盗まれて困るようなものもないからね」

「だけど……」

「さあ、どうぞ。狭苦しいところだけど」

僕は先に立って靴を脱いだ。誰か先客でもいるのでは、と枝里子は最初警戒していたが、しっかりと内鍵をかけて僕に従い部屋に入ると、そんな疑いは消したようだった。僕たちは台所のテーブルを挟んで腰掛けた。湯を沸かし、熱い中国茶を淹れて枝里子の前にグラスを置いた。

「飲んでくれてるのね」

「ああ、よく飲んでるよ。生活のゆとりってやつさ。僕には全然似合わないけど」

「そんなことないわよ。気に入ってくれたんなら、また買ってきてあげる」

それから、二人で枝里子の持ってきた重箱を開き、豪勢なおせちを食べた。まるで料亭から仕出しでもしたような料理だったが、すべて枝里子の母の手製なのだという。ことに諏訪名物の鯉の甘露煮は口の中でとろけるようで、鯉独特の小骨もほとんどなかった。

「この鯉、えらく食べやすいね」

僕が言うと、

「筒切りにしたあと、こうやってね……」

枝里子は持っていた箸を自分の皿に立て、目を凝《こ》らす仕種《しぐさ》でその顔を手元までぐいと近づけた。

「母と二人で、ピンセットで一本一本小骨を抜いていくの。身を崩さないように気をつけながら」

そして、顔をあげ、

「朝から晩まで丸一日やるのよ。もう首は凝るし手は痺れるし、いつも嫌になっちゃうんだけどね」

と頬笑んでみせた。

枝里子の実家は諏訪で精密機械の会社を経営していると聞いたことがある。きっと大きな邸宅の広いキッチンで、枝里子と母は、毎年毎年こうした豊かな正月支度をつづけてきたのだろう。

「うらやましいね」

と僕は言った。

「何が」

と訊き返してくる。

「いや、きみの家にはちゃんとしたお正月があるんだろうなと思って」

「ちゃんとしたお正月って？」

枝里子は少し笑って、不思議そうな表情をしている。

「だから、たとえば元日の朝は、こんなおせちを並べて、家族みんなでお屠蘇《とそ》を飲んで、雑煮を食べて、初詣に行ったり、親戚やお客さんを迎えたり。ほら、よくドラマなんかで見る正月風景があるじゃない。そういうのを実際にやってるんだろうなって思ってさ」

「あなたの家はそうじゃなかったの」

こんな迂闊な質問をどうしてするんだろう、と僕は思う。

「そうだったら、うらやましいなんて言うはずないだろ」

口にしてすぐに後悔した。自分は一体全体これくらいでなぜ苛立つのだろうか。やはり、ここ数日の疲れのせいかもしれないと思う。

二人ともしばらく黙り込んでしまった。

「何だか落ち着かないね」

僕は彼女をこの部屋に招き入れた途端に、非常な居心地の悪さを感じていた。枝里子は何も言わない。

「外に出ようか。この近所にも遅くまでやってる店はあるし、何だったら車を使ってもいいから」

「でも、外はすごく寒いわよ」

枝里子がおかしそうにしている。その余裕たっぷりの顔つきに、僕の方はなおさら気が滅入ってくる。

「やっぱり、外に出よう。そろそろ誰か訪ねてくるかもしれないし」

「誰かって？」

すかさず訊き返してきた。

「ときどき、泊まりにくるのが二人ばかりいてね、といっても週に一度か二度なんだけど」

当然、鍵のことが頭にひっかかっていただろうし、僕の台詞に枝里子は微妙な雰囲気になった。

「二人って、あなたのお友達？」

僕は雷太とほのかのことを丁寧に説明した。朋美のことならばともかく、彼らのことで枝里子に誤解されるのは厭だった。それに、そうやってきちんと話をしているうちに少し気分を回復させられるような気がした。

枝里子は真剣な面持ちで僕の説明に耳を傾けていた。この人は、いつだってこうやって真剣すぎる、と僕はそんな彼女を見ながら思う。

「だから、鍵をかけていないのね」

途中で訊かれたので、

「いや、それは昔からの習慣で、別に二人のためじゃない」

と答える。

話を聞きおわって、枝里子はある程度納得したようだった。ほのかについて僕との関係を疑った気配はなかった。ただ、

「それにしても、だったら、この部屋は小さすぎるかもね。もうちょっと広い所に越せばいいような気もするけど」

などと言うのが、少しばかり余計だった。

「何も、彼らのためにそこまでする必要はないだろ」

「そうかしら……」

「ああ。僕は何も彼らを助けたり、励ましたりしようと思って、出入りさせてるわけじゃないしね」

「じゃあ、何のためなの」

「何のためでもないさ」

「そんなことないでしょ」

「そうだよ。きみには分からないかもしれないけど、人間、とりあえず行くところがないってのが一番骨身にしみることだからね。場所があってはじめて人がある、と僕は思ってるから」

「場所があってはじめて人がある？」

「そう。この世界で何より大切な順序だよ」

僕は言った。さらに言葉を重ねてしまう。

「行き場所がないほど悲しいことはないんだ。僕は子供の頃からずっとそうだった。帰ることのできるまともな家もなかったし、まともな親もいなかったからね。多少は彼らの気持ちが分かるんだ」

「どんな家だったの、あなたの家」

「ひどかったね。とりわけ貧しかったし、きみには想像もつかない家だよ。だからこうやって、きみのような人を自分の部屋に入れるといたたまれなくなるんだ。昔から友達を呼べるような家に住んだことがなかったもんでね」

枝里子は、ただ頷いて聞いていたが、僕はもうひとつ念を押した。

「誰だってよく考えてみれば、ほんとうに行くべき場所なんてない――なんて言わないでくれよ。僕が言っているのは、もっと即物的な話だからね」

「あなたが、こんなに自分のこと話したの初めてね」

「そうだね。やっぱり、きみが訪ねてきて混乱してるのかもしれない。僕には、きみに話すべき過去なんてこれっぽちもないと思っていたのに。みじめで恥ずかしい思い出しかないはずなんだけどね」

枝里子はわずかに口ごもるように、一度、出しかかった言葉を呑み込んだ。それから優しげな笑みを浮かべ、いつものきっぱりとした口調でこう言った。

「私は、あなたには恥ずかしい過去なんて何一つないと思うわ」

僕はまじまじと枝里子を見つめた。遠い昔、同じように僕を諭してくれた、懐かしいあの人のことを久し振りに思い出してしまったからだった。

食事が済むと、枝里子は残りものを一つの段にまとめ、空になった二つの重箱を台所に持っていき、慣れた手つきで洗った。その水音を聞きながら、彼女はこのまま泊まっていくつもりのようだと思った。どうしようか、と考える。僕はいままで一度も自分の部屋に付き合っている人を泊めたことがなかった。共に食事をしたことすら今夜が初めてだったのだ。

洗いものが終わると、枝里子は自分のバッグから白い小さなタオルを出して重箱の水気を拭い、残りものをまとめた箱と一緒に元通り重ねて、台所の吊《つ》り戸棚の中にそれをしまった。タオルはきれいにたたんでシンクの縁にかけた。そんな枝里子の堂に入った仕種をぼんやりと眺めながら、〈手続き〉〈習慣〉〈規則〉〈秩序〉〈統制〉といった言葉を僕は頭の中に順に並べたりしていた。

その白い小さな濡れタオル一枚、台所にかかっているだけで、もういままでのこの部屋とはまるっきり違ってしまった気がした。ほのかが水仕事をする時とは根本的に異なる色合いが、そこにはまとわりついていた。

胸に何か詰まったような奇妙な息苦しさを覚える。

僕の側に戻ってきた枝里子は、そそくさと、さっき自分がつけたヒーターのスイッチを切り、カバンから寝巻を取り出すと「さあ寝ましょう」と言った。僕は立ち上がり、言われるままにベッドのある八畳の部屋に彼女を連れていった。

とりたてて話をするでもなく、僕たちは着替え、交代で洗面所に歯を磨きに行き、明日の起床時間を確かめあって、電気を消してベッドに入った。しばらくして、枝里子は背を向けた僕に体をすりよせてきた。女のねとっとした生温かな体が、僕の尻や足や背中に張りついてきた。その瞬間、僕は鮮明に、なんてめんどくさいんだろう、と感じた。

三日前に読んだ「生きるということ」の中の一節が脳裏に甦ってくる。〈老・病・死をかかえこんだ髑髏にいのちの衣をきせたのが「生」というもの〉であるのならば、たかがその薄っぺらな衣一枚のために、僕もそして枝里子も、どうしてこんな厄介な関係にまで立ち至る必要があるのか。僕にはその理由が分からないと思った。

無言のまま僕は不意に体を枝里子の方に振り向け、組み伏せるように彼女の上にのしかかった。両手で枝里子の細い二本の腕をわしづかみにして彼女の頭の上で交叉させ、ベッドサイドに置いたもう十年も使っている電気スタンドのコードで縛りあげた。枝里子は抵抗したが最初だけだった。ほとんど引きちぎるようにして彼女の下着を剝ぎとり、パジャマを肩の上までめくりあげて顔にすっぽり覆いかぶせた。

それから夜が明け空が白みはじめるまで、大西夫人同様、枝里子は途切れることなく声をあげつづけた。ようやくコードを解いてやると、ぐったり意識を失うように僕の腕枕で眠りに落ちた。

そのあと三十分ばかり、僕は右手の人さし指の腹を嚙みながら、しみの浮いた部屋の天井を見ていた。それは見れば見るほどほんとに小さな四角だった。

朝やけのにじむような光がその四角をゆっくりと仄かな紫色に染めていった。

こんな小さなせせこましい場所に、どうしてこの人はわざわざ入り込んでくるのだろうか。いったい何が目的でこんなことをするのだろうか、とようやく自分を取り戻した気分で僕は考えた。

きっと僕が寂しいように、彼女も寂しいのだろうと思った。

だが、釈尊の教えに従うまでもなく、僕たちが抱えているこの寂しさは、誰のせいでもなく、ただ僕たち自身が生まれながらに背負わされてしまった必然なのだ。であるならば、たとえ誰の力を借りたとしても、この寂しさを癒すことなど決してできはしないのだ。

この人は、そんなことも知らないのだろうか——天井から目を離し、腕の中で眠る枝里子の寝顔を眺めた。しかし、それはまるで死んだように静謐《せいひつ》で安らかで、底深い諦めを湛《たた》えた、ほんとうに哀しげな寝顔のように僕には見えた。

7

また桜の季節がやってきた。

冬の間、僕は朋美たちと四回休みを共にした。三人で船の科学館と葛西《かさい》の水族館と木場《きば》の映画館に行った。三月に入ると鎌倉の方にドライブをした。

枝里子はあの一月六日の日から、週に一度は僕のアパートを訪れるようになっていた。雷太やほのかとも顔見知りになり、一度僕が不在のあいだに二人を説き伏せて、部屋に鍵をかけることで了解を取りつけてしまった。僕は三人に合鍵を渡す羽目になったが、どういうわけか雷太やほのかは枝里子とすっかり打ち解け、彼女に遠慮して足が遠のくというよりも、いままで以上に頻繁に僕の部屋に出入りするようになった。

要するに枝里子は健全な生活を僕たち三人の中に持ち込んだのだった。

雷太もほのかも家庭というものを知らずに育ったので、そういう枝里子に手もなく捻《ひね》られたと言ってもいい。雷太は生まれてすぐに母親を失い、ずっと父親と二人きりで暮らしてきた。ほのかの場合も二親《ふたおや》の愛情に恵まれなかった。それは僕にしても似たようなものだった。

母の記憶すらない雷太も不幸だが、母を持ちながら愛情を与えられなかった子供はさらに不幸だと僕は知っている。

「あの人は、生後わずか一ヵ月半で、私を保育園に預けたんです。制度として許されているんだから違法ではないし、他にもそんな母親はたくさんいますよね。そうやって仕事のために、まだちゃんと泣くこともできないような子供を他人にまかせる母親って。特別な事情があるのなら止むを得ないと私も思います。でも、大方の母親はそうじゃないでしょ。別に働かなくても、赤ちゃんを育てることくらいできる人がほとんどです。私の母なんてその典型でした。でもそれって、よく考えてみたら、ほんとうにひどいことだと私は思います。もし赤ちゃんが口がきけて自分の意志を伝えられたら、どんな子でも冗談じゃないって言うに決まってるようなことです」

かつて、ほのかは淡々とそう語った。

そして、「私はあの人のことを、母親として認める気は毛頭ありません」と言い切ってもいた。

「あの人は、一人の人間、何よりも自立や自由が大好きな『彼女だけのための彼女』としてはたしかに優れているし、立派なんだと思います。彼女に言わせれば、人間にとって最も大切なことは『自分の力だけで生きていく』ってことだそうですから。だけど、自分の力だけで生きていくなんてこと、本当は誰にもできやしないんです。傍目《はため》にはそんな風に見えても、実際は、必ず誰かの大きな犠牲が見えないところにあるんです。それはきまって子供たちだと思います。

生まれたばかりのこの私を保育園に預けて、一日の大半を大勢のよその子と一緒くたに他人の手で育てさせておいて、それで、いまさら親の顔をされたって迷惑です。街なかや電車の中で赤ちゃんを見るたびに、『よくもまあ、あの人は、あんなひどいことができたものだ』って、私はつくづく感じます。自分には絶対にできないって思います。あの人にとっては、子供を産むことも、きっと自分のためだけの選択だったんです。母親にはなりたかった。だけど、そうやって産んだ子がどうなるかなんて何も考えてなかったんです」

僕はこのほのかの言葉を聞きながら、彼女の母親は何も考えていなかったのではなく、それ以前に、おそろしく想像力に欠けていたのだと思った。この世界を最終的に損なうのは「突き詰めた思考」の衰退だが、思考の衰退に至る過程でまず出現してくるのは、ほのかの母親に見られるような「ごく当たり前の想像力」の欠如だ。ほのかの母は現実に親になってみて、慄然《りつぜん》としたのだ。ほのかにとって親の犠牲になることが耐えがたかったように、彼女には子供の犠牲になることが耐えがたかった。

僕の母の場合もきっとそうだったと思う。

しかし、ほのかの母や僕の母には選択の余地があったが、僕たちにはなかった。彼女たちが選択を誤ったのは、要するに他愛のない想像力の欠如というほかはないが、だからこそ招かれた結果は重大だった。

まあ、そういう親の子として生まれたことも所詮運が悪かったとあきらめるしかない。僕の好きな作家の古山高麗雄《こまお》は、八十の年齢に達し、下級兵士としてアジア諸国を大日本帝国陸軍に引き回されて命からがら復員してきた経験を踏まえ、最近次のようなことを記していた。

――私は、運にはカブトを脱いでいる。運も実力のうち、だとか、運は自分できりひらくもの、だとか、そういう思考は私にはない。運は、人の手に負えるものではない。私たちは、それに翻弄されながら生きるしかない。

人は偉そうなことを言い、他の動物とは格段の差のある生物なのだろうが、運に対しては無力である。人は、自分たちが、もろく儚《はかな》い存在であることを自覚しながら、生かされている限り生き、そして死ねばよい。前向きに考えなければいけないとか、年をとっても生き生きと生きろ、だの、そういったことを人はいろいろと言うけれども、自分がそう思ってそうすることはいいが、他人にまでそれを強いるな。人はなにも、みんなでそろって前向きに考えなくてもよい、生き生きと生きなくてもよい、陰気に生きてもいいし、酔生夢死で終わってもいい。どう考え、どう生きるかはその人の勝手だ。だが、思うようにならないこともあるのが生物である。思いが叶わないときは諦めるしかない。

たしかに誰にしろ最後は「諦めるしかない」のだ。ただ、親子の場合は選択権を持っていた親の方がまずはあきらめるべきで、ほのかがこだわっているのは、その一点なのだろう。

僕の知人に峰岸という財務省の官僚がいる。

彼はいまは内閣府に出向しているが、数年前までは、当時の大蔵省で厚生省担当の主計官を務めていた。年齢は僕よりはるかに上だが、月刊誌の編集部時代に取材で知り合い、以来、年に数度は二人で酒を飲む関係がこの三年近くつづいていた。その峰岸さんが、主計官時代の思い出としてこんなことを話してくれたことがあった。

「僕のところは子供ふたり抱えて共働きだろう。あの頃は下の息子が生まれたばかりで、女房も役所勤めだし、それはたいへんだったんだ。当時は高輪《たかなわ》の官舎住まいだったけど公立の保育園は満杯で、次男を預かってくれる場所がぜんぜん見つからなかった。仕方ないから次男にはシッターさんを雇って、長男の保育園への送り迎えは毎日都合がつく方がやっていた。といっても予算の時期になると、僕はとてもそんなことできやしない。女房は女房で何しろ労働省で男女共同参画社会の担当やってるんだから、そうそうこっちのわがままを聞いてくれるわけもない。もうへとへとだった。そしたら、厚生省の僕の相方がやっぱりおんなじ境遇でね。『峰岸さん、これは大問題だ。何とかして公立の保育所を増やさないとこの国の生産力は一気に減退しちまうよ』というわけだ。僕もあのときは心底そう思ったね。だから二人でお互いの役所を説得しまくって、このゼロシーリングの時代に、目の玉が飛び出るほどの保育施設拡充のための予算をつけたんだ。無事に原案が通って予算書が閣議決定された日は、二人で赤坂に繰り出してね、やったやったって喝采を叫んだものさ。ところが、実は僕たちはとんでもない間違いをしでかしてしまってたんだ。それに気づいたのは最近になってからだよ。この前、その相方と飲んだんだけど、彼がぽつりと呟くんだ。『峰岸さん、どうも俺たちは根本的なミスをやらかしたようだ。あのときは二人とも、働く親たちのためにあの予算はどうしても通すべきだと思ってたけど、実際は、肝心要《かなめ》のクライアントをはき違えてたみたいだ』ってね。僕も息子たちが成長するにつれて、そのことを痛感してたから、彼に訊いたんだ。『やっぱり、きみのところの子供たちも変なのか』って。そしたら彼は大きくうなずいて『ああそうだよ。うちの子たちを見てるとまるで感情がないみたいだ』って言うんだ。人のことを思いやったり、どんな形でもいいから強い感情をむき出しにしたり、そういう部分が自分たちの世代に比べて決定的に足りない気がするってね。そうなんだよ、松原君。僕たちはクライアントを完全に見誤っていた。たしかに保育施設を増やすための予算は、僕らのような親たちには有難かったと思うよ。だけど、本来、教育のための国費というのはこれから育つ子供たちのために使われるべきだろう。クライアントは親たちじゃなくて、子供たち自身のはずでね。ところが、僕たちは、そんな子供たちのことを一切考慮せずに、勝手に親の都合だけを優先する予算づけをしてしまった。要するに真実の顧客の声を聞かずして、まったく顧客のためにならないサービスを提供したってわけさ。よく考えてみれば、生後わずか四十三日の子供を親が手放して他人に預けることを可能にするシステム作りなんて、社会全体のために有益なはずがないよね。そんなことしたら子供がまともに育たないのは当たり前の話だ。なのに、それほど単純なことにも気づかなかったんだから、まったくあの頃の僕たちはほんとにどうかしてたと思うよ」

僕は、ほのかから母親のことを聞いた折に、この峰岸さんの話を彼女に披露した。するとほのかは、

「何かが決定的に間違ってしまうときは、その一部が間違うのではなくて、全部まるごと間違ってしまうのかもしれませんね」

と言って、皮肉な笑みを浮かべていた。

枝里子は訪ねて来るたびに細々《こまごま》としたものを運んできた。小さな折り畳みテーブルや食器類、鏡やくすり箱や電気ポット、そして彼女が使う洋服に洋服掛け。いろいろな物が最初は僕の部屋の片隅に陣取り、やがて幅をきかすようになった。

四月に入って初めての日曜日の朝、とうとう3ドア式の大型冷蔵庫がやって来た。眠っているところを十数回のチャイムに叩き起こされ、ドアを開けると、白いビニールに包まれ、料金受取済の伝票が野菜室の扉に粘着テープで貼りつけられた新品の冷蔵庫が

目の前にあった。それは、あれよという間に二人の配達人の手で台所に運びこまれ、それまでの小さな冷蔵庫は引き取られていった。冷蔵庫の中はたちまち様々なもので満たされた。缶ビールや白ワイン、ヨーグルトやチーズ、トマトに林檎、そして卵やうどん玉などだ。枝里子やほのか、雷太がせっせと詰め込むようになったのだ。冷蔵庫が届いた週の土曜日には、以前僕が盛岡に出張した時に土産に買ってきた鉄鍋を、枝里子がわざわざ自分のマンションから抱えてきて、雷太やほのかも招いて四人ですき焼きをつくって食べた。

その席で、枝里子は雷太たちとごく自然にやりとりを交わした。驚いたのは菜食主義のほのかが、なんの抵抗もなくすき焼き鍋を一緒に囲んだことだった。当日になって「あの二人も招待しておいたわ」と聞いて、僕が「ほのかはすき焼きなんか食べないよ」と言うと、枝里子は、

「だからって甘やかすわけにはいかないでしょう。肉が駄目なら野菜だけ食べればいいんだから」

と一向に頓着しない風だった。やって来たほのかはなるほど不満な表情を見せるでもなく、枝里子が気をきかして用意しておいた湯葉や葛きり、豆腐やきのこ、たくさんの野菜類を自分からせっせと小鉢によそい、おいしそうに口にしていた。

大西夫人とも月に一度はいつものホテルで会っていた。そのたびに僕は夫人に金を無

心せねばならなかった。母の病状が進み、妹がやっきになって各種の民間療法を試していることもあって治療代が僕の手に余るようになってきていたから……。

東京の桜も満開で、北の各地の桜の名所だよりがニュースで紹介されるようになった四月初旬、二週間ぶりに「ニューソウル」に顔を出した。朋美は「今日あたり来るころだと思ってた」と僕を見て笑った。そして何だかあなたは太ったようだ、顔が丸くなったと言った。じきに元通りになるさと答え、

「今年は、新宿御苑《ぎょえん》でいいよね」

と、話を切り出した。去年は武蔵野にある大きな植物園に足をのばしてみたが、ちょうど公園の整備工事のまっ最中で花見どころではなかった。

目の前に並ぶ、散り際のみごとな桜の木々に近づくことも許されず、僕も朋美もずいぶんがっかりさせられた。土には大量の水が撒《ま》かれ、それをショベルカーが轟音をたてて掘り返していたので、公園全体がじめじめと鬱陶しくこもった感じで、三人ともせっかく朋美が早起きしてこしらえてくれた弁当を開くのもそこそこに退散してしまったのだった。

「だけど毎年毎年よく飽きないのね、他に誰か誘うアテはないの」

朋美は去年も似たようなことを言った。別に飽きはしないし、他の誰とも花見になど行きたくないのだと答えた。

僕が四年ほど前、初めてこの店に来たのもちょうど今頃の時期だった。そのとき僕はまだ週刊誌の記者をしていて、同じ編集部で一緒に仕事をしていたフリーライターに連れてこられたのだった。

当時は東大島のアパートに住んでいたが、森下の「ニューソウル」は帰り道だった。その翌日から僕はほとんど毎晩「ニューソウル」に通いつめ、二日に一本のペースで店で一番高いボトルを空けていった。最初の二ヵ月でツケは五十万くらいになったが、たしか六月のボーナスで全額清算したはずだ。

僕がなぜ朋美に興味を抱いたかというと、一つは、客相手にいやに甲高《かんだか》い声で笑うからだった。その笑い声は透き通った薄っぺらな、樽の中を小石が転がっているようなうつろな響きを宿していた。僕は似たような声をむかし聴いたように思い、少し考えると、母がまだ若い頃にたしかこんな笑い方をしていたという気がした。

二つ目は彼女が子供を産んだ女だとフリーライターに聞かされて、ひどく意外な気がしたからだった。したたかに酔っていた彼は大袈裟な身振りで店の天井を指さして「たったいま、俺たちの腐りきったこの脳ミソの真上で、朋ちゃんの産んだ赤ん坊がスヤスヤと寝息を立てている。耳を澄ませばはっきりと聞こえる」と何か怒ったような口調で言った。あの時の朋美はとても若く見えたし、母性というものを背負っているようにはおよそ見えなかった。僕の眼には彼女の顔がいやに凛々《りり》しかったし、彼女の股間から大きな赤ん坊の頭がひねり出されたなどということは何がどうあっても想像できなかった。

その夜は、僕はずっと彼女の下腹のあたりばかり見つめていた。

通いだして五日目に、拓也への最初のプレゼントを買って店に行った。まだ子供の名前も性別も知らなかったので、鮮やかな黄色の子供服をデパートの人に選んでもらって持っていった。

毎晩口もきかずにウィスキーをがぶ呑みしていた客から突然そんなものを差し出されて、朋美はちょっと面食らったようだった。僕はようやく話らしい話のきっかけをつかんだが、考えてみると別に朋美について知りたいこともなかったので、話すべきことはとくに見つからなかった。

ただ、じきに酔っ払ってしまった僕は、でたらめに朋美の手相をみて「ママさんはさる年の人につくすだけつくして、ねずみ年の人にそのお返しをしてもらうよ」と告げたらしい。僕はまったく憶えていなかったが、次の日訪ねると、朋美の方から話しかけてきて、そう言ったと教えてくれた。あてずっぽうで口にしたさる年が実はパク・イルゴンの生まれ年だった。そしてもちろん僕はねずみ年なのだ。

その時、パクとの経緯について朋美はいくらか喋ったが、余り関心もなかったのでろくに聞いていなかったし、以後もそれ以上のことは聞いていない。

桜も終わりかけた頃だから、多分通いつめて十日かそこらだろう。その年の園遊会の直前ぐらいだった。日曜日、僕は朋美を花見に誘った。

拓也と三人で新宿御苑に行った。朋美は拓也をおんぶひもで身体にしばり、長かった髪を後ろでまとめ大きなバッグを肩にかけて、待ち合わせの新宿三丁目駅にやって来た。昼過ぎに御苑につくと、僕は自分の着ていたジャンパーに拓也をくるんで傍に座らせ、朋美と二人並んで御苑の芝生に寝転がって、美しく晴れた春空を北へ流れゆく雲をずっと眺めていた。

御苑の食堂で僕はカレーライスを食べ、朋美はくず肉を固めたうすいステーキを食べたが旨くなさそうだった。同僚から一眼レフを借りてきていたので、36枚撮りのフィルム三本を費やして、終始、朋美母子の写真を撮りつづけた。駅のホーム、電車の中、新宿の雑踏、公園の池のたもと、桜の花びらが積もった大きな空色のベンチの上、そして桜の樹の根本。レンズを向けるたびに、朋美は微笑み、胸に抱いた拓也の角度をいろいろに変えてポーズをつくった。拓也は春風になぶられて気持ちよさそうによく眠った。新宿で中華料理を食べ、帰りの電車の中では僕がひもを身体にしばって拓也をおぶった。朋美は僕のその格好を見て大袈裟な笑い方をした。

出来上がった写真のうち、一枚を大きく伸ばしてパネルにしてもらい、残りのサービス判百枚近くと一緒に店に持っていったのはそれから五日後だった。カウンターの中で朋美は何度も何度も自分と拓也の映った写真を飽きずに眺めていた。一度引き出しにしまったものを、客が少なくなるとまた取り出し、客に背を向けて熱心に見直す。それを繰り返した。

その後もいろいろなものを持っていった。しばらくたつと店を閉めてから二人でビールを飲み、僕の買ってきた寿司をつまんだりするようになった。

朋美と関係を持ったのはその年の秋のことだった。ある夜、僕は当時少しばかり凝っていたサイレント映画についての話をたくさんした。メアリー・ピックフォードやジャネット・ゲイナー、そしてあのリリアン・ギッシュの「幸福の谷」。ケンタッキーの平和な谷で静かに暮らしていたジョンとジェニー。なのに野心におし流されてニューヨークへと旅立ってしまった愚かなジョン――。

最初、朋美は黙って僕の解説を聞いていたが、やがて彼女たちの一々を細かく論じはじめた。

ギッシュはグリフィス監督との名作で名高いけど、本当は晩年の舞台の方がずっと迫力がある。ゲイナーの「スタア誕生」は確かに誰にも真似できるものじゃないわね。ピックフォードよりあたしはポーラ・ネグリ――あのルドルフ・ヴァレンチノと一緒になったポーラ・ネグリ！――の方が好き。

僕は朋美があんまり詳しいのにびっくりしてしまった。そしてその時はじめて、そういえば彼女が、かつてある小劇団で芝居をやっていたと最初の頃語っていたのを思い出したのだった。店を閉めてからも僕たちはジンをぐいぐい呷《あお》りながら明け方まで、声を持たなかった女優たちのことを喋り合った。

やがて二人ともすっかり酔って、いつのまにか二階に上がっていた。その頃は朋美の部屋に古い二人掛けのソファが置いてあって、僕がそのソファに背広姿のまま凭《もた》れかかって息をついていると、おぼつかない足取りで布団を敷いていた朋美は、突然大声で「お風呂に入る」と言い出し、目の前ですっ裸になった。そしてそのまま力が抜けてしまったような風情で僕の足下にしゃがみこむと、僕の顔を見ないで「ねえ、お風呂入ろうよ」とぶつぶつ呟きながら、僕の服を脱がせはじめた。大きめの乳房と乳房の間の深いみぞを見下ろし、まるで女奴隷のようにひざまずいた朋美の姿に、僕は強く興奮したのだった。

終わったあと、朋美は冷たい缶コーラをうつぶせになってすすりながら、醒めた声でぽつりと、

「あたしも、まだ女なんだなあ」

と呟いた。僕はといえば、これから起き出してまた服を着け、アパートに帰るのがどうしても億劫だったので、寝たふりをしていた。しかし朋美は帰れとは言わなかった。そのまま、僕たちは裸で抱き合って眠った。

8

朋美から次の日曜日に花見に行く約束をとりつけたあと、僕は最近パク・イルゴンが出演しているテレビドラマの話を持ち出した。

野沢尚がＮＨＫの土曜日午後十時からの連続ドラマ枠のために書き下ろしたその作品はすでに放送十回近くを数えて大変な評判をとっていた。

なかでもテレビ初登場のパクは、ドラマの中の三人の主人公の一人として多大な注目を集めていた。それまで小劇場専門の役者だった彼は、舞台の世界では高い評価を得ていたようだが、一般的には無名同然だった。それが、三十歳を過ぎてにわかに抜擢を受け、大型の個性派俳優として売り出そうとしていた。むろん彼の名前は日本名であり、かつて妻がいたことも、五歳になる男の子がいることも伏せられたままだ。

パクの近況をいろいろな雑誌記事のうけ売りで口にするたびに、朋美は「そうねえ」と気のなさそうな返事をしていた。

「ニューソウル」を出たのは十二時を過ぎた頃だったが、アパートへ向かう途中、僕はものすごい疲れを感じた。

それは突然やって来て僕を歩けなくした。道端にしゃがみこんで吐いた。二度吐いたらだいぶ楽になったが、今度は足が痺れていうことをきかない。安アパートが連なる狭い路地になんとかもぐり込んで、僕は地べたに膝をかかえて座り込んだ。

風も温度も光もない、静かな世界に身をおいている気がした。

痺れた足をさすりながら、疲れたなあと呟いた。枝里子といろいろすることや、大西夫人と決まった日に会うことや、拓也にプレゼントを持っていったり、朋美たちと一緒にどこかへ行き、まるで本物の家族のように振る舞うことや、この数年間のそういった目まぐるしい自分の行動にすっかり倦み疲れた気がした。

結局、僕は何もしていないのだ、と思った。

そのまま、多分十分間くらいじっとしていた。一度立ち上がろうとしたのだが、まだ足がいうことをきかなかったので再び腰を落とした。足が元に戻るまで時間潰しをしなければならなかった。退屈しのぎに枝里子との将来について考えてみようとしたが、思考の歩みは入場ゲートで遮断されたかのように、ただの一歩も前に進まなかった。

そこで、

「何かいいことないかなあ」

と口に出して言ってみたが、それもまるで他人の声のようだった。「明日なにがあったっけ」と思ってもみたが、別になにもなかった。手帳の明日の日付の欄に書かれた細々とした作業をこなし、夜にまたきっと新宿か森下で酒を飲む。それだけだった。

仕方なく、今度は枝里子と出会った頃のことでも思い出すことにした。枝里子との将来について何一つ考えられない自分に後ろめたさを感じていたので、せめて彼女から想いを離さないようにしたかった。

こういうときの僕はいつもそうした。誰かとの出会いを反芻することは僕にとって一種のなぐさめだった。もしかするとそのためだけに、僕は枝里子や大西夫人や朋美や、昔の様々な人々と付き合ってきたのかもしれない。こんな風にたまにどん底の気分を味わうことさえ我慢し、やり過ごすならば、誰もが過去においては常に生き生きと懐かしいものだ。

枝里子は仕事柄、僕の会社にも時々姿を見せ、主に女性誌のセクションの人間と関わりを持っていた。しかし一方で彼女は社内中で噂される評判の人物でもあった。ずば抜けた美人だったからだ。

会社の地下にあるスタジオでグラビアの撮影を行うために、よくモデルの女の子たちを連れて、僕の編集部とは硝子《ガラス》の衝立《ついたて》一枚で仕切られた女性誌編集部へと枝里子はやってきたが、背の高さを除けば、彼女がかわるがわる連れて来る数十人のモデルの誰よりも彼女は美しかった。

編集局のフロアに入ってくると、そこにいる者たちの視線が、波のような規則的時間差を伴って長時間彼女に集中しつづけた。そんな中でも枝里子は別に気取った風でもなく、慣れた調子で仕事を進めているようだった。

ちょっと子供っぽい声音だが余計なことを一切言わないその話し振りに、僕は近くで聞いていてたまに感心させられることがあった。人々の注目を集めることに充分な年季を積んだ者だけが持つ落ち着きを、彼女はしっかりと身につけていた。

女性誌の編集部が増刊を出すことになったある時期、彼女が僕の会社に通いつめたことがあった。最初に話しかけてきたのは枝里子の方だった。そのとき僕は普段は編集委員が使っている執筆用の広いデスクの上で、あるインタビューの速記録を論文にまとめる作業をしていた。話の内容は、フランス人の著名な比較文学者が三島由紀夫の自決を「往生要集」以来の日本人の古典的死生観の見地から分析してみるというもので、僕はこの大学教授の退屈なお喋りを文章化するために、三島の数冊の著書と三島の父親が書いた回想録を机の上に積んで、時々参考になる部分に眼を通しながら筆を運んでいた。夜もだいぶ更けた時間だった。

デスクの前に人の気配がして顔を上げると、枝里子が立って、置いてある本の一冊を取り上げ両手に持って眺めていた。それは「奔馬《ほんば》」のハードカバーで、学生の頃、本郷の古本屋で見つけたもう三十年以上前の初版本だ。

枝里子は僕の視線に気づくと、こちらを見てミシマですねと言った。僕はペンを置いて椅子の背に身体をあずけ、いま自分がやっていることを手短かに説明したあと、あなたは三島が好きなのかと言った。枝里子は微笑を浮かべただけで答えなかった。そこで僕は三島が死ぬ前夜に母親に何を言ったか知っているかと訊いてみた。枝里子はやっぱり何も言わず、ただかすかに首を振ってみせた。

――彼はね、「自分はこれまでやりたいと思ったことが何一つできなかった」と言ったんだ。おかしいだろう、死んだ年の夏には随想のなかでこんなことも書いている。「私の中の二十五年間を考えると、その空虚さに今さらびっくりする、私はほとんど『生きた』とはいえない。鼻をつまみながら通りすぎたのだ」。そしてこう付け加えているんだ。「自分には十分俗悪で、山気もありすぎるほどあるのに、どうして『俗に遊ぶ』という境地になれないものか、われとわが心を疑っている。私は人生をほとんど愛さない」。僕はこの言葉が三島の記したものの中でとりわけ好きなんだけど、きみはどう思う？

枝里子はようやく口をひらいて、そのフランス人が三島の死をどう解釈していたのか興味があると言った。

「このつまらないインタビューのなかで多少印象に残ったことは二つだけかな」

僕はぶ厚い速記の束を先の方までゆっくりとページを拾い、説明した。

一つは、三島は自分を右翼の道化だと囃《はや》していた当時の知識人の存在に対して、傍目《はため》には黙殺の態を装ってはいたが、内心どうにも我慢がならなかった。そこで彼は実際に死んでみせることで「私の死体を前にして、まだ君たちはこれを芝居だと言うつもりか」と迫ったのだ、ということ。

もう一つは、ここがいかにもフランス人好みなのだが、三島は同性愛者であったから彼の切腹は最終的に自らの性的アイデンティティを確立する行為であったということ。その証拠として学者は、三島が市ヶ谷の自衛隊本部のバルコニーで演説した時に「諸君はそれでも男か！」という台詞を多用したことに着目し、この台詞は隊員たちに対するというよりむしろ、自分自身に向かって「俺は男か、俺は男か」と問い詰めていたと考えるべきだと語っていた。

僕はだらだら喋りながら、目の前の不必要なほどに美しい女が、三島の「奔馬」なんか手にしてじっと僕の瞳をくいいるように見つめ、こんなまるでどうでもいい話を熱心に聞いていることが何だかひどく滑稽な気がした。

僕は「奔馬」は好きかともう一度訊ねた。枝里子は少し首をかしげ、手元の本をぱらぱらとめくりはじめた。意味ありげに行を追っているようでもあり、ただそういうそぶりをしているようでもあって、僕はその様子にかなり苛々した。そこで不意に立ち上がると、手から本を奪い、この本の中で気にいっているのはたった一ヵ所だけだと、その部分のページを開き、彼女に差し出した。

それは本多繁邦が飯沼勲と邂逅《かいこう》し、勲に松枝清顕の転生をみる件《くだり》だった。

そこに書いてある「四有輪転」の挿話はいまでもしばしば思い出す。中有である、まだ人間に戻る前の童児が、男女の交合を垣間見て、しどけない母となるべき女の姿に惹かれ、父となるべき男の姿に怒りながら、父が洩らした不浄が母胎に入るや否や、そこに転生の機を見る。この話は僕にもなにやら思い当たるところがある。これはこの本の中の唯一のリアリズムだろう——僕はそう言った。

枝里子はそれを聞いて笑ったので、僕は三島ほどにこの世の真実を探究しようと努力し、しかし果たせなかった作家はいないと思うとつけ加えた。

枝里子はちょっと不服そうな声で、そう思うわけを知りたいと言った。

僕はそのどこか人を試すような自信ありげな表情を見て、

——この女はさっきから自分の方では何も言わないし、それにこの思わせぶりな態度はなんだ。

と急に腹が立ってきた。そこでそんなことに理由なんてあるわけがない、ただそう思うからそう言うだけだと答えたが、その言い方は自分でもひどくそっけない感じに聞こえた。僕は再び原稿用紙に目を戻し、もう枝里子の方は見なかった。枝里子がそっと本を机上に置いて、持ち場の方へと立ち去っていくのが分かった。

それ以来、僕と枝里子は視線を合わせるようになった。といっても、いつも枝里子の方がこちらを見ていて、たまにその視線に気づいた僕が顔を上げるということだった。目が合うと枝里子はちょっとタイミングを外して頬笑んだ。僕も何度目かからは、小さく手を振ってみせたりしたが、かといって互いに口をきくことは一度もなかった。

9

二年前の十月だった。その日の僕は前夜一晩中、持病の神経性胃痙攣に悩まされて一睡もしておらず、すっかり疲れ果てて東京の街を仕事で歩き回っていた。午前中はある大学教授が書くロシア政府の経済政策に関する論文のための資料を国会図書館で探し、午後からはまた別の教授が準備している高校の「日本史」の教科書にまつわる論文のために、文部省の教科書管理課に出向いて幾つかの点を取材した。そのあと上京していた顔見知りの秋田の農業経営者と八重洲のホテルで会って、自由化後のコメ農家が直面する問題について意見交換し、さらにこんどは大手町の新聞社に行き、当時、総理のブレーンといわれていた或る人物に一時間ばかりインタビューした。

新聞社を出たのは夕方五時頃だったが、何も食べていなかったこともあって、足下がおぼつかないぐらい疲れ切っていた。それでも五時半までにグラビアのレイアウトを頼んでいるデザイン事務所に仕上がりを受け取りに行かねばならず、急いで大手町から地下鉄を乗り継ぎ、事務所のある駅まで行った。

そこでまったく偶然に枝里子と出くわしたのだ。

その駅はいくつもの地下鉄路線が乗り入れしていて、僕の使った線は新線だったのでホームは一番深いところにあった。したがって地上への連絡は昇りと下りが交互に隣合わせになった四基のエスカレーターを利用することになっていた。

僕はゆるめたネクタイが重すぎて首を垂れるような気分で、俯いて、昇りエスカレーターに乗った。緩慢な動きに身をまかせ何気なく明るい頭上を見上げたとき、右側を降りてくるエスカレーターにいましも乗り込む二人連れに気づいた。一人は真っ赤な服を着た枝里子で、隣に口髭をたくわえた四十がらみのひと目でファッション業界人とわかるグレイのスーツ姿の男が立っていた。僕たちの間には三十メートルぐらいの距離があったが、その間には誰もいなかった。枝里子もすぐに僕に気づいた。いつものように凝っと僕に定まって動かない視線がだんだん近づいてくる。枝里子の姿をこんな角度から見るのははじめてだったが、顎の線などはロートレックの完全なる曲線を目の当たりにするような精巧さだった。彼女は僕の会社に来る時には見たことがないような濃い人工的な化粧をほどこしてもいた。

困憊《こんぱい》の態の僕は意外なところで枝里子と遭遇したことに少し動揺してしまっていた。

ぶ厚いコピー用紙の束やテープレコーダー、オートマチックカメラや何種類かのノートを突っ込んで不格好にふくらんだ大きなカバンをくたびれた背広の肩に吊るし、ぼんやりと上方へ脂汗の浮いた顔を向けた若い勤め人の姿が、いま枝里子の瞳の中に映っていると思った途端、僕はつい視線を逸らし下を向いてしまったのだった。しかし同時に、僕のような関わりのない人間にまでどこか引け目を感じさせる枝里子の美しさに、ある種の憤《いきどお》りのようなものが胸に生じるのを感じた。いつも相手の顔をまともに見据えて平気にしているその態度はやはり不躾《ぶしつけ》というものだ。僕は目を上げた。

視界の中に白く飛び込んでくるものがあった。

それはエスカレーターの黒いゴムの手すりに乗った枝里子の右掌だった。形のいいほっそりとした指と薄いエナメルのマニキュアを塗った爪が光って見える。僕は枝里子の手から肩、喉元、顔へと意識的にゆっくりと視線を辿らせた。自分を見下ろす枝里子の眼をできるだけ何の感情も込めずに見返す。それから互いに近づいていくまでのおそらく十数秒はひどく長い時間に思われた。そして枝里子と並んだ瞬間、僕は自分の手を三十センチほどの間隔をおいて逆方向に流れる手すりの上の彼女の掌へとのばした。枝里子の手はとっさに離れようとした。が、僕はそれを押さえつけた。そして力を込めて、その驚くほど柔らかな掌を握りしめた。

手を放して枝里子たちが行き違ったあと、隣の男が枝里子に「いまのなんなの」とすっ頓狂な甲高い声をあげるのが聞こえた。

それからも枝里子とは会社で顔を合わせたが、何か話したりすることはなかった。駅で出会ってから一ヵ月半ほどして、僕たちは初めて長時間ことばを交わす機会を持った。

毎年恒例となっているある女流作家を囲む忘年会が、その年も作家が地方から上京してきた十二月の初頭の一夜に催され、六本木の外れの広いレストランバーが貸し切りで人を集めた。

業界の大勢の人間から進行中の連載小説や度々映画化される自分の作品をさんざん褒めそやされ、有頂天になった和服姿の彼女が、出席者の持ち歌を順ぐりに聞きながら酩酊するというのがその会のいつもの式次第だった。

そういう時、彼女の原稿を競って取り合っている各出版社は、できるだけ多くの人間を送り込もうとする。とりわけ相手が独身の中年女性となれば、なるだけ若い男性社員を駆り出せとなるのは当然だ。結果、一昨年は僕にも御指名がかかり、会場へと出かけたのだった。

僕が入口近くのテーブルの隅で、赤く丸いビロード地の化粧椅子のような補助椅子に坐って水割りをすすっていると、枝里子が僕と同じくらいの年格好と思われる若い男と一緒に店に入ってきた。

すでに、各社のお歴々たちがかわるがわるマイクを握って挨拶を済ませたあとで、さっそく歌が始まっていた。五十人は集まっていただろうか。わざわざ生バンドが用意され、各人の注文に応じて伴奏をつとめていた。

枝里子たちが来たときは、ちょうど講談社の出版部長がフランク永井を歌っている最中だった。枝里子は連れの男に促され、作家の側に坐り、しばらく作家と何か言葉を交わしていた。その感じは以前からの知り合いのように思われた。

明かりを落とした店内でも枝里子の美しさは際立っていたので、いつものように多くの視線が彼女の方に流れていくのがわかった。

僕は五分ばかり彼女を眺めたあと、酒を飲むのにかかりきりになった。こういう席では早く酔っ払い、何も見たり聞いたりしないことにしていた。

一時間ほど過ぎて、そろそろ各社のベテラン編集者たちが歌い終わり、若手を指名して無理にステージに引っぱり出す進行ぶりに変わりはじめていた。一度僕の名前も呼ばれたが、席の遠い僕は首を振って断った。その時は他社の人間が横から割り込んできて勝手に歌いはじめたのでそれで済んだ。

名前が出て、枝里子は初めて僕がいることに気づいたようだった。僕はもう相当飲んでいたので枝里子のことなどすっかり失念していたところ、彼女の方から近づいてきた。

席の前に立って、隣に座ってもいいかと彼女は言った。そこはいま手洗いに立っている女の子の席だから駄目だと嘘をついてしばらく彼女を無視した。それでも立ち去る気配がないので、仕方なく顔を持ち上げ、なんなら、あの空いているカウンターに一緒に移ろうかと提案した。そしていましがた作ってもらったばかりのダブルの水割りを一息で飲み干し、立ち上がった。めずらしく足下がすこしふらついた。

僕たちはカウンターのスツールに並んで腰をおろし、ステージに背を向けて話しはじめた。枝里子が最初に言ったのは、さっき指名されたときどうして歌わなかったのかということだった。うんざりする質問だし、酔いも手伝って気分が悪くなったが、

「そんなことはきみに関係ないが、強いて理由をあげれば、僕はとびきり超弩級《ちょうどきゅう》の音痴なんだ」

と答えた。酔いが急速に全身に広がり、何事も面倒になってきていたので、自分が小さな頃からいかに音楽が苦手だったかを、いくつかの実例をあげて五分ばかり喋った。小学校に入ると学期末に必ず歌唱テストがあって、みんなの前で歌わされる。僕はその度に前の晩必死に練習していくんだけど、歌いはじめるときまって五小節目ぐらいで教師に止められて「松原君、勝手に編曲しちゃだめよ」と皮肉を言われた。クラス中の失笑を買って、恥ずかしくて泣きたい気分だった。

「歌だけじゃないんだ。ハーモニカもたて笛もオルガンも何もかも調子っぱずれだったんだ。五年生の時の学芸会ではみんなでジルヒャーの『ローレライ』を口笛演奏したんだけど、僕は口笛さえ満足に吹けなかった。ほら、僕の前歯を見てよ、嚙み合わせてもこんなにひどい隙間があいちゃうだろ。音が抜けてこれじゃ笛にならないんだ。だから、僕は練習の時いつも一生懸命に音の出るふりをして誤魔化《ごまか》してた。いつかみんなにそのことがバレるんじゃないかと一ヵ月近く気が気じゃなかったよ。死にそうだった。ほん

とだよ。あんまり心配しすぎたものだから、しまいにはとうとう朝からおなかが痛くなって学校に行けなくなった。でも学芸会の当日はせっかく練習したんだからとわざわざ先生が迎えに来ちゃってさ、結局スカスカの口笛で御出演とあいなったんだけどね。まったくみっともないったらない話だろ」

ついでに、自分は昔から気が小さくて友達から始終いじめられ、泣かされてばかりいたとも言った。そのこともいくつかの実例をでっち上げて喋った。枝里子はそのたびに笑った。

そんな気の弱い人がいつからあんな大胆なことをする性格に生まれ変わったのかしらと彼女は言った。それは余りに予想通りの台詞だったので、僕は可笑《おか》しくなった。きみの掌はとても柔らかで気持ち良かった。きみの掌の骨はまるでストローのように柔軟だと思うと僕は言った。枝里子が、あのあと隣にいた知り合いのデザイナーに散々からかわれたと言ったので、そりゃそうだろうと頷き、別に理由もなくやったことだから気にしない方がいいし、気に障《さわ》ったのなら許して欲しいとつけ加えた。

枝里子は「あなたは変わっているわ」と不意に言い、あなたの会社に顔を出すようになって、初めてあなたを見た瞬間から、このひとだけは他の人とどこか違っていると思っていたと語った。僕は、それはきっと錯覚で、きみは毎日がとても単調で退屈だから、ちょっとした気分の変化で、そういった思い違いを信じ込んでしまいがちなのだと言い、僕の方はきみを観察しながら、いまの仕事はまったくきみに向いていないような気がずっとしていた、と言った。

どうしてそう思うのか知りたい、そんなことを言われたのは初めてだと枝里子は怪訝な顔をした。僕はただそう思うだけで、その理由はきみが一番よく知っているだろうと言った。それから、その「どうして」という言葉は、礼節に欠けた言葉だから僕の前では使わないで欲しいと頼んだ。

「相手が誰にしろ、自分に向けられた言葉に対して何らかの疑念を覚えたら、なぜそんなことを言われたのかをまずは自分の頭でよくよく吟味して、それでもどうにも理由が分からなかったときにだけ『どうして』と訊ねてみるべきだよ。それにしたって、日をおいてとりあえずの自分なりの推論を相手にぶつけて反応をみることが先決だ。だけど労を惜しまずにその作業を行なえば、大抵のことは聞き返す意味も必要もないことが分かってくる。きみももう大人なんだし、この世界はいつまでも学校ってわけじゃないし、誰にしろきみの教師でも何でもないわけだからね」

と僕は言った。

枝里子は黙って聞いていたが、言い終わると、もっとお酒を飲むかと訊いたので、もっと飲みたいと答えた。彼女はカウンターを離れ、自分の分と二杯水割りのグラスを持って戻ってきた。

ちょうどその時、僕の会社のある雑誌の編集長がステージの上から怒声にも似た声で僕の名前を呼んだ。この会の司会役のようなことをしていた彼は、ナーバスな自分の気質を無理やり露悪的に振る舞うことで守り通してきたと思い込んでいる、この業界にありがちな厄介なタイプの人物で、坂口安吾の信奉者だった。安吾の「必死に遊ぶ」を本人は実践しているつもりだったが、それは僕からすればそのまま野暮《やぼ》だった。歌ひとつ歌わず、そんな美人と二人でコソコソやるためにここに来たお前はふざけた野郎だ。昔は御指名がかかれば若い者は文句なしで二曲でも三曲でも歌ったものだ。俺の命令だからさっさとこのステージに上がって歌ってみろ。彼は大体こういう内容のことを、酔い混じりの濁声《だみごえ》で、しかもマイクをＯＮにしたまま言った。彼の酒癖はいつだって最悪なのだ。

僕はスツールを回して彼の方を向き、自分は歌が下手だからこういうところでは歌わないことにしている、それが楽しんでいる皆さんに御迷惑をかけない唯一の方法なのだと大声で告げた。瞬間、会場に爆笑が起こったが、

「つべこべ言うな、早く出てこんか」

編集長氏はまた怒鳴った。きっと自分が馬鹿にされたように勘違いしたのだろう。座がいっぺんにしらけてしまい、枝里子はとても困った顔をしてカウンターの方を向いていたので、僕は彼女に、

「こんなことになったのは、ぜんぶあんたのせいだ」

と耳打ちしてスツールを降り、ステージへ歩いていった。

マイクを受け取るとそれをスタンドに戻し、バンドのひとりが弾いていたクラッシッ

クギターを借りた。僕は「四月になれば彼女は」をフルコーラスゆっくりと歌った。歌いはじめると、枝里子は意外そうな表情でずっと僕を見ていた。大きな拍手が起きて、野暮な編集長がくわえ煙草のままもう一曲歌えというそぶりをしたが、僕はギターを返すとまた枝里子の席の隣へ戻った。氷のすっかり溶けてしまった水割りを一息で呷ると、枝里子はカウンターに頬杖をついてそんな僕の顔をまじまじとみつめ、

「あなたは大嘘つきね」

と言った。あんなに上手に歌えるし、きっといろいろなことができる人なのに、あなたはどうしていつもそんなつまらなそうな顔ばかりしてみせるの。

「そういうスタイルっていまどき全然流行らないと思うわ」

僕は枝里子を睨みつけた。一瞬涙ぐんでみせようかとも思ったが煩わしかったのでちょっとした細工をすることにした。

「おふくろが末期癌なんだ。去年の夏入院して一度手術を受けたんだけど、うまくいかなくてね。もうそろそろ危ないんだ。こんどの正月は越せないかもしれないと医者には言われてる。ずっと母子家庭だったし、気になるんだ、どうしてもね」

枝里子が真顔になった。

「ごめんなさい、ひどいことを言ったわ」

「いいよ」

「悪かったわ。でも教えてくれてありがとう。そうでなきゃ私……」

いっぺんで気の弱そうになった彼女を見て、僕は思わず吹き出してしまった。

「さっきも言ったろう。きみはなんでも信じ込みやすい性質なんだ。ひとのことを大嘘つきといっておいてまた騙されるんだから」

枝里子は束の間当惑した顔をして僕の表情を確かめ、ようやく、そういう嘘はあんまり質が悪すぎると、まるで本気になって力んでみせた。僕は聞き流して、だいぶ酔ったのでそろそろ外の風にあたりたいから失礼すると言った。枝里子も一緒に出るというので迷惑な気がしたが、彼女の家を訊くと人形町で、僕の住む森下とは同じ方角だった。御近所様なのねと枝里子はなんだか嬉しそうにして先にスツールからおりた。

外に出て冷たい風に吹かれていると、体がしゃんとしてくるのが分かった。僕は、

「きみみたいな人にもってこいの店があるから行こうか」

と枝里子を誘った。枝里子が頷いたので僕たちは麻布の方まで十分ぐらい歩いた。

連れていったのは「ミスタードーナツ」だった。こういう昼よりもまだ明るいガラス張りの店がまるでマネキンのようなきみには一番お似合いだと言うと、枝里子はひどく不快な顔をした。僕はそれを見て「怒りっぽいなあ」と笑った。ベタベタと甘いばかりのドーナッツを齧《かじ》ったら急に吐き気がこみあげてきて、トイレに駆け込んで吐いた。

そのままトイレの中にうずくまって、苦しみにすっかり連れのことなんか忘れてしまっていると、十分ぐらいしてノックの音がした。鍵はかけてないよと僕は言った。

枝里子は入ってきて背中をさすってくれようとしたが、その手を強く払いのけ、すぐに僕は起き上がり店の外に出た。

それからタクシーで日本橋の僕の馴染みの店に行き、朝方まで飲んだ。

その店で二人が知り合うきっかけとなった三島由紀夫について僕は少し詳しく話をした。枝里子は三島の小説は濫読《らんどく》しているようだったが、その優れた評論については不案内だった。ついやり込めるような物言いで、僕は決起・割腹に至るまでの三島の思想の道程について解説した。

三島はこう書いている、と僕は言った。

――人生というものは、死に身をすり寄せないと、そのほんとうの力も人間の生の粘り強さも、示すことができないという仕組になっている。ちょうど、ダイヤモンドのかたさをためすには、合成された硬いルビーかサファイヤとすり合さなければ、ダイヤモンドであると証明されないように、生のかたさをためすには、死のかたさにぶつからなければ証明されないのかもしれない。死によって、たちまち傷ついて割れてしまうような生はただのガラスにすぎないのかもしれない。

ところがわれわれは、実にあいまいもこたる生の時代に住んでいる。われわれは、自動車事故以外にはめったに死ぬことがなく、薬は完備し、かつての病弱な青年を脅かした肺結核と、健康な青年を脅かした兵役とからは、完全に免れている。そして死の危険のないところで、いかにして自分の生を証明するかという行為は、一方では狂おしいようなセックスの探究となり、一方ではただ暴力のための政治行為になってゆくのもやむを得ない。そしてそこでは、芸術さえほとんど意味を持たないほどの焦燥感が生れてくる。なぜなら、芸術とはやはり炉辺で楽しむものだからである。

三島の文章を諳じる僕に、枝里子はいかにも羨望のまなざしを向けてきた。そこで僕は、それが彼女の美貌と同様にまったく取るに足らないものにすぎないことを最初に説明せねばならなかった。そして僕は、

「結局、三島は自分の生を思い切り自分の死にぶつけ、その死によってたちまち傷つきガラスのように砕け散ったのかもしれない。ただ、仮にそうだったとしても、彼はこの国のどんな作家たちよりもよほど誠実で正直な生を生き抜いたのだと思う」

と枝里子に言ったのだった。

## 10

その日から、僕たちは二週間のうちに三度ばかり会った。しかしそれはせいぜい二時間程度の時間で、夕食を共にしてすぐ別れた。枝里子はそのまま家に帰ったが、僕は年末の忙しい時期だったので、会社にとって返して山積する仕事をこなした。

四度目のデートは十二月の十四日でたしか金曜日だった。枝里子は少し遅れて待ち合

わせの店にやってきて、テーブルに向かい合って座るとすぐに、私とあなたのことが会社で噂になっているのを昨日知ったと告げた。前回会った時、乃木坂の馬鹿みたいに高いステーキ屋で食事をしたのだが、ちょうどその場面を同じ店に居あわせた彼女の知人に目撃されていたのだという。

僕は、別に気にすることはない、きみとのことなら、僕の会社の連中もみんな知っていると言った。

枝里子は驚いた顔で、私は一昨日もあなたの会社で仕事の打ち合わせをしたが、そんな話題は誰からも出なかったと言った。

「そりゃ本人に確かめるようなことはしないさ。だけど、いまじゃ社内は僕たちのことでもちきりだよ。ちょっとした事件なんだから」

「どうして、そんなに簡単にわかっちゃったのかしら」

枝里子がしきりと訝《いぶか》しがるので、僕は可笑しくなった。

「真相は単純だよ。この僕がみんなに話しちゃったんだから」

きみと付き合っているというだけで、いまや僕の株はすっかり上がっているんだ。これまできみはよっぽど怖がられてたってことだね——と僕は笑った。枝里子は運ばれてきたコーヒーカップをおもむろに口許に寄せ、ひと口すすると、それからしばらく黙り込んでしまった。僕は、気に障ったのならもう会わないことにすればいいし、しかし僕たちはとりあえず何も悪いことはしていないと言った。

「どうすれば悪いことになるのかしら」

と枝里子が訊いたので、「さあ、どうだろうね」と返した。

喫茶店を出ると、僕たちはタクシーで浅草橋まで行き、僕の馴染みの寿司屋で寿司を食べた。二人で日本酒を呑みながら、僕は、まず最初にきみがその気になっていつも僕のことを見ていたから、僕の方も次第にきみのことが気になってこんな風に会うようになったのだ、順番はその通りなのだ、と枝里子に繰り返し念を押した。枝里子は、

「はじめて口をきいたときから、まるで昔からの知り合いのような喋り方をしたのはあなたの方よ」

などとのっけは反論してきたが、じきに酔ってきて、店を出る頃にはもうどっちでもよさそうに「一応あなたの言う通りね」と認めた。

そのあと、僕は枝里子がよく友人たちと行くという晴海のバーへ案内された。僕はガラスのカウンターの前に並んだ脚の長い居心地《いごこち》の悪い椅子に座って、バーボンのソーダ割りを何杯も胃袋に流し込み、枝里子がいろいろなことを喋るのを黙って聞いていた。枝里子は酔いでぼんやりした僕の顔を時折のぞきこむようにして「ねえ、聞いてるの」と言った。その度に「それで?」と先を促したが、ほんとうはほとんど何も聞かずにめまぐるしく変化する枝里子の表情を穏やかな気持ちで眺めていた。

二人ともしこたま飲んだので、お互いずいぶん大声で笑うようになり、枝里子は何度も何度も、それこそ二分おきぐらいに長い髪を両手でかきあげては大きく口をあけて笑

った。その仕種は一言でいうととても〝わざとらしかった〟。僕はカウンターの上に、こぼれた酒でうさぎの水絵を描いては、消し、また描きながら、どうしてだろう、どうして何もかもがいつもこの硝子の表面ではじかれる水のように、僕のなかに浸透することがないのだろう、と思ったりした。

僕はひどく疲れたので、帰りのタクシーに乗るとドアウィンドウに頭をもたせかけ、すぐに眠り込んでしまった。枝里子に身体を揺すられて目を覚ました。見たことのない建物の前で車は停まっていた。

「ここはどこなの」

訊くと、

「私のアパート」

枝里子が言う。

「悪かったね、何だかすっかり酔ってしまった」

タクシーのドアが開いて枝里子が運転手に支払いをしようとしていた。一瞬、制止すべきかと思ったが、口からは反対の言葉が出ていた。

「よかったらきみの部屋でコーヒーを一杯飲ませてもらえないかな」

目をこすりながらことさら眠そうな声をつくって僕は言う。枝里子が頷いたので僕たちは車を降りた。

一緒に大きな新しい感じのマンションのエントランスを抜け、エレベーターに乗り込み、蛍光灯の青味がかった光に照らされた枝里子の横顔を僕は見つめた。今夜この疲れた心と身体で彼女を抱くのだろうか、と思った。一片の興奮もなかったが、その柔らかな肉体を提供された瞬間に男女の手続きは半自動的に始まる。
以前読んだ小説の中にこんな一節があったのを思い出した。

——欲望はさ、いつだって外からやってくるんだよ。人が欲望にまかせて動いてるんじゃないよ。欲望の方で人を選んでるんだ。人はそれに乗っかるだけだよ。恐怖も屈辱も欲望もみんな、目の前に停ってくるジェットコースターみたいなもんでさ。そいつらが俺たちのボスで、俺たちはたかがドライバーでもないんだよ。そいつらが俺たちを乗せて、俺たちをドライブする、それがすべてなんだよ。

三島は、死の危険のない現代では、自分の生を証明するために人は狂おしいようなセックスの探究を行なう、と記していたが、僕は、セックスというものは、およそ探究などという言葉が当てはまるべき高尚なものではあり得ないと思う。それはいわば酒や麻薬と同じで、男も女も注射を打って酔っ払ったように、ただ我を失いセックスをするだけのことだ。
枝里子の部屋は二十畳ぐらいのリビング・ダイニングに十畳ほどの寝室、それに広いウォーク・イン・クロゼットが備わっていた。僕はひととおり室内を見て回り、枝里子が淹れてくれたエスプレッソのカップを受け取るとリビングの端に置かれた革張りのソファに腰を下ろした。コーヒーの苦みが口の中に広がり、さきほどまでの眠気がきれいさっぱり抜けていく。ソファに座って壁に飾られた大きな肖像写真を眺めた。部屋に入った途端に目を引き、これは一体どういうつもりなのだ、と呆れてしまった代物だった。枝里子が大きなマグカップを持って隣に腰掛けてきたので、僕は立ち上がって壁際に近づき、しばらくそれをためつすがめつ見直してから、振り返って訊ねた。

「一体、この馬鹿くさいものは何なの？」

枝里子は飲みさしのカップをソファの前の小さなテーブルに置き、ちょっとばつの悪そうな表情を見せた。そして、ある著名な写真家の名をあげて、スタジオ撮影のときカメラテストの被写体になったら、彼がそのポジをわざわざこんなに大きく引き伸ばしてプレゼントしてくれたのだと言った。

釈然としない気分で、僕はコーヒーをすすりながら広いリビングを歩いた。よく見ると、ダイニングテーブルや棚、テレビの上にも幾つも写真立てが置かれ、それらはどこか外国を旅したときの枝里子自身の映ったスナップばかりだった。

「きみはよく外国へ行くんだね」

ソファに戻って、僕は言った。僕には、こんな巨大なセルフ・ポートレートを毎日眺めながら平気で暮らしていられる彼女のことが理解できなかったし、しばしば海外に出かけては、その思い出をこんな風に大切に保存している彼女のこともよく理解できなかった。

「きみは、外国なんかに出かけていって何を見てくるの」

「あなたは旅行は好きじゃないの？」

枝里子がさも不思議そうに訊き返してきた。

「さあどうだろう。最近は仕事以外で遠出したことがないしね。それに、お金をたくさん出したり、つくれない時間を無理につくってまで見なければならないものなんてないだろ。そんなものは最初から見なくていいんだ。人は、遠くに憧れているうちは、実はよくものを見ないものさ。ほんとはもっとちゃんと見なくてはならないものがすぐそばにあるはずなのにね。要するに、金にあかせてできることなんて何もありはしないんだよ」

さらにつけ加えた。

「ここにいるだけでも、もう充分にうんざりしてるからね。これ以上どこかへ行きたいだなんて僕には思いもよらないよ」

枝里子はマグカップを再び取り上げ、両手に包んで、しばらく考えていた。そしてソファから立ち上がると、その下の毛足の長い敷物に正座して、僕の顔をきちんと見上げて言った。

「それでも、私はどんなことでも自分の目でたしかめてみないと気がすまないの。旅行をすればいつも私なりの収穫が必ずあるし、それが何の役に立つのかなんて分からないけど、とにかくいろんな感想をその場でも持つし、後からでも考えたりするの。だから遠くへ行くときはできるだけ一人で出かけることにしてるのよ」

「収穫ね。何を自分の目でたしかめれば、どんな収穫があるっていうの」

僕は訊いた。

枝里子は足を崩して、うーんと呟き、

「そんな大したことじゃないんだけど」

と照れたように前置きして、「例えば……」と話し始めた。

「タイの田舎町に行くとね、犬たちは、みんな皮膚病に罹《かか》っているの。体のあちこちの毛が抜けて、ガリガリに痩せっぽちで。顔はとっても可愛いのよ、見たことないぐらい愛らしい瞳をいつも濡らしているの。ついそばに寄って抱き上げたくなるの。だけどね、体を見ると赤く腫れてかさぶただらけでとても触る気になれないのよ。触ったら病気が伝染《うつ》りそうな気がしてどうしてもできないの。タイの子供たちは平気でふところに入れて、頬ずりなんかしてるのにね。そんな野良犬たちが日本みたいに保健所なんてちゃんとしてるわけないから、街中をたくさんウロウロしているの。私たちは清潔さといっしょに何か大事なものを失くしてしまったような気にさせられるわ」

僕もカップを持ってソファから降り、テーブルを挟んで枝里子の対面に腰を下ろした。姿勢を真っ直ぐにして話を聞くことにする。

「ヨーロッパに行くとね、列車にも国際線というのがあるでしょ。大陸は一つで国と国とは本当はつながっているのよ。パリの駅に立っていると、たくさんの、肌の色や瞳の色、髪の色の違う人々が小さな手荷物ひとつでホームになだれ込んでくるのが見える。でもね、本当に違うのは言葉だけなのよ。誰も彼もが同じように笑い、同じように待ち人と抱擁を交わし、てんでバラバラの言葉で喋り合っているの。風景は慣れてくるとちっとも奇妙じゃなくなるのに、音だけはいつまでたってもやっぱり変で、バラバラの言語同士が互いにぶつかりあって決してひとつにはならないの。あなた知ってる、たくさんの言語が混ざり合ったとき何が聴こえるか。それはガラスの尖った破片みたいな鋭い叫びになるのよ。耳を覆いたくなるような、私なんかにはとても耐えられない醜い音。私、いつも思うの、問題は肌の色なんかじゃなくて、この蜂の唸りのような不気味な音なんじゃないかって。いくら欧州がＥＵに変わったたって言語が一つにならない限り、絶対に見えない言葉の国境は外せやしないって思うわ」

話し終わって枝里子が小さな吐息をついたとき、僕は目を閉じて、その吐息を心の深い部分で受け止めることができた。いまこの瞬間まで、まるでおふざけのように彼女と付き合ってきた自分自身について反省した。わずかではあるが、彼女とのこれまでの思い出のいちいちを反芻し、枝里子という女性が誠実な魂を持った、心根の美しい人であることを意識の奥で鮮やかに確認した。

しかし、しばらくするとその鮮やかさも、水からすくった小石のようにたちまち色褪せていくのだった。

僕のカップはとうに空になっていて、あとは左肘を折って腕時計を見るだけでよかったが、僕はそうはせずに、

「なんだかきみの話を聞いていると疲れるね」

と言った。枝里子が妙な顔をしてみせたので、僕は二個のカップが載った目の前のテーブルを脇に移し、敷物の上を膝行《しっこう》して彼女に近づいた。

「もうお説教の時間はおしまいだな」

押しつけるようにそう言い、腰を浮かして彼女の顔に自分の顔を寄せ、彼女の眸《ひとみ》をきつく見つめた。そのまま視線を逸らさずに彼女の上に覆い被さっていったが、枝里子は最初からそれを待っていたようだった。酒に醸《かも》しだされた香水の匂いが僕を興奮させた。結局はいつもこの匂いだけだ、と頭の隅で考えてから枝里子の唇に自分の唇を重ねた。

僕たちは敷物の上に折り重なって、何回も何回も激しいキスを繰り返した。

しかしそれだけだった。

やがて僕は起き上がり、腕時計に目をやった。

それからの十日間近く、僕たちは何の連絡も取り合わなかった。僕の方は電話でも入れようかと時々思ったが、何を喋るのか考えていたら面倒な気になったので、かけなかった。そもそも僕は枝里子の携帯の番号も部屋の番号も知らなかった。枝里子も僕の携帯の番号を知らなかった。連絡は会社宛で済ませ、次の約束は、別れ際に交わしていた。僕も枝里子も時間には正確だったし、待ち合わせを最優先にしていることくらいは共に

察し合ってもいた。とはいえ携帯の番号を知らないままだったのは、ちょっと意外な発見で、次に会うことがあったら、まずそれを尋ね合い、教え合おうなどと考えていたら、九日目の十二月二十二日、僕のアパートの郵便受けに枝里子からの手紙が届いていた。

それは便箋を四ツ折りにたたむ四角の封筒で、表は白だったが、裏は薄いピンクの縞《しま》柄《がら》で封のところにHAVE A GOOD DREAM TONIGHTと金文字をあしらってあった。

文面は少々長い電文程度に簡潔で、要するに僕からの連絡をずっと待っていたこと、自分のことが嫌いになったのでなければ早く連絡が欲しい、もう一度会いたいということが書かれていた。実に丁寧な綴《つづ》り方の見本のような文字だった。

僕はいまどき手紙など寄越す女性がいたということに結構驚いていた。しかも内容はまったくもって直截《ちょくせつ》で飾った言葉は皆無だった。不器用に過ぎるといってもいい。僕は彼女がいつ、どんな顔でこれを書いたのかを想像して、とても面白い気がした。

その日の夕方、さっそく彼女の会社に電話を入れた。手紙のことには触れず、明後日のクリスマス・イブ、ホテルで一緒に食事をしようとだけ言った。彼女が事務的な声で、もうイブの晩は予定が入っているというので、何か口実をもうけてそんなものはキャンセルすればいいと勧めたが、それは無理だという返事だった。

僕は唐突に今日の天気の話をした。

その日は、風は冷たかったがよく晴れた一日だった。この分だときっと明日も明後日も晴れるだろうが、もし雨になったら一緒に食事をしてほしいと頼んだ。枝里子は「なんだか急に、貫一お宮みたいな話ね」と語調をようやく和らげ、これほどの好天つづきなのに、雨なんて降るはずがないと電話口で笑った。僕は、ともかく破ることのできない約束はこの世には滅多にないのだから雨が降ればよろしく頼むと言って、ホテルのレストランの名前と時間を告げ、電話を切った。受話器を置いたあと、もし雨にならなければ、恐らくもう二度と彼女と二人きりで会うことはないだろうと考えた。

そして二日後、東京は朝方から突然の大雨に見舞われた。

食事を終え、あらかじめ用意しておいた部屋に僕は先に入ると、ベッドの方へ急ぎ足で歩み寄り、焦げ茶色のベッドカバーといっしょにベッドメイクされた二枚重ねの毛布を両サイドいっぱいに捲《まく》り上げた。レースのカーテン越しに薄い光が射し込んだだけの暗い部屋が、さらけだされたシーツのせいで不意に仄明《ほのあか》るくなった気がした。

枝里子は部屋の入口に立ったまま、僕が素早くすることを凝っと見守っていた。

僕は上着とネクタイを取ってベッドに腰掛け、手招きした。枝里子はバッグを部屋の隅にある小椅子の上に置いて、すぐそばにきた。隣に座るように、僕はベッドの角を二度軽く叩いた。枝里子は長いスカートの膝もとを整えて行儀よく僕の横に腰かけた。

エアコンディショナーの幽かな通気音だけが聴こえる薄暗いホテルの一室で、僕たちは口づけした。枝里子の舌がとろ火のようにちろりちろりと、僕の口の中で動き、僕はその唾液を唇を回しながら吸い、その歯茎を舌先でゆっくりとなぞった。下唇と歯の根元の隙間にとても甘い唾液がたくさんたまっていたので丹念にすすった。

極力時間をかけて枝里子の服を一枚一枚脱がし、枝里子も僕のシャツのボタンを一つ一つ外していった。

僕はベッドランプを灯して、枝里子の芸術品のような肢体を五感のことごとくを動員して注意深くかつ念入りにあらためた。枝里子は羞恥の気配はほとんど見せずに、ただ静かに瞳を閉じ、僕の手順に何もかもをゆだねて、やがて満足のいく反応を返し始めた。

終わったあと、煙草をふかしていると、隣で枝里子は腹這いになって、ナイトテーブルのデジタルウォッチを覗き込み、「もう十一時なんだ」と言った。部屋に入ってすでに二時間が過ぎていた。

「へとへとだよ」

僕は煙と一緒にため息をついてみせた。

「さっき終わるとき、歯の根っこ全部がいっぺんに締まってキリキリ痛かったけど、こんなこと初めてだった」

「よほど頑張ったのね」

枝里子はくすくす笑って僕の背中に裸の胸をのせ、僕の額と髪をゆっくりと撫でた。

僕たちは冷蔵庫からビールを出して口移しに飲ませっこした。いちどあなたの口の中に入ったビールの方がずっと冷たいのね。枝里子は何か新しいことでも発見したように喜んでいた。

灯を落として、しばらくたってから、

「私、どうしてあなたのこと好きになっちゃったのかしら」

枝里子はなにか遠い昔を思い出したかのようにぽつりと洩らした。僕が黙ったままだと、

「どうせ、理由なんてないって言うのでしょう、あなたは」

と呟いた。僕は彼女の肩を抱き寄せて、言った。

「きみが僕を好きになってくれたとしたら、それはたぶん僕がきみのことを何とも思っていなかったからだろう」

「きみみたいな人にはね、そういうことは耐えられないんだ――。」

「あなたはいつでも、わかったような顔、落ち着き払った声で変ちくりんなことばかり言うわ」

だけど私はあなたのそういうところが好きなのかもしれない――。

「でも、これからはもうすこし素直になりなさい。このひとみたいに」

枝里子は再び硬くなっていたペニスに柔らかな内股をすりつけてきて、僕に覆い被さると唇を押しつけてきた。

外ではまた雨が降り出したようで、ぱらぱらと窓を叩く雨音が聴こえてきた。

「だけど……」

枝里子は長い髪をかきあげながら、唇を一旦はなした。

「ほんとに雨が降っちゃうなんてね」

僕はその瞬間、枝里子の瞳の中に遠い星々のような無数の輝きをみつけ、幾分たじろいだ。その輝きに、自分自身を見失いそうな気がしたからだ。思わず目をつぶり、彼女の首に腕を巻きつけて、その細い身体を力まかせに引き寄せていた。

11

花見に出かける約束の日曜日。執拗な電話のベルの音に僕は起こされた。ベッドから
降り、本棚の上に置いた充電器から携帯を取り上げて耳にあてる。

「ごめんなさい。今日どうしても行けなくなったの」

朋美の弱々しげな声が聞こえてきた。

「そう……」

立っているのも覚つかず、寝ぼけたままに僕は言う。

「ごめんね」

朋美が繰り返す。

眠気におされて早く電話を切りたかったが、その衝動が、もとから花見などどうでも
いいのだという自分の本音を剝き出しにするようで、僕はきちんと朋美の相手をせねば

と思い直した。

「そうなんだ……」

まずは落胆した声を作ってみせ、充電器の横に置いた目覚まし時計の針を読む。まだ午前七時だった。

「なにか急用でもできたの？」

ようやく意識がはっきりとしてきた。

「やっといい園が見つかりそうなのよ」

朋美が言った。

彼女はこのところ拓也の保育園探しで骨を折っていた。昨年の四月から通いだした園に拓也が馴染むことができず、年明け以降は欠席つづきだった。一年中を裸足で通し、冬場でもシャツ一枚で子供たちを存分に遊ばせるという保育方針が気に入って預けたものの、拓也にはやはり向かなかったようだ。で、新しい園を物色《ぶっしょく》しているのだが、この近辺は数も少なく、どこも満杯で、とうとう決まらないままに新年度を迎えてしまっていたのだった。

それが、昨夜遅くに園探しを手伝ってもらっていた知人から電話がきて、今日の午前中に或る区会議員の事務所へ入園斡旋の依頼に一緒に出向くことになったのだという。

「一度断られた所なんだけど、その区議さんの口利きなら何とかなるかもしれないって。まだ確実な話じゃないんだけど」

ならば、拓也と二人だけで行ってもいいと言うと、「拓也も連れていくことになっているから」と朋美はいやにつれない口調になった。

「じゃあ、仕方ないね。来週には桜も大方散ってしまうし、今年の花見は中止だね」

ともかくも、拓也の新しい園が決まるのは何よりだという気もしたので、

「うまくいくといいね」

そうつけ加えて、電話を切った。

目覚ましのセットを解除し、ベッドにもぐり込んだ。この一週間は仕事が立て込んで疲れが溜まっていたので却って好都合だったな、などと思っているうちに再び眠り込んでしまった。

眼を醒ましたのは、昼の一時だった。

僕は起き上がるとキッチンに行って冷蔵庫から缶ビールを抜き、テーブルに腰かけて飲んだ。半分くらい飲んだところで、ベランダ越しに差し込んでくる芽吹くような明るさから顔をそむけ、背後のいまは間仕切りの開いた六畳間の方に目を向けた。その陰気な薄暗さに、突然にうんざりした気分になった。

このビールはなんて不味《まず》いのだろうと思った。そして、今日は何があっても花見に行くべきだったのだ、と思った。

こんなことなら雷太かほのかでも誘っておけばよかった、という気がした。

枝里子は先週から十日間の予定でロスに出かけている。或るシンガーのプロモ・ビデ

オのスタイリングを任されたらしく、張り切って出発していった。前年度いっぱいで会社との契約を打ち切り、この四月から彼女は完全なフリーになっていた。大口の仕事がさっそく舞い込んできたことにずいぶん気をよくしていた。

ほのかも雷太も最近はめったに訪ねてこなくなった。ほのかの方は昨年後半から始めた就職活動でかなり参っているようだった。枝里子には何かと相談を持ちかけているらしく、たまに彼女の部屋に泊まりに行ったりもするらしい。

「でも、ようやく自分の将来に目が向くようになったんだから、精神的にはずいぶん逞しくなってきたと思うわよ」

相変わらず枝里子は楽観的だった。

一方、雷太の方は、「鳥正」が潰れてその日暮らしの生活を余儀なくされていた。不況のあおりもあったようだが、大将が正月早々に脳梗塞《のうこうそく》で倒れ、病状は持ち直したものの左半身に麻痺が残り、従前通りには店に立てなくなったのが閉店の一番の理由だった。大将夫婦は土地も店舗も売り払って来月中には故郷の鹿児島に引っ込む算段らしく、雷太としては、仕事はともかく大至急アパートを探さねばならず、引っ越し資金の捻出もあって、日々バイトに明け暮れている様子だった。

雷太とは先週ひと月ぶりくらいに中野で飲んだのだが、頬がこけ落ち、しきりに空咳を繰り返して体調がすぐれない風だった。例によってお互い浴びるほど飲み、僕の方は途中から酩酊してしまったが、雷太はさかんにプロデューサーの寺内のことを罵《ののし》っていた。

「きみのためには、あんな店は潰れて良かったんだ。きみはあんな店で埋もれるような男じゃない。な、そうだろ、きみも心の底ではそう思ってるんだろ——だってさ。どうかしてるよあのおっさん。黙って聞いてりゃ、あんな店、あんな店って、ふた言めには抜かしやがって」

そう言って雷太は、隣の僕に体を向けると、聞いてくださいよ、直人さん、こうですよ、こう——深く肩に手を回してきて、耳元で寺内の声音を真似た気色の悪い声を出した。

「ねえ、木村クーン、きみならさー、あっという間に窪塚クンなんて超えちゃうんだからさー、ねえ、だまされたと思ってテレビの世界に飛び込んでおいでよー」

僕は笑いながら身をかわし、

「お前、案外役者の才能あるかもしれんぞ」

とからかうと、雷太は真顔で、

「よしてくださいよ。胸くそ悪い」

と吐き捨てた。

案外粘着質の寺内のことだ、雷太が失職したと知って、ここぞとばかりに口説きにかかったのだろう。あの雷太への執心ぶりからして無理もないが、今度ばかりは相手が悪すぎる。世の中の人間は誰もがテレビに出て有名になりたいのだ、と信じて疑わない寺内のような男にはちょうどいい薬といったところだろうか。

寺内とは、とあるマスコミ関係者が主催する政治経済の勉強会で知り合った。ドラマ畑でありながらそんな勉強会に顔を出すのもめずらしいが、彼に言わせると、「いまのドラマ屋はものを知らなさ過ぎる。衆参の区別もつかずに、参議院議員のことを平気で代議士なんて役者に言わせようとする」とのことだった。親しくなったのは、その年の暮れ、会の主催者が開いた忘年会に共に出席してからだった。一次会は赤坂の料亭で何ほどもなく終わったが、二次会のために用意された元麻布の豪華マンションの一室に行ってみると、トップレスにふんどし姿のAVギャル五人が待ち構えており、パーティーは一転してえげつない趣向となった。それでも、ギャルたちがストリップまがいの下手なショーを見せてくれたあたりまではご愛嬌だったが、やがて酒も入って十五人ばかりのメンバーたちの緊張がほぐれてくると、場はまるごと乱痴気騒ぎの様相を呈してきた。男たちも次々に上半身裸となり、女の子たちを代わりばんこに膝に乗せたり、中には三人がかりで嫌がる女の子のふんどしをほどいて、主催者から支給された「チェキ」で即席の撮影会を始める連中まで出てきた。

僕は、適当に彼女たちの相手をしながら引きあげる潮時を見計らっていたが、すると隣に座っていた寺内が苦り切った面持ちで、

「松原さん、こんなところさっさと退散しましょうよ」

と声をかけてきたのだ。

僕たちは二人で部屋を抜け出して朝方まで六本木で飲み明かし、すっかり意気投合したのだった。寺内がいまだかつて女性には指一本触れた経験のない真性のゲイだと知っ

たのはその夜のことで、彼の方からあっさり打ち明けてきた。

「別に、この世界に入ったのはそれが目的ってわけでもないんですけれども、とにかく僕等のようなゲイにとってみてもですね、芸能界ってのは天国みたいなところなんですよ、これがほんとにねえ……」

その妙にしみじみとした物言いが新鮮で、僕はいっぺんで彼のことが好きになったのだった。

「まあ、あいつも根はそんなに悪いやつじゃないんだけどね」

ついつい寺内を弁護すると雷太にしてはめずらしくムキになってつっかかってきた。

「だけど、『あんな店潰れて良かった』ってどういうことですか。あの店は、大将と奥さんが必死に守ってきた店なんすよ。直人さんには話したと思うけど、大将は十八年前に、まだ四歳だったひとり息子を小児癌で亡くして、それからはずうっとノイローゼ気味の奥さんの面倒を見ながら、店も畳まずになんとか頑張りつづけてきたんです。俺のことも、死んだ息子の代わりだって可愛がってくれて、グレてた俺を一から仕込んでくれたんです。それをあのオカマ野郎は、事情ひとつろくに知りもしないで無礼なことを言いやがって。大体、寺内さんだって直人さんにしたって結局はエリートじゃないすか。一流の大学出て一流の会社に入って高い給料とって。そんな人たちには、毎日毎日、何百本の串に肉刺しながら、一本百円の商売やって生き抜いてきた人間の苦労なんて絶対分かりっこないんですよ」

この雷太の台詞を耳にしたとき、僕は、昔かあちゃんが同じようなことを言っていたのを思い出した。大学に合格して上京するとき、わずかな金を渡してくれながら、「これで、あんたには私のことが永久に理解できなくなるんだね」

とかあちゃんは言ったのだ。

「俺、何かがぶっちぎれたような気がするんすよ」

僕が黙り込んでいると雷太が不意に呟くように言った。

「ぶっちぎれた？」

思わず訊き返した。

「そうなんすよ。鳥正が暖簾《のれん》おろして、大将も奥さんも急に鹿児島へ帰るって決まって、俺、最初は、へぇーそんなもんかなって感じだったんですが、なんか最近になって、これはそういう簡単なことじゃなくて、この薄汚い世界と自分とをいままでかろうじて繋いできた紐《ひも》切《き》れみたいなもんが、とうとうぶっちぎれちまったんじゃないかって、そんな気がしてきたんですよ。もともとが自分なんて、公平兄ちゃんの身代わりで生きてただけじゃないですか。それが兄ちゃんが死んだ歳をもう二年も超えちまって、まったく何生き恥さらしてんだろ、なんてずっと思ってたんですよね。前から言ってるように、俺って、この世界でやりたいことなんか何にもないじゃないですか。大将にもあの店を継いでくれないかって言われてましたけど、俺は、大将や奥さんが俺のことあそこに置いてくれてたから一所懸命働いてただけで、自分の店やりたいなんて一度だって思ったことないですよ。直人さんもいつか言ってたけど、この世界って正真正銘の地獄でしょ。俺もほんとそう思います。苦しんで苦しんで、それでもまだ苦しまないじゃ済まないようにこれほど小狭く出来上がった世界なんて、他のどこ行ったたってありっこないと思いますもん。公平兄ちゃん死なせたときに、俺も直人さんみたく確信したんすよ。そうか、ここが地獄なんだなって」

もうその頃には酔いが回っていたので、僕は雷太の話を半分聞き流していた。雷太の方も勝手に喋り散らしている感じだった。

「なんかこう、ぱーっと派手なことやらかして死んじまえたら、一番いいんすけどね」

雷太が絞り出すような声で言うので、そこだけはクギをさしておいた。

「死ぬことに条件なんてつけんじゃないよ。こうやって死にたい、ああやって死にたいなんてのは馬鹿の言う台詞だよ」

「そうですかね。どうせ死ぬならめちゃくちゃやったっていいんじゃないですか。ほのちゃんなんかともよくそんな話してるんですよ」

雷太が鼻白んだ顔になった。

「ほのかもそんなこと言ってるのか」

「はい」

「あほだな、お前ら」

僕はそう決めつけ、大声で笑ってみせた。

台所のテーブルで三十分ほどぼんやりと過ごし、着替えをして、外に出た。

とりあえず昼飯でも食べようと、森下の方へ歩いていると、交差点のあたりで反対側の歩道をこちらに向かって朋美と拓也が近づいてくるのが見えた。意外な気がした。もう二時を回った頃合いだし、区議のところへ挨拶に行った帰りなのかもしれないが、不可解なのは朋美が大きな花束を抱えていることだった。それに、二人は「ニューソウル」とは反対の森下駅の方へと並んで歩いてくる。僕は時計屋の軒先に身を隠し、彼らが地下鉄の出入口に姿を消すのを見届けると、急いで自分もその入口から降りて、朋美たちのあとを追うことにした。

ホームで新宿方面の線路側に立つ二人を見つけた。距離をとって柱の陰からその姿を観察した。半ズボンをはいた拓也の両足はまるで折れそうなほどに細く、花束を右手に抱えて息子の手をとった朋美の髪は相変わらずかさついていた。

あんな大きな花束を持って、朋美はどこへ行くのだろうか。少なくとも区会議員のところではなさそうだ。橋本行きの電車がホームに入ってきて、朋美たちが乗り込んだのを確認すると、僕も隣の車両に飛び乗った。

二人は明大前で下車し、そのまま同駅接続の井の頭線に乗り換えた。むろん僕が追いかけていることには全然気づいていないようだった。

降りたのは下北沢の駅だった。

ようやく彼女たちがどこへ行こうとしているのか見当がついた。賑やかな駅前通りの人ごみの中でちらちらと見え隠れする朋美の手の中の花束が、妙に生々しく感じられるようになった。

案の定、二人は下北沢の駅から歩いて十分ほどのところにある小さな劇場の中へ消えていった。

そこは客席数こそ少ないが、最新の舞台装置を備えた歴史のある有名な小屋だった。玄関には数本の花輪が並び、若いカップルが入口にぞろぞろ吸い込まれていく。近頃にわかに人気の出てきた小劇団の今日は公演初日らしい。原色ばかり使った派手な看板が掲げられ、主演者のとりわけ大きな写真が貼りつけてあった。当然それはパク・イルゴンの顔だった。

僕は朋美たちが姿を消したあと、劇場の正面に佇んで煙草を一本吸い、来た道を引き返した。下北沢の駅前に学生時代たまに通った広島風お好み焼きの店があったので、そこで「大盤」と呼ばれる大きなお好み焼きを一枚食べ、ウーロンハイを二杯飲んで自分のアパートに戻った。

三日後の夜、池袋のプレイガイドで昼間購入した後楽園の「こどもの日特別入場券」三枚を持って僕は「ニューソウル」の扉の前まで来た。が、何となくその扉を引くことができなかった。結局つかんだ把手から手を離し、そのまま歩いて帰ることにした。

帰り道で、札入れにしまっていたチケットを抜き、細かく千切って通り沿いのコンビニのごみ箱に棄てた。

朋美や拓也との付き合いを解消することに決めた。

朋美たちより先に枝里子とコンタクトしなくなるのではないか、とそんな気がこれまでしていたので、順序が逆になってしまったな、と歩きながら思った。

その晩はなかなか寝つかれなかった。

どういうわけか拓也の面影が脳裏をかすめ、ひどく落ち着かない気分にさせられた。不意に顔を見せなくなったら拓也はどう思うだろうかと考えるとなぜか胸がしめつけられるようだった。僕は拓也を知ることによって、子供が大人たちとはまったく違った別の世界で生きていることを教えられた。しかし、彼らのその小さな世界は、いつも大人たちの得手勝手な都合だけで跡形もなく破壊されてしまうのだ。

僕はベッドの中で、去年の夏、拓也とふたりだけで奥多摩に川遊びに行った時のことを思い出していた。暑い一日だった。拓也はパンツ一枚になって、小さな麦わらをかぶり、せせらぎにしゃがみこんで飽きることなく水遊びに興じていた。僕は陽射しに焼けついた川原に腰かけて、本当に小さなその背中を、心地よい眠気を催しながら、それでも用心深く眺めていた。

三十分ほどそうしているうちに、ひとりの中年の男がやってきて、拓也のすぐ隣で釣りをはじめた。拓也は家から持ってきた砂遊び用のポリバケツに川の水を汲んでは、そこに川砂を入れ、重くなるとそれをバケツごと川面に投げ込む遊びを繰り返していた。

そのたびに浅瀬で小さな水音が立った。

男が釣り糸を垂れてしばらくした頃、ぼんやりしていた僕の耳に何か鋭い声が聞こえた。咄嗟に我にかえり、慌てて拓也を見た。一瞬、拓也が川にはまったのではないかと思ったのだ。しかしそうではなかった。釣り人が拓也に向かって手で追い払うような仕種をしながら苛立った声で「もっとあっちに行ってやれっ！」と怒鳴りつけていたのだ。

拓也はびっくりした顔で男を見上げ、半分泣き出しそうな表情になって僕のところへ駆け戻ってきた。僕は一生で、あの時ほど怒りを覚えたことはなかったと思う。頭の中の血液がどす黒く濁るのをはっきりと感じた。

男に近づき、僕は「貴様が出ていけ」と大声を張り上げ、川原の大きな石をつかむと釣り竿の糸先に思い切り投げつけた。男が憤然とした顔を見せたので、いきなり彼の胸倉をひっつかみ、力まかせに突き飛ばした。男は川瀬に尻餅をつき、僕はさらに一歩踏み出すと、その顎を右足でほとんど加減もせずに蹴り上げた。男の顔面から鼻血が噴き出し、彼はまるで錯乱したようになって、必死の形相で道具を畳むと一目散《いちもくさん》にその場から逃げ出したのだった。しかし怒りはそれでもおさまらなかった。さらに大きな石を拾って握りしめ、遠くへと逃げ去る男の背を追いかけた。男は竿もクーラーボックスも途中で放り出し、絶叫しながら振り向き振り向き、走り逃げた。さんざん追いかけ回したあと、捨てられた竿をへし折り、ボックスを石で叩き潰して、男の姿が一帯からすっかり見えなくなって、ようやく僕は自分を取り戻したのだった。元の川原に帰ってくると、怯《おび》えた顔のままの拓也を促して水遊びを再開させた。今度は僕も一緒になって小魚をつかまえたり、砂でお城をつくったりした。拓也は大喜びで、その後も一人で延々川岸にしゃがんで遊んでいた。時折、僕の方へ顔を振り向け、無邪気に笑い、手を振って合図するといかにも安心したような顔つきでまた一人遊びに戻った。

そして、僕はどういうわけか拓也のその姿に、十数年ぶりに、

自分が必要とされている――。

というあの泣けてくるような感覚を味わったのだった。


ようやくうとうとしはじめたところで携帯が鳴った。

今夜あたり枝里子が帰ってくるはずだったので、てっきり彼女からだと思って出てみると朋美だった。「こんな遅くにごめんね」と朋美は沈んだ声を出し、拓也が三日前から熱を出して寝込んでいると言った。今日は店も休んで看病しているのだが、熱が上がったり下がったりで拓也の衰弱が激しい。何だか様子が変なので心配になって、ついあなたに電話してしまったのだと言う。

僕は、その時初めて、そういえば「ニューソウル」の看板に今夜は明かりが灯っていなかったことに思いあたった。もしもあのドアの把手をほんの少しでも引いていれば店が休業していることに気づいていただろう。

これは僕に少なからぬ動揺を与えた。普段なら見落とすことのないところをうっかり見落としていた。こうした不注意は僕が最も嫌ってきたものだ。

「すぐ行く」

電話を切って、通りに出るとアパートの裏の駐車場にとめてある車に乗った。運転しながら、拓也の病状が深刻な場合の手順について考える。近辺の総合病院の所在を思い浮かべ、やはりこの車で運ぶよりは救急車を呼んだ方が確実だろうと結論した。

そして、ふと思った。

もし、あの看板を見過ごしていなかったら自分は決してこんな風にためらいもなく朋美のところへ急ごうとはしなかったのではないか。さらに、今日、自分は最初から破るつもりであの三枚のチケットを買ったのではないか――だが、もうそんなことはどうでもいいような気がした。

部屋は病気の匂いがした。拓也は子供布団に寝かされ、額には濡れタオルがおかれていたが、間歇的に激しい咳をこぼしていた。半睡の態で、タオルを取って掌をあてるとひどく熱かった。顔は蒼ざめて呼吸は早く、鼻翼が息をつくたびに震えている。シーツの一部が汚れているのでどうしたのかと訊くと、

「あなたに電話したあとすぐに吐いたの。おととい から何も食べてないから水みたいだったけど」

朋美は洗面器でタオルを絞り、拓也の目元まで覆うようにしてのせる。三日前の日曜

日の夜から熱が出て、一昨日はかなり高くなったので医者に連れて行くと風邪だと言われた。貰った薬を飲ませたところ、昨日の昼、やっと解熱したので安心していたら、今朝からまた熱が上がり、それ以後は一日中熱の上下をくり返している。夕方になって湿った妙な咳が出るようになり、息苦しげな様子になった。よく風邪は引いても、いままでこんな風になったことがないので、急に心配でたまらなくなったと朋美は話した。

　拓也の状態は明らかに変だった。眠っているというよりは意識を薄くしてしまっているように見えた。僕は布団の中に腕を入れてパジャマの裾《すそ》をたくしあげ、痩せた腹に手をあてた。何も食べていないというのに下腹部はかなり膨れている。

「たぶん肺炎だと思う。しかも少し重そうだ」

　そう告げた途端、朋美は顔をくしゃくしゃにして半分泣き出しそうな表情になった。

「あの日、区会議員の事務所でたちの悪いウィルスでも貰ってきたんだろう。ああいうところは人の出入りが激しいからね」

　朋美はどうしようと口を押さえ、枕元で拓也の顔を覗き込んで、名前を何度も呼びはじめた。

　僕は立ち上がり、隣の朋美の部屋へ行って電話で救急車を呼んだ。

　住吉《すみよし》の病院に担送されると、拓也はすぐに酸素テントを被せられ、細い腕に長い針が射たれて点滴が開始された。朋美はその物々しさに度を失い、ハンカチを嚙みながらたまりかねたようにしばし嗚咽していた。

「まだ肋膜炎には至っていませんから、そんなに心配することはありませんよ」

診察室でシャウカステンに並べた拓也の胸部レントゲン写真をたしかめながら、当直の医師は言ったが、朋美は「先生、お願いですから拓也を助けてください」とすがるように言い募り、医師はちょっと困ったような顔をしていた。

僕はその名前を胸の名札で頭に入れ、救急外来の待合室から会社に電話をかけた。ちょうど週刊誌の校了日で、以前一緒に働いていた後輩の記者がまだ居残っていたので、彼に五階の資料室にある「医家名鑑」で医師の履歴を調べて貰った。名のある大学の医局勤務が長かった小児科の専門医であると判ったので、そのことを朋美に伝え、心配は要らないと慰めた。

拓也は三階の小児病棟に移され、僕たちは拓也の眠るベッドの脇にパイプ椅子を並べて座り、夜を明かした。輸液をはじめて一時間もすると、テント越しにも拓也の表情が和らいできたのが見てとれた。規則的な寝息も聞こえるようになり、朋美もようやく少し安心した顔をみせた。

「あたし、この子にもしものことがあったら生きてられない」

朋美が呟いたので、

「そんなことを言うとほんとになるよ」

僕はたしなめるように言い、そして、

「二、三日入院するだろうけど大丈夫だよ。明日は大きな花束を持ってお見舞いに来るよ」

とつけ加えた。

朋美は僕の言葉に怪訝な表情を見せ、瞬間なにか言いたそうにしたが、何も言わなかった。

しばらくたって、このことは一応パクにも知らせたほうがいいと言うと、朋美は、あとは自分ひとりで何とかなるから、あなたは先に帰って眠って欲しいと言った。

「そんな必要はない」

僕は拓也の寝顔から目を離さずに答えた。

12

翌々日の夜、拓也の病室を訪ねると、パクがいた。

拓也はもうすっかり元気で、ベッドの上に胡座《あぐら》をかいてパクが買ってきたらしい車の玩具で熱心に遊んでいた。私物を入れる小さな戸棚の上には、昨日僕が持ってきた大きな花束が青い花瓶に活けてあった。僕は名乗ったあとパクに、

「朋美さんはどこですか」

と訊いた。彼女は店を開けるために夕方森下に戻った、今夜は自分がここに泊まるつもりだとパクは答えた。それを聞いて、拓也に「お父さん来てくれてよかったね」と僕が言うと、拓也はとても嬉しそうに頷いた。

「下のロビーで一服しませんか」

パクが誘った。物腰のやわらかな丁寧な言葉づかいだった。背が高く、顔は尖るくらいに痩せて眼が異様に大きく眉は薄かった。鼻梁《びりょう》は面とりしたみたいにするりとして、伸ばした赤みがかった髪を額の真ん中で分け、耳の方まで垂らしている。太くよく通る声を持っていた。遠目にもひどく印象に残りそうな姿をしている。僕は初めて間近にパクを見て、拓也は朋美にではなく実はこの男にそっくりだったのだということに気づいていた。

僕たちは一緒に階段を降りた。もう遅い時間で他に見舞いの人間などいないようだった。僕とパクのスリッパが立てる乾いた音が、階段中に大きく響いた。外来ロビーはすでに消灯され、非常灯のグリーンの光と奥の医局の明かりだけが頼りで、薄暗くしんとしていた。観葉植物の大きな鉢が一つ大型テレビの脇に置いてあり、振り子のガラス扉に製薬会社の名前と「寄贈」の金文字が浮かぶ、これまた大きな黒い柱時計が壁に掛かっていた。その横には坂本繁二郎《さかもとはんじろう》の「放牧三馬」の複製画が、ところどころ金箔の剝げかかった額縁におさまっている。

僕たちは「喫煙コーナー」というプレートの立った一角に入って、グリーンのビニール張りの長椅子のひとつに並んで腰を下ろした。

パクがポケットのたくさんついた厚地のシャツの胸ポケットからタバコを取って一本抜き、箱からもう一本吸い口を振り出して僕にすすめた。僕はその一本を抜いてパクの差し出したライターを掌を揺らして断り、自分のライターで火をつけた。

パクは一服目を思い切り吸い込み、深呼吸のように大きくゆっくりと煙を吐き出した。

「朋美からいつも聞いています。いろいろお世話になっているそうで、感謝しています」

その改まった物言いが少し意外で、それほどのことはしていないし、別にあなたから礼を言われることもないと思うと僕は言った。

「しかし、今度でも、きみがいなければ、朋美ひとりじゃどうしようもなかったわけですから」

「いや、ただの御近所付き合い程度のことですから」

パクは、僕の方を見て顔をゆがめたような妙な笑い方をした。

しばらく二人とも黙ったきりで煙草を吸っていたが、僕には、この男と別に話すことがないので、誘った彼のほうにきっと話したいことがあるのだろうと言葉を待っていた。

パクは目の前にあった脚のついた灰皿のへりで几帳面にタバコをすりつぶして捨て、二本目に火をつけた。

「拓也は身体が弱い子だから」

パクは言った。

「僕はあの子が生まれた時は、ちょうど巡業で四国を廻っていて、初めて顔を見たのは一ヵ月もたってからだったんです。出産時の黄疸《おうだん》がひどかったらしくて色艶のよくない子でね」

パクの喋り方は職業柄どこか芝居がかっていると低く太いその声を聴きながら思った。

「きみももう聞いていると思うけど、朋美は劇団の先輩で、歳も僕より一つ上でしょう。僕はさんざん世話をかけて、結局、彼女に芝居まで棄てさせ拓也を産ませた。あの頃の僕は、それこそゼロだった。ゼロの人間は、誰に何をしたってゼロなんだから、何をやってもいいと思ってたね。だから、ゼロの人間から子供が生まれるなんて、正直言って信じられない気持ちでしたよ」

僕には、パクが僕に何を言おうとしているのかよく分からなかったが、一語一語きざむように語るその言葉がうっとうしく感じられたので、別にあなたが産んだわけでもないでしょうと言った。パクは声を出して笑った。

「朋美がわがままらしいことを言ったのは、後にも先にも、拓也を産むと言い張った一回きりでね。あの時は仙台の彼女の両親も猛反対だったし、僕も途方に暮れてしまった。僕には国籍の問題もあるし、もともと籍もまだ入っていなかったから。朋美の方はもう半狂乱ですよ。大変だった。まだお腹も目立たない頃から『拓也』という男の子の名前を自分でつけてね、拓也と二人で生きていくんだって大声を張り上げたりして。僕にはそんな彼女の姿がまるで獣か何かのように見えた。彼女は本当はひどく平凡なんですよ。きみにはそこがよく分かっていないんじゃないかと思う。歳も僕以上に離れているようだし、ずっと大人に見えているのかもしれない」

僕はたちまち、パクが「何か大事なこと」を言いたがっていることを察し、辟易《へきえき》してきた。彼は要するにお節介を愉しもうとしているのだろう。きっと彼は僕に興味があるのだと思った。しかし、僕は自分の見たことや体験したことを簡単に言葉におきかえ他人に語ろうとする人間はみんな嫌いなのだ。たとえそれが押しつけがましいものでなかったとしても。

「そういうことって、よくあるんじゃないですか。平凡だからって弱いわけじゃないし、男に棄てられてしゃんとした女の人だって腐るほどいるし」

僕は言った。

「しかし、拓也がこうやって病気なんかするとね……」

「病気といっても重病ってわけでもないでしょう。父親なんて思いのほか役立たずなものだし、子供の方も最初から父親がいなければ、別にそれを不自然とも思わず平気に生きていくし、女性は子供が一人いれば案外満たされて暮らすものですよ。少なくとも子供というのは自分の人生の言い訳には充分になりますから。朋美さんを見ていてもそう思いますね。もしあなたが二人のことで気に病んでいるとしたら、それは取り越し苦労だという気がしますけど」

パクはきょとんとした顔つきで僕の言うことを聞いていたが、

「きみは面白い人だ」

と突然言い、朋美がきみのことを、他人との距離の取り方がひどく不器用だと言っていたのは当たっていると言った。

「どうやら、きみには人間関係というものがわかっていないらしい。あんまり苦労していないんだね」

パクは断定するようにそう言った。僕はその古くさい言い廻しに思わず吹き出しそうになった。

「あなたは、誰とでも仲良くしたいと思っているような人ですね」

僕はパクに言った。

「ともかく」

パクは言葉を区切り、

「きみに話したかったのは、僕のことじゃなくてきみについてのことです」

と言った。

「きみが、朋美のことをどう思っているのかちょっと知りたかったんです。彼女はきみのことを気にしている。自分のことをどう思っているのかは分からないが、拓也のことは愛してくれているような気がする——この間会ったときそう言っていましたよ。そんなことがあるのだろうかと不思議そうにしていたけど」

僕にはパクの言っていることの意味がよく分からなかった。

「あなたは、なぜそんなことに関心を持つんですか。僕はいままで、自分が誰かを愛しているかどうかなんてことは一度だって考えたことがないですよ。そんなの幾ら考えてみたところで自分には分からないし、多少とも行動によって裏付けられるにすぎないでしょう」

パクがまた笑った。

「愛しているという言い方がきみの気に染まないのなら、別にそうじゃなくてもいいんです。僕が言いたいのは、きみがどう思っているかということではなくて、きみが、朋美のきみに対する気持ちについて想像したことがあるかどうかということです」

「そんな失礼なことはしませんよ、僕は」

僕は答えた。パクは予想通りといった合点顔で頷いて、

「それを、愛していないというんだな、一般的には」

と、念を押すような言い方をした。

「きみは、本当のところ何も受け入れてはいないんじゃないかな。自分のことしか考えられないくせに、朋美や拓也にちょっかいを出しているだけで、結局、決して損をしない取引を愉しんでいるつもりでいるんだ」

僕はこのパクの台詞に、ごくわずかだが心の表層に汚物を擦《なす》られたような鋭い怒りを感じた。自分のことしか考えられないのはこの僕ではなくパクの方だった。僕は、誰に対しても不確実であさはかな感情を押しつけぬよう配慮してきたし、また、誰からもそういった錯覚と油断を誘う感情の押しつけを受けぬように注意してきた。しかし、そうした僕の態度を保つために何よりも守り通してきたのは、たとえどんな時どんな状況でも、自分の利害を優先しない、人間相手に取引はしない、という鉄則だった。

「自分の気持ちを分かって欲しいなんて甘いことを願っている限りは、誰のことも本気では愛せないと僕なんか思いますけどね」

そう言うと、

「じゃあ、きみは偶然で知り合っただけの人間とセックスしたり、時々金を渡したり、何くれとなく世話をやいたりするんだろうか。それが相手の気持ちを弄《もてあそ》ぶことになるとは思わないのかな」

パクは僕の眼をなぜか強く睨みつけながら言った。

「思うわけないでしょう。僕が朋美さんに何をしたとしても別に構わないじゃないですか。大体、偶然なんてこの世界には何ひとつないし、人の気持ちを弄ぶなんてことは誰にだってできやしないんだから」

「きみは、朋美がこの社会で弱い立場にあることを知らないんですか。彼女は優しさに飢えている。その弱さに自分がつけ込んでいるとは思いませんか」

僕は、さして僕と歳も違わないこの男の調子外れがたまらなくなってきた。

「あのね、そういう言い方は朋美さんを侮辱することになりますよ。彼女が聞いたらきっと怒りだすよ」

パクはわざとらしくため息をついて僕の隣から立ち上がり、人指し指と中指の間で燃え尽きてフィルターだけになったタバコを掌に握り込むと、薬剤室の脇にある自動販売機の方へ行って缶コーヒーを二本取り出し、左手にぶらさげて戻ってきた。

パクの表情は柔らかになって、人なつこそうな目で微笑していた。僕はその愉快そうな役者面が内心容赦《ようしゃ》ならなかった。パクは立ったままタブを続けて引き、一缶を僕に差し出して、また隣に腰かけた。

「ともかく」

パクはまたともかくと言った。

「今日、朋美に聞いたんだけど、彼女はきみとの約束をすっぽかして僕の公演にきたことをきみに勘づかれてとても不安になっている。朋美はきみのことが好きなんだ。子供もいるし、歳も上だし、彼女はどうしていいかわからないんだと思う」

パクはいわゆる何もかもをごっちゃにしてしか考えられない人物なのだ、と彼の印象的な横顔を眺めながら僕は思っていた。彼の非凡さは要するに外見にのみ実現しているにすぎない。パクは結局、自分のことと朋美のこと、そして僕のことを区別することすらできないのだ。彼は自分自身について実は髪の毛一本ほども知っちゃいないくせに、すっかり分かったと思い込んでいる、その辺によくいる勘違い野郎の一人でしかないのだ、と僕は思った。

「たしかに」

僕はパクを真似て言葉を区切り、僕自身に向かって説明した。

――たしかに朋美が僕を騙してあなたの舞台に行ったことを知り、僕は彼女と別れようと思った。だがそれは別に彼女が僕を裏切ったことを憎んだからではない。ただ僕自身がそう決めたからにすぎないのだ。説明できる理由などどこを捜してもありはしない。僕は、自分に対して誰が何をしようと怒りを感じないようにしてきたし、つきつめて考えたりしないようにしてきた。僕が自分の行為に明確な理由付けができないことと等しく、相手もまたやはりそうだと思うからだ。人の感情は花火のように瞬間の明滅で、その行為のひとつひとつにはもともと何の統一もありはしない。であるならば、そんな他人の行為を一体誰が、どんな理由で咎めたりできるというのだろう。僕がもし他の人と違うとしたら、ただ、自分の決心がもたらした結果に対してオロオロしはしないということだけだ。僕は、あなたのように、オロオロと情けないふりをしたりしないのだ。そういう愚劣なことは金輪際しないのだ。あなたのような人は、注文した料理がテーブルに運ばれてから、あわててこんなもの頼まなければよかったと後悔するように、いつもくだらない自分のためだけの懺悔《ざんげ》や反省を繰り返すタイプの人間だ。僕が朋美と別れようと決めたことと、僕が今日の昼、会社の食堂でカレーライスを食べようと決めたことは、僕にとっては同じことなのだ。それはすべて僕自身の責任でしかないのだ。あなたはそれを理解できないだけだ。結局、僕は朋美や拓也と別れてしまわなかったらしいが、それは僕が彼女を許したなんてことではなく、別れようと決めたことにもともと何の根拠もなかった結果でしかない。そして人はいつもそうしたことを繰り返すものだ。

パクは僕の長々としたお喋りを黙って聞いていたが、ほとんど何も理解したようには見えなかった。

「ねえ、きみ、朋美の方はそうはいかないんだよ。彼女はきみとは違うんだ。きみはきみの膨張したくだらない自我に何の罪もない女と子供を巻き込んでいる。僕はきみの話を聞いていると苛立ってくる。きみの心には何か決定的な欠落があるようだ。その欠落を朋美で補うような馬鹿なことはしないでくれ」

彼は俯いて少し震えた声を出した。

「あいつは、僕と五年前に別れてからというもの、ただの一度だって自分から僕のところへ来たことがないんだ。僕ばかりがいつもサンタクロースのように、何かの記念日を見つけては、たくさんの玩具を抱えてあいつを訪ねてきた。拓也は夏休みやクリスマスになると父親のことを思い出すとあいつはよく言っていたよ。

それがあの日曜日、ほんとに初めて、あいつから僕を訪ねてきたんだ。大きな花束を抱えてね。舞台がハネたあと僕は二人を食事に連れていった。あいつは拓也の保育園探しでさんざん苦労したことを話してくれた。児童福祉課の係員が、拓也の国籍や母子家庭であること、水商売をしていることをあげつらってネチネチ厭味を言った。結局大ゲンカして席を蹴ったそうだ。そのせいで、わざわざ何人もの区会議員のところを廻る羽目になったと言っていた。

自分はいままで拓也の国籍のことなど一度も考えたことがなかったが、これからはこんなことが何度も繰り返し起こるのかと思ったら、拓也のことが可哀そうでたまらなくなったとあいつは言っていた。

あいつがあの日なにを言いに来たのか分かるかい？　この僕に父親を降りてくれと頼みに来たんだよ。そして、そのとき不意に僕は、きみという男の存在を打ち明けられたわけさ。迂闊な話だが、この五年間、あいつに男がいるなんて僕は露ほども思っちゃいなかったのに。あいつが何を考えているのか、それはきみにだってとっくに分かっているはずだ。もう知らないふりはできないんだ」

「さっきから言っているように、そんな話には何の意味もないですよ。おそらく彼女は一時的に気弱になって、僕と結婚したがっているだけでしょう」

僕のこの言葉にパクは持っていたコーヒーの缶を握り潰した。すぐに芝居気たっぷりの絶望的な口調になって、

「きみは何を言っているんだ。どうかしているぞ。それは大変な意味をもっているじゃないか」

と叫んだ。

「じゃあ、きみは朋美と結婚し、拓也の新しい父親になってもいいと言い切れるのか。本当にそんな覚悟があるのか」

僕は口をつけていなかった甘いコーヒーをすすった。

「覚悟なんていわれても困るけれど、拓也君の父親になるくらいのことは、やってやれないこともないですよ」

僕はつづけた。

「だけど、彼女はそんなこと本気では決して望まないと思う」

そして、初めて少し語気を強くしてつけ加えた。

「あなたは良心的な人だと思うけど、おんなこどもを馬鹿にしてるところがあるんじゃないの。別に構やしないけど」


パクと別れたあと、「ニューソウル」へ顔を出した。店は混んでいて、朋美はカウンターの中を忙しく動き回っていた。僕は病院でパクと話してきたことを朋美に伝え、あの日、朋美がパクのところへ行ったことは知っているが、自分はそんなことは本当は全然気にしていないのだと言った。

「前の日の夜中、夕刊を読んでいてね、あの人の公演を紹介した小さな記事を見つけた途端、ただ何となく拓也に本当の父親が働いているところを見せてやりたくなったのよ。急にそう思っちゃったの」

朋美は「ごめんなさいね」と呟くように言った。僕は、そういう気持ちになることは誰にしろよくあることだと言い、

「拓也が退院したら、どこかこの近くでお祝いしよう。席を見つけておくよ」

と告げて店を出た。外に出て、そういえば出された水割りに口もつけなかったことに気づいた。あの店で飲まなかったのは初めてのことだ、と僕は思った。駅の近くのパチ

ンコ屋で二時間ほど時間を潰し、高橋の商店街のあたりをぶらついてから朋美のところへ戻った。ちょうど店を閉めようとしているところだった。後片づけを手伝いながら、僕は、

「さっき、きみは本当の父親と言ったけれど、本当じゃない父親というのも居た方がいいんだろうか」

と言った。自分でもどうしてそんなことを訊いたのかよく分からなかった。朋美はその問いには答えず、僕の方を向いてにやついた顔になった。

「ねえ、いまからホテル行こうか」

彼女が言った。

僕たちは錦糸町までタクシーで行って、焼鳥屋で日本酒をしこたま飲み、それから肩を組んでホテル街に入った。朋美と「ニューソウル」の二階以外の場所で寝るのは久し振りのことだった。

ホテルカウンターのパネルで、一番値段の高いパラダイスという部屋を二人で選んだ。たしかに名前のような部屋だった。

大きなガラスの浴槽でお互いの体を洗い、回転しながら上下に動く丸いベッドの上でふざけ合った。天井の鏡に僕たちの姿が映っていた。

朋美の顔の上にまたがって、自分の硬くなったものでその頬をピシャピシャ叩きながら、しわを寄せた苦しそうな表情を見下ろして喘ぎ声を聞いているうちに、僕はどうい

うわけかひどく興奮してきた。朋美と寝るようになってはじめて、彼女の中で果てたいと強く思った。腰を突きたてながら、

「出していいか」

と訊くと朋美は「早く、出して」と叫んだ。「孕《はら》んじゃうぞ」と言うと「孕まして、孕まして下さい」と繰り返した。

僕は必死の思いでペニスを引き抜くと、いつになくたくさんの量を朋美の腹の上に吐き出した。

終わったあと、朋美の顔は晴々としていた。二つ、三つ若やいだような感じだった。

僕は彼女の下腹に飛び散った自分の精液とその顔を見比べながら、胸底が急速に冷え込んでいくのを覚えていた。

13

いつものホテルのコーヒーショップで朝食をとりながら、大西昭子に拓也の入院騒動のことを話した。

「じゃあ、朋美さんは、ずいぶん心配したでしょうね」

夫人は眉根を寄せて、いかにも気の毒そうな表情になる。

朋美にまつわる話はいつも夫人の興味を引いた。何一つ重なることのない境遇であるのに、彼女は朋美に対してことさらの共感を寄せているようだった。その理由は判然と

しないが、僕は一度、夫人を「ニューソウル」に連れていき朋美に紹介したことがあった。その一度きりの出会いが、強い印象となって残ったのかもしれない。むろん朋美との間柄は当夜ひと目でそれと知れたようで、夫人にとってはその事実が、僕とのこうした関係へと突き進む大きな契機になったらしい。

性的な不満に身を焦がしていた昭子には、とにかく後腐れのないセックスが是が非でも必要だったのだ。その意味で朋美の存在は、自らの結婚生活の安全を担保する何よりの証でもあったのだろう。

大西昭子をはじめて誘ったのは、枝里子と知り合う半年くらい前の夏の晩だった。

僕は高輪に住む彼女を日本橋まで呼び出し、小さな居酒屋に案内した。学生時代に宝町にある医薬品専門の大きな卸問屋で二年ほどバイトをしたことがあり、その頃よく先輩に連れていってもらった店だった。主人は若い時分は競輪選手をやっていた人で、稼ぐことには飽き飽きしたのか、金のない僕たちのような客に旨い酒と新鮮な魚を呆れるほど安い値段で提供してくれていた。

酒の弱い夫人はすぐに酔った。顔を真っ赤に染めて苦しそうだったので、僕たちは早々に店を出てずいぶん長いこと散歩をした。茅場町《かやばちょう》を抜け、門前仲町の商店街を通って木場の方まで足をのばした。

歩いているあいだに酒気も飛んだようで、夏の宵の下町の賑やかな風情に夫人はすっかり楽しそうになった。木場駅前の交差点で左に折れ、僕はその手を引いて木場公園の中に入っていった。さすがに陽も落ち、公園内は海からの涼しい風が吹きわたっていた。中央に架かる大きな橋がライトアップされて、夕闇に美しく浮かび上がっている。

「こんなに広い公園があったんだ」

夫人は感心したような声を出した。

「あれが現代美術館だよ」

左手にいまは黒々とうずくまる贅沢な建築物を指さして僕は言う。

「へぇー」

風に流される長い髪を両手でかきあげながら夫人は頷いていた。

大きな橋を渡って、僕たちは公園広場へと向かった。雑木林のあたりまで来ると人影はなくなった。街灯もまばらで濃い闇が周囲を包み込んでいる。木々と草むらとの際《きわ》に据えられたベンチに二人で腰をおろした。

誰かが林の中で下手くそなトランペットでも吹いているのか、かすれた甲高いラッパの音が時折聴こえてくる。

僕はさっそく夫人のスカートの中に手を入れた。店の狭いカウンターでその二の腕の柔らかな肉づきに触れた途端に、どうしようもなく欲望を感じていたのだ。

キスをしながら下着に指をこすりつけ上下左右に動かしていると、あっという間に湿り気が中指の腹に伝わってきた。ありがたい気持ちで胸がいっぱいになる。

手を抜くと、乾かないうちに、と急いで立ち上がり中腰になって夫人の両手を取り、簞笥《たんす》のひきだしを引く要領で脇の草むらの中に引きずり込んだ。夫人が僕の上に乗って、僕の背中にシャツを通して夜露を含んだ冷たい夏草の感触がまとわりついてきた。腰のベルトあたりに大きな石ころがあたって不具合だったので、夫人を胸に乗せたまま、左腕を後ろに回してその石をつかみ、横にはじいて一気に体を入れかえた。

だが、襟元《えりもと》から手を差し入れて乳房をいじろうとした刹那《せつな》から、夫人は唐突に抵抗しはじめた。唇を押しつけてもしっかりと歯を嚙み合わせて塞ぎ、硬く尖らせた舌でこじあけようと試みても全然だめだった。

結局、僕たちは身体を起こし、またベンチに戻った。

しばらく話をした。この公園のほんの側のマンションにね、小説家の吉村さん夫妻が住んでいるんだ。吉村さんは寿司が好きで、そうそう、彼の行きつけの美味しい寿司屋がすぐ近くにあるよ。きみは寿司は嫌いかい。よかったらちょっと覗いてみないかい
――僕はたくさん喋ったが夫人は気だるそうに聞き流していた。そこで仕方なく、朋美の店に誘ったのだった。

「トランペット、聞こえなくなっちゃったわ」

夫人はそう呟いて立ち上がった。

森下に向かうタクシーの中で朋美と拓也のことを夫人に少し説明し、店で僕たちは水割りを二、三杯ずつ飲んだ。朋美と夫人も二言、三言ことばを交わしたが、あたりさわりのないやりとりだった。

店を出て交差点まで歩くあいだ、夫人はすっかり酔っ払って、何度も「あのママさんと自分とはよく似ているような気がする」と繰り返した。僕はその度に、夫人の耳元で大声を出し、

「あのね、全然似てなんかいないよ」

と言った。

翌日「ニューソウル」に顔を出すと、朋美が夫人のことを「きれいな人ね」と言ったので、僕は夫人について話した。

――高井戸に小さなコンサートホールがあってね、先日そこで大きな楽団の著名なコンサートマスターがプライベートな演奏会を開いたんだ。彼には教え子たちを中心とした女性だけのファンクラブがあって、その会員たちはほとんどが、一流企業のオーナー夫人や医者、弁護士の妻もしくは令嬢で占められている。僕は仕事で、カメラマンと一緒に取材に出向いて、昨夜の夫人と顔見知りになったのさ。彼女はある楽器メーカーの重役の娘で、なんでも二十歳も歳の離れた貿易商と結婚しているそうだ。旦那は一年の半分はヨーロッパに出かけていて、そのあいだずっと夫人は高輪の御屋敷にお手伝いさんと二人だけで暮らしているんだって。なんだか安手のメロドラマの設定みたいな話だけど、ほんとにいるんだね、そんな有閑マダム。昨夜まったく偶然に銀座のバーで一人きりの彼女と出くわし、飲みながらそういった身の上話を聞かされてね。僕はつい面白半分でここに連れてきてしまったんだ。悪かったかな、ねえ、朋美。

大西夫人はめずらしく朝食を残さずたいらげて、おまけにデザートのパパイヤを追加注文した。僕も同じものを頼み、拓也の話をつづけた。

拓也が退院したのは、入院から一週間経った五日前の木曜日だった。その晩、僕は母子を月島にある大きな韓国料理店に招待し、個室で焼き肉を御馳走した。拓也はとても元気でたくさん肉を食べ、朋美を喜ばせた。

九時頃店を出て、朋美が引いてきていた自転車のサドルに拓也を乗せ、僕が荷台に跨《また》がって伸ばした足でペダルを踏んだ。拓也はハンドルを握って身を精一杯硬くし、歩いている母親をスピードをあげて追い越したり、また近づいて横切ったりする自転車遊びに大はしゃぎした。

清澄通りを流れる車たちと競走して思いきり車輪を漕ぐと、拓也は驕声をあげ、そのとんがった子供特有の声が星の散らばる晴れた夜空にこだまするようだった。十五分近くそんなことを繰り返し、僕たちはようやく朋美と並んで歩き始めた。僕は舗道におりて拓也の乗った自転車を押しながら歩いた。佃《つくだ》の交差点で左折して、高層マンションが立ち並ぶリバーシティの中を通った。それぞれの部屋の明かりにまるで巨大なクリスマスツリーのように輝くマンションの群れに、拓也は顔を上げ、我を失ったようにぽかんと口をあけていた。ビルの谷間を吹き抜ける東京湾からの夜風が三人の背中を押してくれる。路肩に植えられた桜の木はどれも花を散らせていたが、繁らせた鮮やかな緑の葉々を強い風にざわめかせていた。

四月ももう終わりだったが、さすがにこのあたりの夜気はまだ冷たさを残している。病み上がりの拓也のことを思い、自転車を方向転換させると、僕たちは大通りへと引き返した。

晴海運河をまたぐ相生橋《あいおい》のちょうど真ん中で足を止め、そろって空を見上げた。晴れ渡った空の中心に丸い大きな月がぽっかりとみごとに浮かんでいた。月の模様がくっきりと見えた。

「ほうらタクヤ、おっきなお月さまよ」

朋美が指さすと、

「ほんとだあ」

拓也は月に見とれた。歩きはじめてもサドルにちょこんと座って、眩《まぶ》しそうに目を細めずっと月を見つめていた。僕が「タクヤ、きれいだね」と言うと、拓也は上空に顔を向けたまま、うっとりとした小さな声で呟いた。

「タクヤ、この自転車でお月さんに行きたいなあ」

朋美が僕の顔を見て頰笑んだ。僕は静かに目を伏せた。いまこの瞬間が停止し、写真のようにあの夜空の遠いどこかに正確に記録されたことだろうと思った。

僕は大西夫人に、あの晩、自分は童心というものを垣間見《かいまみ》た。まるで都会で幽霊に出会ったような驚きを感じた。この世界にも真実と呼べるものが一つくらいはあるのだ、と初めてそんな気がした――と語った。夫人は笑って聞きながら、「たしか、ほら、E.T.の中にそういうシーンがあって、私あれを観たとき、思わず泣いちゃったわ」と言った。僕は「そんなおとぎ話と一緒にしないでくれよ。いま言ったことは何かの比喩でも想像でも教訓でもないんだから」と文句をつけた。

「あなたは、朋美さんのことを話すときは、たまにどうでもいいような冷たい顔するけど、拓也ちゃんのこととなると、いつも真剣な表情になるわ」

夫人はそう言い、さらに付け加えた。朋美さん、前の御亭主に、あなたは拓也ちゃんのことだけは愛してくれているって言ったんでしょう。それ案外当たっているわよ。

「拓也は子供だからね。どんな意味でも大人の朋美とは比較できないよ」

僕が反論すると、夫人はいつもの意地悪な薄い笑みを浮かべて、

「あなたのそういう捉《とら》え方が、そのまま拓也ちゃんへの情の深さを物語っているのよ」

と言い、

「でも、そんな自分の子供でもない子のために眼を潤ませるくらいだったら、入院しているお母様のことをもっと心配してあげなきゃいけないわ」

と重ねる。夫人のしたり顔に内心舌打ちしながら、僕はまた始まったと思った。母についての話も夫人の好むところだったが、近頃はさかんにこんな説教めいたことを言う。

「かあちゃんのことは、全然違うことだ」

「どこが違うのよ。あなたを産んでくれた人なのよ。あなたのように、もう二年も御見

舞いひとつ行かない息子なんていないわよ。相当お悪いのでしょう、早く帰ってあげないとり返しのつかないことになるわ」

「そんな必要はないんだよ。どうしてそれが昭子さんには分からないんだろう」

「じゃあ訊くけど、あなたは朋美さんや拓也ちゃんのことをどうするつもり。結局、朋美さんと一緒になって、拓也ちゃんの父親にでもなっちゃうんじゃないの。そんなのあなたらしくないわよ。でもそうなるような気が私はするわ」

僕は黙り込んだ。夫人はパパイヤを幾匙《さじ》かすくって口に運んだあと、不意に顔を上げて身を乗り出すようにして僕に囁いた。

「あなた、子供が欲しいんだったら私が産んであげてもいいのよ」

僕は咄嗟に、

「冗談じゃないよ」

と言い切ったが、

「じゃあ、他人の子ならいいの。自分の子供じゃなくてもいいの」

夫人は、どうしてか知らないが妙な執拗さで食い下がってきた。そんなことは夫人にしてはめずらしかった。

――私はね、ほんとに集中力のない人なのよ。どんなことも長続きしないし、何を考えても頭の中でまとまったためしがないの。すぐ疲れちゃうのね。人を憎むことも、愛することも、ほら、それなりにとことん頑張らなきゃいけない場面ってあるでしょ。ピアノのレッスンみたいに最初から最後までプログラムでもあればいいのに、自分のことっていつも「一度だけの待ったなし」みたいなところがあって、決めちゃう感じがいるじゃない。私にはその集中力が欠けているのよ。そうなのよ。だから、きっといまの主人とも別に好きでもないのに結婚したんだと思うの。

夫人はいつもこんなことばかり言う人なのだ。

「そりゃそうだよ。自分の子供なんて、どんなことがあっても絶対にごめんだね」

僕が答えると、夫人はさらに口調を強めて、まるでいままでずっと言おうと待ち構えていたことを言うみたいに、

「あたしが産んでも、きっとあなたに迷惑はかけないわ。旦那の子供にしてもいいし、なんなら離婚して一人で育ててもいい」

と一気に言った。

「ねえ、今日の昭子さん、どうかしているよ」

その夫人の気負った様子に僕は胸のあたりに薄気味の悪い圧迫感を覚えた。夫人は熱が冷めたようにため息をついて、投げやりな弁解めいた口調で、またあの人が新しい女をつくったが今度は本当に別れるかもしれないと言った。そして、しばらくこちらの気をひくような沈黙を決め込んだあと、再び熱を帯びた口振りになって喋りだした。

「昨日、ここに来る前にね、久し振りに大学の頃の友達に会ったの。彼女は今年の一月に初めて子供を産んだんだけど、お産が重かったのね。出産後遺症というのがあるらし

くって、変な話なんだけど、いまでも急に走ったりするとおしっこが洩れちゃうんですって。もう一生治らないらしいの。私、びっくりしたのよ。きっと昔ならね、彼女それだけで首をくったようなひとなのに、平気な顔で、でも赤ちゃんは何でもなかったからそれぐらい仕方がないよね、なんて言うんだもの。

私、もうあの人の子を産む気はしないの。だけど私も今年で三十二でしょう。赤ちゃんのためにも、いまのうちに産んであげないといけないような気がするのね」

「まるでお腹の中に、もう赤ちゃんがいるような言い方だね」

「彼女ほどじゃないけど、きっと私みたいな女でも、そういう年齢ってあるのかもしれないわ。おかしいでしょ。でも昨日ほんとにそう思ったのよ」

「昔読んだ小説の中に、夫に浮気を咎められた女が『いくら何人の男と寝たって子供を産むときはあなたの子だと決めている、女にとってはそれが一番大事なことなんだ』って開き直るシーンがあって、僕はへぇーそんなものなのかって感心させられたけど、それもやっぱり嘘っぱちなんだ」

僕は話をそらしたが、胸の中の圧迫感はなかなか抜けきれなかった。

「そうね」

大西昭子は、あっさり言った。

いつものように、夫人から金を受け取るとき母の病状を訊かれたので、

「アルキル系の抗癌剤を多用しているんだけど、副作用で皮膚のあちこちがただれて本

人はひどく落ち込んでるって、このあいだ妹が電話を寄越していたよ」

と答えた。夫人は、早く母に会いに行けと再度すすめ、

「たしかに最末期だし、いつ何があってもおかしくない病状ではあるんだ」

と僕が言うと「よくそんな平気な顔でいられるわね。あなたって変わってるわ」と言った。

「お金は毎月不足なく送っているからね。もっとも半分は昭子さんのお金だけど」

夫人は首をすくめるようにして、あなたは私とは反対に、何もかも少しむずかしく考えすぎているのかもしれないと言った。

僕は夫人の顔を見ながら、枝里子みたいなことを言うと思った。先週久しぶりに会ったとき、枝里子も似たようなことを言っていた。

たしか、女性の方が男性よりはるかに深く相手を理解しようと努力するものだ、と力説したあと、彼女は厳《おごそ》かにこう言ったのだ。

「たとえばね、あなたのことをずっと見てきたでしょ。で、一度言っておきたいと思ったことがあるの。あなたと京都に行ったあとの日記にも少し書いたことなんだけど、あの時も、あなたは愉しくなさそうにしてばかりいたでしょう。

あなたはね、この世の中のいろんなことに自分だけの違った答えを見つけようとしているのよ。あなたは誰もが得る喜びや誰もが得る満足、誰もが得る悲しみに自分の身を任すことをためらっているのよ。何か新しいあなただけの喜びや悲しみがあるべきだと

いつも不平ばかりこぼしているの。たとえば私たちがさっきみたいに愛し合うでしょ。そのあと、いまみたいな軽い気だるさが二人を襲うじゃない。私はこの気だるさから目をそむけたくなって今夜はあなたにしがみついて眠りたいと思うの。だけど、あなたを見てると、きっとこの気だるさに絶望的になっているような気がするの。私はね、あなたを好きよ。最初はほんとにただ好きだったと思う。でもいまはちょっと違うの。だんだん臆病になってきていて、いまは、あなたのことを嫌いになりたくないって一生懸命頑張っているような気がするの。私たちの間には、分かりあえないものがあることも知ったわ。ただ、私にはね、そんなものを忘れようとするところに慰めや安らぎがあるという気がしているの。いまも、そうなのよ。この気だるさが、ちょっとした工夫でゆとりや安らぎになるんだと思わない？　なのにあなたったら、まるでルールを知らない子供のように、まるで初めての男みたいに、まともに見据えて厭になっているんだもの。私はそれがいけないって言ってるんじゃないのよ。あなたの凄いところはそういうところなんだから。でも、あなたが本当に知りたいことは、そんな簡単な方法では分からないような気がして、私、時々心配になるのよ」

## 14

僕は夫人と別れたあと、赤坂の方へとつづく坂道を歩きながら、昨夜の夫人の狂態を思い出していた。

いつものように麻縄で両手両足をがんじがらめに縛られた彼女は、太いバイブレーターをヴァギナに突っ込まれたままベッドの上に這いつくばり、その大きな尻を僕からさんざんに犯されたのだった。彼女の肛門はコンドームを着けたペニスをくわえ込み、挿入と抽出を繰り返すたびに、外部から内部へと強力な吸引力を発揮した。抜くとぽっかりとした空洞が生まれ、その辺縁の肉が激しく痙攣しながら収縮する。閉じたところでもう一度突っ込むと腸壁の襞がしごきあげるようにペニスに絡みついてくる。僕の方も脳天まで電流が走るような快感に撃たれ、飽きることなく腰をつかった。

夫人は、哀願し、悲鳴を上げ、口から泡を吹き、拘束された手足を狂ったようにばたつかせ、目隠しと猿ぐつわをされた顔面を鼻もつぶれんばかりにベッドに押しつけて、泣きわめき叫んだ。最後にはとうとうコンドームが裂けてしまい、僕が放った大量の精液はそのまま彼女の肛門の中に注ぎこまれてしまったのだった。

汚れたペニスを抜くと、バスルームで丁寧に洗ってから、僕はベッドサイドに戻った。だが、置き去りにされた夫人の方は突き出した尻から白い精液を垂れ流しながら、ヴァギナに食い込んだバイブの振動に休むことも許されずに達しつづけていた。

ベッドに上がって、落ちかかっているバイブをぐいと捩《ね》じ込み、握った根元を支点にして僕は彼女の尻を浮かせた。精液はすでに糸引くようだったが、この動きによって再び肛門から残量が溢れ出し、シーツにこぼれて溜まりを作った。

その溜まりを壊さないように、僕は夫人の両足を左腕にすくって腰全体を抱え上げ、いちどきに彼女の前後を入れかえてこちらを向かせた。

「あーん」

夫人は一声うめいた。ヘアゴムで後ろに結わえた長い髪を掴んで小さな頭を支えつつ、伸ばした右手でヴァギナに突き立ったバイブをもう一度しっかりと差し込む。それから、目隠しと猿ぐつわを取って夫人の顎を持ち上げた。汗と涙と唾液ですっかり化粧を崩した彼女が虚ろな瞳で見返してくる。僕は中腰になって洗いたてのペニスを半開きのその唇にあてがった。夫人は反射的にむしゃぶりつくと、また声を洩らしはじめた。

「旨いか？」

訊くと、微かに頭を縦に振る。

「ちゃんと返事しろよ」

言うと、くぐもった声で「おいしいです」と答える。

五分近くしゃぶらせたあと、抜いて口の周りに泡立った唾液をペニスで顔全体になすりつけた。

「じゃあ、もっと旨いものを舐めさせてやろうな」

僕は夫人の髪をひっつかみ、頭を押し下げて僕の膝元の精液の溜まりにその顔面を近づけた。

「さあ舐めろよ。一滴も残すんじゃないぞ」

夫人はしばし眼の前のものを眺めていたが、

「返事は」

と促すと、

「いただきます」

と言って、舌をのばし、ぴちゃぴちゃと舐めはじめる。

「旨いか」

「おいしいです」

「だったら何て言うんだっけ」

「おいしいです。ありがとうございます」

僕はシーツに顔をつけている夫人の縄をほどき、後ろに回って、ちゃんとしたよつんばいの格好にさせるとヴァギナのバイブレーターをゆっくりと出し入れしてやった。夫人は精液を不器用に舐めとりながら、激しく身悶《みもだ》えし、さらに何回も何回も達しつづけた。

延々とバイブを使っているあいだ、いつものように全然別なことを考えていた。

何を考えていたのか、むろんすべては覚えていないが、たしか大学時代なぜだか僕を可愛がってくれたある助教授のことを昨夜は偶然のように思い出していたはずだ。

僕は法学部の学生だったが、彼は教養の時のドイツ語の担任で、一度提出したドイツ語論文のせいで親しくなった。授業以外でも時々酒を飲んだりするようになり、そのときはよく小説の話をした。というのは彼は駆け出しの小説家だったからだ。一年中、学費と生活費を捻出するためのアルバイトに明け暮れていた僕に、彼は一体どれほどのウィスキーを飲ませてくれたろうか。とにかく舌の回る男で、いろいろつまらないことを喋ったが、そのほとんどはすでに記憶にない。ところが昨日、バイブを弄びながらこんなことをよく言っていたのを不意に思い出した。

「女の体は宝物だ。体以外の女はいやなところばかりだ。だから、宝物のためにそのいやなことをどのくらい受け入れるかが、女と付き合うことなのだ。セックスは相手の女のことをモノだと思えば思うだけいくらでも上手くなる。そしてこっちが相手をモノだと思えば思うだけ、女はひっついてくる」

　卒業を控えたある日、彼は神田の古めかしいバーに誘ってくれて、

「お前は俺より自分の方が頭がいいと思っているだろう」

　としきりに繰り返した。そして、

「その通りかもしれん。しかし、俺以上に頭が良すぎるときっと破滅するぞ。俺はいままでそんなやつを二人知っている。三人目はお前だ」

　と決めつけた。たしかそのうちの一人は自殺したとかなんとか言っていたような気もするが、はっきりしない。その年、彼はようやくある有名な文学賞を射止めたばかりだった。

　昼近くだというのに行き交う人もない淋しい裏道を、僕は会社に向かって歩いた。

昨夜の回想に耽《ふけ》ってしまうのは、何も学生時代の瑣末《さまつ》な思い出にとらわれたからではなかった。さきほどの大西昭子の熱意に水をさすわけではないが、女性が子供を産むといったところで、所詮はああしたあさましい行為の帰結でしかないのだ、という気がどうしてもするからだった。

ほのかの台詞ではないが、性行為において男と女は愛情とはまったく異質な欲望によって結びついているだけの気がする。それを男女双方ともにそうした単純な生理メカニズムから巧妙に目をそらし、枝里子のように「見据えるだけでは何もわからない」などと理屈をこねて、無理やりに愛情関係に接合させようとするのではないか。

しかし、僕は思う。見据えることなくして真実が摑めるはずはないのだ。枝里子は「どんなことでも自分の目でたしかめてみないと気がすまない」と言った。だが、彼女はそう言っておきながら、僕との間では、目をそらすことで安心と慰めを得るのだと言う。これほどに矛盾した利己的な立場があるだろうか。

あれはいつだったか僕が「誰だって仕方なく生きているんだ」と言ったときも、枝里子は「そんなことないわよ」と即座に否定した。詳しく問うと、彼女の言いたいのは「仕方なく生きている人もいるだろうが、生き生きと生きている人もまた必ずいる」という馬鹿らしいことだった。僕は、そのときも小さな怒りで胸を痛くした。僕が「誰だって仕方なく生きている」と言うときは当然「仕方なく生きていない人間なんて、この世界には一人もいない」と言っているのだ。枝里子が一言で打ち消せるほど軽い気持ちで口にしたわけではなかった。僕はいつも自分の言葉にそれくらいの責任は持っている。だが、枝里子の言葉には肝心のその責任感が欠けていた。だから、反論にもならぬ反論をしておいて、したり顔ですぐ笑ったり茶化したりする。僕にはそうした彼女の無責任な態度が実は耐えがたい。

長いセックスのあと、枝里子は気だるくなるという。僕も同じだ。そして僕は考える。この破廉恥《はれんち》な人を人とも思わぬ行為の先には一体何があるのだろうと。これは一体何だろうと。すると枝里子は言う。その気だるさを否定的に捉えてはならないのだと。そして、そんな暗く湿った後ろ向きの疑問に拘泥《こうでい》すると人間は生きる意欲を失ってしまうのだと。たしかにその通りかもしれないと僕も思う。だが、すぐさま、次の疑問が浮かんでくる。じゃあ、生きる意欲を失ったからといって何があるのだと。

僕が知りたいのは、意欲、慰め、ゆとり、安らぎといった感覚的なことではない。僕は枝里子と会うたびに、一緒に寝るたびに心の奥底でいつも彼女に向かって問いかけている。僕はきみとずっと一緒にいることで、一体どうなるのだろうかと。僕たちは二人でいることで、生きる意欲やゆとりや安らぎや慰めを超えて、生きることと本体の深い意味にどこまで近づくことができるのだろうかと。きみはその点について僕にどのくらいの保証を与えてくれるのだろうかと。

――家庭を持ち、ずっと一緒に暮らしていきながら、僕たちは一体どこへ向かって行くんだい。きみにはその行く先がおぼろげにでも見えているのかい。もし見えているのなら面倒臭がらずにどうか教えて欲しい。実は僕にはよく見えないんだ。だから不安なんだ。恐ろしく不安なんだ。大きな海の真ん中で、僕たちの乗ったボートは本当にちっぽけだ。たしかにきみが言うように、空を見上げれば青い光が僕たちを包み込み、あたたかな風が吹いている。それでも、僕はどうしても忘れることができない。このボートの小ささや、そして何がこれから起こるか分からないこの海の存在を。さらにはいつの日にか、必ずやどちらかが先にこのボートから降りてしまうということを。これはきみが言うような選択の問題ではないんだ。選択する前の、もっと重要で根源的な問題なんだ。愛や憐れみや労《いたわ》りといった人間的感情が入り込む余地のない、時間を超越した恐ろしく冷徹で無慈悲な問題なんだ。

だが、枝里子の饒舌な言葉の中にはその答えの切れ端ひとつない。彼女は何も答えてはくれない。僕が知りたいと思う気持ちを彼女は共有すらしない。そのくせ僕の求めるものは僕のような単純なやり方では見つからないと断定するのだ。ならば、どうやれば知ることができるのか、彼女はその複雑な方法を知っているとでもいうのか。

結局、僕には分かっている。

要するに彼女は何も知りたくはない、ただ感じたいだけなのだ。誰だってそうなのだ。朋美もそうだろう。あのパクもそうなのだろう。そして大西夫人もまたそうなのだ。

## 15

久しぶりに見るほのかは、見違えるようだった。

痩せぎすだった身体は、肩や胸の肉づきがぐんと増し、それでいてジーンズをはいた両足が相変わらずの細さなので、かえって女性らしい体型に見える。尖った艶のない顔に大きな目ばかりが印象的だった面差しも、頰や口許がふっくらとしてかつての刺々《とげとげ》しさは影をひそめ、すっかり愛らしくなっていた。

枝里子と二人並んでも、以前のような著しい落差は感じない。声の調子や瞳の色、表情にも同じほのかとは思えぬ快活さがにじみ出ていた。話には聞いていたものの、こうやって本人を目の前にして、僕は枝里子の辣腕《らつわん》ぶりに舌を巻く思いだった。

雷太も、中野で飲んだときに比べるとすっきりとしていた。金策のためのバイトと転居の算段が重なって、さすがに疲労の色は隠せないが、いよいよ「鳥正」を引き払う当日を迎え、これからの新生活に身をひきしめている気配だった。

ここ数日、荷物の整理や引っ越し先での細々とした準備は、ほのかが一手に引き受けて頑張ったらしい。

枝里子によれば、雷太とほのかの仲は今年に入って急速に進展したようだ。

「もう寝たのかな」

二人の話が出るたびに、僕が訊くと、

「あなたはそればっかり気にして。あの二人はそういうことは後回しみたいよ」

と枝里子はいつも笑う。だが、ほのかがここまで変わったのは、自分の力ではなく雷太のおかげなのだと彼女は強調していた。

「やっぱり女は、本業に精出すと違ってくるのよね」

一度しみじみ言うので、「なんなの本業って」と聞き返すと、

「馬鹿ね、男に決まってるでしょ」

一喝されてしまった。

雷太の借りたアパートは西武新宿線の沼袋駅から江古田《えごた》方面に歩いて十五分ほどのところだという。「鳥正」からは環七を真っ直ぐに北上すれば二十分足らずの距離だ。大した荷物があるわけでもないし、僕と枝里子の休みが重なる五月三日に、四人で引っ越しを済ませることになった。

午前九時「鳥正」集合の約束だった。八時前に車でアパートを出て人形町で枝里子を拾ってから中野に向かったのだが、連休真っ最中だけあって都内の道路はがらがらで四十分足らずで着いてしまった。シャッターの閉まった店の裏にまわって、鍵のかかっていない古い木製のドアを引き、僕が先に立って狭い急な階段をのぼる。家の中はしんと静まり返っていた。連休前にすでに大将夫婦は鹿児島に引きあげたと聞いていた。階段を上がった右手が物干し場で、開いた窓からは五月のさわやかな風が吹き込んでいた。その物干しに向かって左が夫婦の部屋だったようで、すでに襖が取り外され、何もない二間つづきの室内が見通せた。雷太の部屋は右だ。おとないを告げると「はーい」というほのかの声が聞こえた。襖を開けると、段ボールが山積みになった部屋で二人は仲良

く弁当をつついていた。畳の上には缶入りのウーロン茶がふたつ並び、訊けば、弁当はほのかが早起きしてこしらえてきたものらしかった。

僕と枝里子も畳に座って、彼らが食べ終わるのを待った。

ほのかは、何くれとなく雷太の世話を焼いていた。雷太の紙皿が空になるたびに大きな弁当箱から惣菜をよそってやり、おにぎりがなくなるとすいと差し出す。いそいそと楽しげな風情で、時折、じっと雷太の整った顔を見つめている。たしかに頬のこけた雷太の美貌は尚一層の凄味を加えており、彼女ならずとも見惚れてしまうほどだった。

九時半を回って、「鳥正」の常連客だった解体屋の社長から昨日のうちに借りておいた軽トラを雷太は店の前に横づけした。連休明けにはとりあえずその解体屋で働き始めることも決まり、今度のアパートも、会社が江古田ということで、社長が見つけてくれたという。軽トラのドアにはなるほど「中垣工業」という社名が入っていた。

一時間ほどで荷物を積み終わると、雷太とほのかは軽トラで先発した。僕たちは残って最後の掃除を済ませ、車で追いかけることになった。

掃除といっても、この建物は引き渡しと同時に壊されてしまうそうだから、それほど念入りにやる必要はなかった。窓枠だけサッシだが、あとは築三十年は経っていそうな木造モルタルで、雷太のベッドや棚が乗っていた部分の畳表までもしっかり陽に焼けていた。簡単に掃除機をかけ、床や窓を拭き、壁や長押《なげし》に刺さったクギやフックを抜いて僕たちは作業を終えた。がらんとした六畳間に腰をおろして僕はウーロン茶の空き缶を灰皿がわりに煙草を一本吸った。開け放した窓からは、駐車場を挟んで軽量鉄骨のこれも古びたアパート二棟が見え、その屋根の上に青く透明な空が広がっていた。

煙草を消すと、僕は畳の上に寝ころがった。窓際に立って同じように外を眺めていた枝里子が戻ってきて傍《かたわ》らに座った。僕は黙って腰を動かし、枝里子の膝に頭を乗せた。目を閉じてみる。注いでくる陽の光を顔や掌にはっきりと感じた。

「こういう部屋にいると、ほっとしてしまうんだ」

「そうなんだ」

僕の髪を撫でつけながら枝里子が、すこし不思議そうに言う。

「高校に上がるまで、ずっとこんな部屋に住んでいたからね。母と妹と三人で」

「そうなんだ」

今度はやさしく促すような口調だった。

「戸畑《とばた》の、といってもきみには分からないか。北九州市のね、製鉄所のある八幡のとなりの街なんだけど、洞海湾《どうかいわん》という小さな湾があって大きな橋がかかっていてね、その近くは新日鐵の下請けをやってる町工場がいっぱいあってさ、僕らが住んでたアパートはそんな工場の密集した区画の片隅にあったんだ。六畳一間でトイレは共同、風呂はなかったな。物心ついてから中学を卒業するまで、そこで育ったんだ。お袋は勤めや男でろくすっぽ帰ってこなくてね、妹の世話は小学校にあがってからはずっと僕の役目だった。けど、ちゃんとした晩飯も食わせてやれなくて、それが悔しかったな。もう細かいことは忘れたけど、子供心に感じた、あのなんとも言えない悔しさだけはどうにも忘れられないね。吝嗇《けち》な母親でね、男には幾らでも貢ぐくせに、僕と妹にはひどいもんだった。全然金を持たせてくれないんだよ。きみは缶詰なんて滅多に食べたことないだろ。せいぜい登山やキャンプのときくらいだからね、普通は。だけど僕たち兄妹はちがった。母から渡されるわずかなお金でスーパーで缶詰を買ってきて、それをおかずに食べるんだ。母来る日も来る日も缶詰と白い飯だけだからね、いい加減いやになるだろ。それを母はさ、たまにアパートに帰ってくると、台所に積んであったさばの水煮の空き缶を手にとってさ、たとえばこう言うんだよ。『あんたたち、缶詰ってのは材料が大量に収獲できる旬の時期に作るから、どれだって一番おいしいに決まってるんだよ』ってね。遠足のときにだけ、母が豚肉を買うことを許してくれるんだ。僕たちは嬉しくってね、早起きしてさ、一晩たっぷり生姜《しょうが》醬油に漬け込んでおいた豚肉を焼いて、それを弁当箱の御飯にのっけて遠足に行った。これが僕らにとって一番の御馳走だったんだ。自分でも当時思ってたよ。いまどきこんなに貧しい暮らしは滅多にないだろうって……」

僕はどうして自分はこんなことを喋っているのだろうか、と内心で思いながら話していた。いかにも安アパート然としたこの雷太の部屋のたたずまいに郷愁を誘われたのかもしれないし、今日のあまりにも澄み切った空と光と風に心まで洗われてしまったからかもしれない。しかし、僕は、ふと思い当たった。上京してこの方、誰にも話したことのないこんな話を枝里子に打ち明けているのは、自分が喜んでいるからで、その喜びがとても大きなものだからだろうと。では、自分は何をそれほどに喜んでいるのか。それはすぐに了解できた。自分は久々に会ったほのかの、初めて見る幸福そうな姿がたまらなく嬉しかったのだ。そして、ほのかをそんな風にしてくれた枝里子に対して深い感謝の念を覚えているからなのだと。

「たいへんだったのね」

ことさらのんびりした口調で枝里子が言う。

「そうなんだ、たいへんだった。そういう親から生まれたくせに、僕は律儀で真面目だったからね。中学の頃はそれでもグレてやろうって奮闘した時期もあったんだけど、妹もいたし、毎日仲間とつるんで街を流しててもちっとも面白くないんだ。おまけに勉強ができた。結局さ、仲間たちから『松原、お前はこげんなことすんな、お前は俺たちとは違うっちゃけん』って説教くらったりしてさ。すごくさびしかったけどね」

「いい友だちじゃない」

「そうでもないね。あのときだけの友だちで、もうつながるものが何もないから」

僕は枝里子に膝枕したまま、大きく息をつき、伸びをした。

そして、下から枝里子の美しい顔を見上げた。

その顔に重なる顔がある。似ても似つかず、年齢も雰囲気も何もかも違うのに、僕の目には枝里子とその人とがぴったりと重なって見えた。

「でも」

薄い微笑を浮かべて枝里子が呟くように言った。

「私はなんだか恥ずかしいな」

「何が」

「だって、私はあなたがそうやって苦労している同じ時間を、ごく当たり前の日常の中でただ平凡に過ごして、何もあなたのためにしてあげることもできなかったんだから」

「そんな昔にどうやって僕ときみが出会うことができたっていうんだよ」

僕は笑った。が、一方でたしかにそのとおりだとも思った。枝里子は僕とは三つ違いで、今年二十七になる。彼女が幸福で恵まれた少女時代を送っただろうちょうどその時期、僕は思い出したくもない過去を積み重ねねばならなかった。

「平凡ねえ……」

僕は言う。

「平凡な家庭、平凡な生活、平凡な少女時代、どれもみんな羨ましい。だけど僕は、そういう平凡な幸福は怖いな」

「怖い？」

枝里子の瞳に訝しげな色が浮かぶ。僕は再び目を閉じて、静かな部屋の空気を鼻孔から吸い込んだ。枯れ草のような乾いた匂いがした。

「ああ、平凡ほど怖いものはないかもしれない。平凡は自分に張りついて離れないし、平凡な人間ほど自分を捨てることが難しいからね」

それから僕は目を閉じたまま、すこし長々と喋った。

——大きな不幸は、その不幸に絶望した自分というものを捨て去ることを容易にするし、大きな幸福もまた、その幸福すぎる自身を投げ出したいという衝動を常に伴うものだ。実際、僕は子供の頃、心の底から別の家の子に生まれ変わりたかったよ。もう一度最初からやり直させて欲しいと幾度願ったか知れない。別の人間になりたくて、いまの自分でなくなることに何の未練もなかった。心底幸福な人もきっと同じだと思う。人間は幸福で腹いっぱいになったら、どういうわけかその幸福を惜しげもなく他人に捧げたくなるんだ。だけど平凡な幸福はそうじゃない。平凡な幸福はいつまでも自分にしがみついて離れてくれない。そのうち腐り始めて、その本人を病気にする。平凡な幸福に浸っているかぎりは、人間は死ぬまで自分というものを変えられないし、捨てることができない。そしてそんな人間は他人の不幸に対して同情はできても決して共感はできないんだ。共感するためには、自分を捨てなきゃいけないから。相手を理解するってことは互いに愛し合ったり、一方的に同情したり、共に喜んだりすることじゃない。自分を捨ててその人間になりきるってことだ。平凡は、それをきっと不可能にしてしまう。きみはいつも分かり合いたいと言うし、人間同士の関係は互いに近づいていくためにあるんだと言う。だけど、僕はただ近づくだけじゃ人と人とは永遠に分かり合えないと思う。ほんとうに分かり合いたいのなら、自分を完全に捨てて相手になりきらなきゃいけない。相手の眼や耳や鼻や口や皮膚ですべてを受け止め、相手の胸で呼吸し、相手の頭で考え、相手の心で感じないといけない。そうしたときに初めて人間は他人の幸福を引き寄せて自分自身のものにすることができる。だけど現実にはそんなことは誰にもできやしない。まして平凡な幸福にどっぷりと浸《つ》かっている人間にできるはずがないんだ。

枝里子は黙って僕の話に耳を傾けていた。

「中学の終わりになって、さすがに母もすこし気が咎めたのか、高校一年のとき小倉の市営住宅に移ることができたんだ。だけど、僕も妹も母とは打ち解けることができなかった。ほのかもたぶん同じだろうけど、もう何もかも遅すぎたってわけさ」

僕は身体を起こして腕時計を見た。すでに一時間近くが過ぎていた。

「そろそろ出ないと、雷太たちが待ちくたびれるね」

二人で同時に立ち上がった。枝里子が僕の掌をつよく握ってきた。こちらを覗き込むようにして、

「一緒にがんばろうね」

と言う。

「そうだね」

枝里子の柔らかな掌を握り返しながら、僕は頷いていた。

思いのほか炎は大きく燃え上がって、その吹き寄せる熱風に僕たちは揃って一メートル近く焚き火から後ずさりしてしまった。

雷太の古い木机や椅子、本棚、漫画本や雑誌などが盛大な火焔をあげて燃えている。僕たち四人は午後の光の中で、真っ赤な内炎を縁どって逆《さか》巻く半透明の外炎と、そのつくりだす陽炎《かげろう》に目を奪われ、焚き火の周りでしばらく固唾《かたず》を飲んだように黙りこくっていた。

雷太のアパートは大きな都営団地の近所で、商店や住宅、畑などが混在する雑然とした場所に建っていた。到着してみると、すでに大方の荷物は運びこまれ、後は不要になった粗大ゴミを片づければいいだけだった。部屋の整理はほのかとふたりでぼちぼちやっていきたい、と雷太が言うので、僕たちはみんなで軽トラに乗って、この廃材置場までやってきたのだ。ここは「中垣工業」が借りている土地らしく、かなり広い敷地の端には大きなバラックが一棟建ち、その脇のそこだけ整地された駐車場には中型のショベルカーとブルドーザー、三台のダンプがとまっていた。あとはそここに家屋の廃材、大きな銅線の束や古タイヤ、錆《さ》びついた家電製品などが積み上げられている。

軽トラから荷物を降ろすと、可燃物を選んで雷太はひとりで土地の真ん中のすこし窪んだ一画にせっせと運び、バラックのドアの錠前を開けると、中からポリタンクを持ち出してきた。そして、漫画本や雑誌を机や椅子の隙間に押し込み、タンクの中身をふりかけた。そこで、僕はようやくそれらを燃やしてしまうのだと気がついた。火のついたマッチを放ると、あっというまに火炎が湧き起こり、軽トラの荷台でおしゃべりしていた枝里子とほのかも歓声をあげて焚き火のそばに駆け寄ってきたのだった。

「ほのちゃん、早くしなよ」

不意に僕の左隣に立っている雷太が、斜め向かいに枝里子と並んだほのかに声をかけた。ほのかが頷いて足元に置いた大きな紙袋に手を差し入れ、中から分厚いノートのようなものを数冊取り出した。雷太が僕の背後を回ってほのかの方へと近づいていった。一緒になって袋の中からさらにノートを取り出している。

「何なのそれ」

枝里子がほのかに訊いている。

「日記なんですよ、ほのちゃんの」

代わって雷太が答えた。

枝里子がものめずらしそうに二人が手にしたノートを眺め、袋の中を覗き込んだ。

「すごい量ね」

「そうなんすよ。ほのちゃんが小学校四年からずっとつけてる日記で、全部で二十四冊もあるんです」

「もしかして、燃やしちゃうの」

「はい」

「どうして」

驚いたような声で枝里子が言った。

「だって、ろくなこと書いてないすから。うじうじ愚痴めいたことばっかかで。俺、一回全部読まされて超胸くそ悪くなったんですよ」

そう言う雷太の横でほのかは、無言で日記帳の表紙を見つめていた。

「こんなの後生大事にしてたって仕方がないって、ほのちゃんに言ったんです。いい機会だから、今日燃やしちゃうことに二人で決めたんすよ」

「ほのかちゃんは、ほんとにそれでいいの」

ほのかは、枝里子の方に顔を向けて、

「いいんです。私もいつかそうしようと思ってたから」

と言う。

「それじゃ、始めますから」

雷太は、そう言うと、袋から残りもすべて取り出して、数冊をまとめてまず枝里子に渡し、それから僕の隣に戻ってきて、

「直人さんもお願いしますね」

と六冊ばかりを差し向けてきた。僕は受けとって、その一番上の日記帳の表紙を見る。「鈴木ほのか」とていねいな筆跡で記してあり、どこかで見たような文字だとふと思ったが、思い出せなかった。

雷太が真っ先に自分の分の数冊を無造作に炎の中に投げ込んだ。日記帳はすぐさま燃え上がってめらめらとページを開き、黒くねじ曲がっていった。僕もつづけて放った。それからほのか、最後に枝里子。投げ入れる前に日記帳のページをめくることは誰もし

なかった。

「私、小さい頃ときどきね、自分の家が火事で焼けちゃったらどんな気分だろうって思ってた」

枝里子がぽつんと言った。

「それ、私も思ったことあります。ずっとマンションだったから、いまいちイメージ湧きませんでしたけど」

「でも現実に、自分の家が全焼しちゃった人っているのよね。どんな気分なんだろね」

「そりゃ、スカッとするんじゃないすか」

燃え尽きようとする日記帳の山から目を離さずに雷太が言った。

「だよねー。最初はすっごいショックだろうけど」

枝里子もしんみりと言う。

「私もそう思います。いま、何だかスカッとしてます」

「だろう」

雷太がほのかに顔を向けて笑った。

机や椅子が炭化すると火勢は衰え、炎はようやく焚き火の風情に落ちつき始めた。雷太がバラックから缶ビールを四つ抱えて戻ってくる。みんなでビールをすすりながら、火を囲んで話していると、三十分ほどして敷地に一台の車が入ってきた。クリーム色のトヨタ・エスティマだった。車はゆっくりと近づいてきて僕たちのすぐそばで駐まった。

スモークガラスのドアが開き、三十過ぎくらいの女性と小さな女の子が降りてくる。運転席からはいかつい感じの中年の男も出てきた。

雷太が空になったビール缶を足元において、男に向かって深く頭を下げた。男の方は、日焼けした皺の目立つ顔に笑みを浮かべて、ようっと手を挙げる。

「大体片づいたみたいだな」

顔に似合わず柔らかな声だった。カーキ色のカーゴパンツに派手なオレンジのトレーナーを着ていたが、短く刈り上げた髪型もあってなかなか精悍《せいかん》な印象だ。歳は四十半ばといったところだろうか。

「どうしたんですか」

雷太が気安そうに訊いた。

「いや、火を焚くっていってたから、ちょっと様子だけでもと思ってね」

最初に降りてきた女性と子供は、もう焚き火のそばに寄って枝里子やほのかと何やら話し始めていた。

「直人さん、うちの中垣社長です。あちらは奥さんの頼子さんと娘さんの萌《もえ》ちゃん」

奥さんたちに気をとられているうちに、社長の会釈《えしやく》の方が先になってしまう。僕は慌ててお辞儀を返した。

「松原直人です。雷太君がすっかりお世話になっているようで、ほんとうにありがとうございます。あっちは僕の友人の深澤枝里子さんで、もう一人が鈴木ほのかさんです」

挨拶すると、社長は合点がいったという感じで頷き、

「いや、こちらこそ。鳥正がなくなったのは残念だけど、こんな時代じゃあどうにもならんです。雷太はほんとによく働いてたんだけどね。俺がどれだけ力になれるかは分かりませんが、これからはうちで頑張ってもらいたいと思っています」

と、実にていねいな言葉づかいで話した。

「景気がひどいから、社長さんも大変ですね」

「そうなんですよ。解体だけじゃとてもやっていけません。建て替えなんてさっぱりですから。うちも去年から修築に手を広げてなんとかしのいでるのが現状です。といっても孫請けの儲けなんてしれてますが」

枝里子たちが僕たちの方へやってくる。焚き火にあたって四人とも頬が赤らんでいた。奥さんの頼子さんはきれいな人だった。萌ちゃんは拓也と同じくらいの年回りだろうか。母親似の可愛らしい顔立ちをしている。中垣社長は、枝里子を間近にして一瞬目を見開いたが、すぐに娘と妻の方に視線を戻した。

萌ちゃんは、ほのかにまとわりついて声を立てて笑っていた。

「その髪のゴムすごくかわいいねー、キティちゃんだー。誰に買ってもらったの」

飾りのついた髪留めに触りながら萌ちゃんに話しかける。

「ママに買ってもらったの」

「いいなー、私も欲しいなあー」

ほのかが大げさな身振りで言うと、萌ちゃんは「うーん」と得意気な笑みを浮かべ、頼子さんの膝に抱きついていく。頼子さんは娘の頭を撫でながら、

「ねえ、お父さん、あれ」

と僕と話していた中垣社長に言った。

「あ、そうそう」

社長は思い出したように車の方へ行って、大きな風呂敷包みを持って戻ってきた。

「これ、皆さんの口に合うかどうかわかんないけど、女房が作った弁当なんだ。今日は引っ越しで疲れたろうし、よかったら食べてやってください」

雷太やほのか、枝里子そして僕も一斉に歓声を上げた。

「社長、いつもすいません。いただかせてもらいます」

雷太の感激した口調に、中垣社長は、照れたように小さくなった焚き火の方に目をやって、

「じゃあ、あれ始末してそろそろ引きあげようか」

と言った。

## 16

連休明けから僕は仕事上のトラブルに巻き込まれた。

会社の創立七十周年記念として九月の刊行をめざしていた或るミステリー作家の書き

下ろし長編小説を、突然に他社にかっさらわれてしまったのだ。この企画は、二年前から僕と上司の二人で当の作家の約束を取りつけ、取材費もふんだんに支出し、着々と準備してきたものだった。出版すれば最低でも三十万部は見込める作品だっただけに、僕たちはあまりに唐突な約束不履行に声を失ってしまった。

文芸担当の役員も加わって事務所に日参し、数度にわたって再考を促したが作家の姿勢は硬かった。一番困ったのは、心変わりの理由を彼が明らかにしなかったことだ。最後は上司と共に膝詰めで問い質したがそれでも口を割らない。その作家とのこれまでの付き合いから、初版部数や刊行後の宣伝計画などで不満が高じていた——といった月並みな理由でないことは想像できた。わがままで気分屋なのは他のベストセラー作家と同じだが、彼は一旦交わした約束を簡単に反故《ほご》にしてしまうような人物ではなかったのだ。

新しく決まった版元にもむろん探りを入れてみたが、そちらも急に作家から持ち出された話のようで、むしろ面食らった気配さえ窺《うかが》われた。

それだけに、僕たちは頭を抱えざるを得なかった。

社内では、僕と上司をめぐってとかくの噂が流れた。「どちらかが不用意な対応で逆《げき》鱗《りん》に触れたに違いない」だとか「もともと決まった話でもなかったのに無理に進めていたのだ」とか、上半期の看板になるべき企画だっただけに、変節の理由が不明なことが余計に不信を生み、僕たちは厳しい立場に追いやられてしまったのだ。

本当の理由が分かったのは、五月も終わりに近づいた頃のことだ。

不意に、作家の方から僕の携帯に電話が入り、その夜、僕と上司は彼のところへ出向いた。この二週間、潰れた長編の補塡《ほてん》のために、売れ行きの見込めそうな作家たちのところを駆けずり回っていた僕たちは、いまさらの呼び出しに苦り切っていたが、事務所のドアを開けて出てきた作家は、会社でのわれわれの苦境を聞きつけているようで、恐縮しきった態で部屋に招き入れると、深々と頭を下げた。そして、

「ほとぼりがさめたら、次は必ずやるから、どうかお二人の胸にこのことはおさめて、今度ばかりは泥をかぶってもらいたい。絶対に内密にすると約束してほしい」

と、しきりに繰り返しながら、今回の不実に至るあらましを語ったのだった。

話を聞きおわって、僕たちは啞然とするしかなかった。

要は取るに足らぬ痴話にすぎなかったのだ。

出版を決めた版元とは、これまで彼はほとんど仕事をしたことがなかった。それがこの一月に新しい女性担当者が挨拶に来て、わずかな付き合いが始まった。ところが、その入社二年目という二十三歳の担当と、ひょんなことから身体の関係ができてしまったのだという。僕は名前を聞かされても最初はそんな担当仲間がいたことすら覚えていなかったが、しばらくしておぼろに思い出した。そばかすの目立つひどく地味な感じの女の子だったような気がした。

「高校生の頃から俺のファンだったそうでね、俺の書いたものを全部読んでくれてて、とにかく熱心にここにやって来たんだよ」

で、結局、彼女が妊娠してしまったのだ。

作家が妊娠を告げられたのは連休中のことで、彼女を連れて東北を歩いている最中だったらしい。あとはもうやくたいもない話だが、産む産まないですったもんだのあげく、名うての恐妻家である彼に向かって「だったら全部奥さんにバラしてやる」と彼女は凄んだのだそうだ。

その結果が、今回の版元変更というわけだった。

「しかし、だからってうちの書き下ろしを彼女に渡すというのは目茶苦茶な話じゃないですか。そもそもそんなことをしても一時しのぎだし、かえって相手をつけあがらせてしまうだけですよ。堕胎するかどうかだって、彼女の胸先三寸でしょ。とはいえ、二十三歳の女性が何も好きこのんで結婚してない相手の子供なんか産むはずがない。要するに、身体使って先生の原稿巻き上げたってだけのことじゃないんですか。そんな弱気な対応してたら、これからも食い物にされるのがオチだと僕なんかは思いますけどね」

そのふざけた女との東北旅行の取材費だってこっちが出したのだ、と僕は思いながら言った。

「分かってるよ。そんなことは言われなくたって分かってるが、こういうことはとかく理屈通りにはいかんもんだろう」

作家は悄然《しょうぜん》と弱りきった風を装っていたが、実のところ何の反省もしてはいないな、と僕は感じていた。

「先生、当然その子とは別れるんでしょうね。これ以上つづけていけば、いずれ奥さんにも見つかりますよ。そうなったら問題はさらに厄介になるし、付き合った早々から子供ができたなんて騒ぐ女性にろくなのはいませんからね」

上司も、妊娠それ自体怪しいものだ、という気振りを隠しもせずに言う。

「そりゃ、こんなことになって、お二人にもとんだ迷惑をかけたんだしね。近いうちにきちんとケリはつけるつもりだよ」

作家というのは、とかくいびつで閉鎖的な環境に身を置いていて、満足に世間の風にあたったことがない。ゆえに恋愛も寸足らずな例が多く、手近の何でもない異性に手を出して、しょぼくれた情事の果てに、深刻な精神的危機に陥ったりする。

どうせ簡単には彼女とは切れないだろうし、次の作品についても当てにはならない、と思いつつ、僕たちはそれ以上彼を追い詰めることは控えて事務所を後にしたのだった。

それから銀座に出て二人で飲んだ。

「いくら内密にと言われても、上には一応伝えておかないとな」

上司が言うので、「当然ですよ」と答えた。他社の、しかも、二十三歳の小娘に虚仮《こけ》にされたのは業腹《ごうはら》だが、あんな作家のたかが長編小説一本と引き換えに、母胎に灯ったばかりの小さな命が抹殺されるかと思うと、僕はなによりやりきれない気分になった。

まったく人間の卑しさには限りというものがない。

「人を殺したことはもちろん、誰かが身近で殺されたこともなきゃ、死体ひとつ見てもなくて、人殺しと直接じっくり話し込んだわけでもないのに、よくもまああんなに人殺しばっか出てくる小説が書けるよな。ミステリー書いてる作家たちと会うと、俺なんか、内心、こいつらどうかしてるんじゃないかって思うよ。リアリティー、実はゼロだもんな。人殺しなんて俺も会ったことないけどさ、人殺しが読んだら、きっと連中の書いてることなんて嘘っぱちだらけなんだろな。もっとも人殺しは、本なんか読まんけどさ」

それから彼はしきりに最近の小説や小説家のことを悪しざまに罵りはじめた。僕はこの半月ばかりで溜まっていた疲れが一気に噴き出したようで、その饒舌に付き合う気にはなれなかった。

二軒目に入った小さなスナックのトイレでずいぶん長いこと吐き続けた。

カウンターに戻っても、汗をかいた水割りのグラスを見ただけでまた気持ちが悪くなった。こんなことは滅多にないことだった。

僕は酒を旨いと思って飲んだことはほとんどなかったが、この日ばかりは、自分がこんなにまずい液体をいままで胃袋に流し込みつづけてきたことに愕然とする思いだった。わざわざ金まで払って、どうしてこれほど辛い目にあわねばならないのだろう——突きあげてくる嘔吐感をこらえながら、僕はその理由を考えようとした。何となく、自分にとってそれは深刻な意味を持つもののように思えて仕方がなかったからだ。しかしそんな問いに答えが見つかるはずもなかった。

席を立って、具合が悪くなったと上司に告げ、ひとりで店を出て車を拾った。走る車の中で、あの殺風景なアパートに帰り着くことがどうにも億劫になってきたので、行き先を「人形町」に変更した。三日前にも泊まったばかりだったし、こうして一方的に僕の方から訪ねたことは一度もなかったので、枝里子はすこし驚くかもしれないと思った。車から降りると再び気分が悪くなってしまい、マンションのエレベーターの中で壁に寄り掛かり、枝里子の苗字と名前をぶつぶつと何度も繰り返した。彼女ならきっとこの苦しみを取り除いてくれるに違いないと、どういうわけか僕は九階まで上昇する短い時間の中で信じこんだ。枝里子の部屋の前に立ってチャイムを鳴らしたときは、もう十二時をとっくに過ぎていた。

ドアが開いて、出てきた枝里子に何も言わずしなだれかかった。何かを試すような気分でそうするだけで、本当は倒れ込むほど気分が悪いわけではないのだと自分に言いきかせ、枝里子のすべすべした首筋に頬を押しつけた。が、それは迂闊な錯覚だった。枝里子に身をあずけた途端、膝が割れて体中が震えだし、身動きひとつできない状態になったからだ。僕は内心慌ててしまい、自分を立て直そうとしたが、彼女が精一杯に僕の身体を受け止め、不自然な格好にもかかわらず、背中をさすりながら懸命にベッドまで運んでくれていることを知って、そのまま、安らいだ気持ちが心の中を満たすにまかせて何もかも委《ゆだ》ねることにした。

そうっと、そうっとという感じでベッドに寝かされ、まるで生温《なまぬる》いプールの水の中に身を横たえるような感覚が僕を包み込んだ。耳元でCSのミュージックチャンネルの音がかすかに聴こえ、すぐに止んだ。頭のそばにあった雑誌のようなものが、鼻先を横切った細い腕に持ち去られる。

枝里子の掌が僕の額を覆い、ひんやりとした。ネクタイをほどく彼女の顔が見える。そのまま眠り込んだようだった。

ふと目覚めた。長い時間のようでもあり、ほんのわずかの時間だったのかもしれない。部屋はあかるかった。が、実際には天井の蛍光灯は消え、明かりはキッチンの方から洩れてきているだけのようだ。しかし僕には真っ白な天井とクリーム色のやはり白っぽい壁、瞳の両際に迫ってくるシーツの白が、光の毛を帯びて華やかにきらめいて見えた。自分がきれいに消毒されすっかり乾燥させられてしまったようだと思った。それは心地良い感覚だった。

枝里子が見ていた。ベッドサイドに椅子を置いて、腰かけて僕の方へ顔を向けている。声を出そうとしたが、喉の奥がひりついて、かすれた音の固まりが舌の上を転がっただけだった。僕は微笑しようと顔をゆがめた。

枝里子が何かを聞きおとしたときのように顔を近づけ不思議そうな表情をした。

「少しは楽になった?」

彼女は言った。そして僕の眼前に掌を持っていった。そのとき、ようやく冷たいタオルが額の上にのせられていることに気づいた。かすかな重みがなくなり、見えないところで洗面器の中を動く氷の音とタオルを絞るときのたくさんの泡の千切れる音が聞こえ、再び冷たい重みが額の上に戻ってきた。

「なんだか」

僕の声はものすごく嗄《しやが》れていた。ひとつ咳をついて、

「なんだか病院みたいだ」

そして、

「きみに看取られて、これから死んでいくような気分だ」

僕は言った。枝里子が笑った。

「きみは、やさしいね」

僕は心からそう思った。枝里子が耳元に口を近づけ囁いた。

「あなたが、私の顔以外のこと褒めたのはじめてね」

その遠慮がちな声を聞いて、どういうわけか、僕は泣きたくなった。ほんとうに瞳の表面に涙が盛り上がってきたのには驚いた。

「ずっと看ててあげるから、もう少し眠りなさい」

枝里子は言って、首もとまで薄い毛布を引き上げ、両肩を包み込むようにしてくれた。僕は目を閉じた。その拍子に少しの涙が瞼からこぼれ、まつ毛を濡らすのがわかった。枝里子は見ただろうかと思ったが、また意識が薄れていった。

翌朝、ダイニングテーブルを挟んで向き合い、トーストをかじりながら、枝里子は僕

の顔を覗き込んで、

「何か悩みがありそうな顔してる」

と言った。

悩みなど別になかったので首を横に振った。

食事をすませ、僕が立ち上がり、壁に掛かった上着とネクタイに手をのばすと、枝里子は「ちょっと待って」と制止してクロゼットの方へ行き、何か持って戻ってきた。彼女は新品のワイシャツとベージュに紫のピンドットのネクタイを差し出してくる。礼を言って受け取り、ソファの上に二つを置いて、皺の入ったシャツを脱いだ。その間に枝里子は袋を取り上げ、封を切り、シャツを広げてボタンを外すと、立っている僕に手渡してくれた。また礼を言って受け取り、新品のシャツに袖を通した。新しいネクタイをつかみ、カラーを立てて首に巻いたが、その格好のまましゃがんで、枝里子にネクタイの前垂れをつまんで突き出してみた。彼女はいそいそと上手にネクタイを締めてくれ「よく似合うわ」と言った。僕は不意に枝里子の唇にキスをした。しつこく彼女の舌を吸うと、逃げるように唇を離して「まだお酒くさいよ」と枝里子は笑った。

彼女が着替えている間、立ったまま朝刊を読んだ。イスラエルの政権内部の権力構造に変化の兆《きざ》しが見られるというエルサレム特派員の長文のレポートが載っていたので、頭の中で反芻しながら少し注意深く読んだ。

十時過ぎに二人で部屋を出た。枝里子がドアに鍵をかけていると、隣の部屋の扉が開いて、三十過ぎぐらいのジーンズ姿の髪の長い女の人が出てきた。彼女は脇に大きなスケッチブックをかかえていた。枝里子が「おはようございます」と言い、彼女も「おはよう」と答えた。彼女はちょっと僕の方へ視線を投げて寄越し、僕たちの前を通り過ぎていった。

「あの人、CFの絵コンテライターしてるの」

鍵をバッグの中のポケットにしまいながら枝里子が言った。

「ときどき、私の部屋でビール飲んだりするのよ。彼女、五年くらい前まで雑誌のモデルだったの。私は一緒に仕事したことなかったけど。いまはナナハンに凝ってて、ほら、このマンションの玄関のところに大きなバイクがいつも駐めてあるでしょ」

それから枝里子は、エレベーターの中でも、歩きながらも、彼女についてたくさんのことを喋った。ほとんど一人で喋って僕は黙って聞いていた。

二人とも午前中は何も予定が入っていなかったので、人形町の交差点にあるスターバックスに入って、僕はカフェ・アメリカーノを、枝里子はアイス・ラテを頼んだ。

地下のソファの置かれた席に腰を落ち着ける。枝里子はラテを一口すすって、僕の七月の休暇について話し始めた。今年に入ってずっと休みなく働いてきた僕は、来月中に今回の失態の始末を終えて、七月に入ったらすぐに一週間ばかりの代休をとろうと思っていた。そのことは枝里子にも伝えてあった。

あなたがもし七月の第二週に休暇をとってくれたら、私も十一日から四日間は休みを重ねることができると枝里子は言い、すこし言葉をおいた。そして、もしよかったら十二日の金曜日から三日間、諏訪の自分の実家に遊びに来ないかと誘ってきたのだ。

そのかなりだしぬけの提案に僕は面食らった。

自分はどこに泊まるのかと即座に訊き返していた。

「古い家だけど、部屋数だけはたくさんあるの。心配いらないのよ」

枝里子は答え、両親もあなたに会いたがっているとつけ加えた。

冗談じゃないと思った。しかし、彼女とのこの一、二ヵ月の親密さを考慮して、すぐに撥《は》ねつけるような真似は慎まなければと思う。

「ちょっと急な感じもするし、あなたの気がすすまないんだったら、別に構わないの」

それだったら、どこか他のところへ二人で行ってみてもいいと枝里子は言う。

「この前の京都のように、きみをまた失望させるのも悪いしね」

僕が言うと、

「あれは、あれで愉しかったわ」

と枝里子は小さく笑い、

「ねえ、どうする」

と再度訊いてきた。僕は黙り込んでしまう。適当な返事を探そうとするが、途中でどうにも馬鹿馬鹿しい気分になってくる。

一つ息を吸って気持ちを整え、僕は枝里子の目をしっかりと見つめて言った。

「よく分からないよ。なぜ僕がきみの両親と会わなくてはならないの」

それでも口調が感情に引きずられてしまうのをどうにも止められなかった。

「僕たちはまだそんな関係だとはとても思えないけどね。誤解しないで欲しいんだが、別に僕はきみの両親に会いたくないと言ってるわけじゃない。だけど、おそらくきみやきみの親たちが期待している儀式めいたことは僕には無理だと思うし、何より不得手だと思うよ。それに、僕はきみと付き合っているのであって、きみの両親と付き合っているわけじゃない。これからもそんな気はさらさらない。この前もちょっと話したと思うけど、僕は家族なんてこれっぽっちも信じてはいないからね」

途中から、枝里子の顔色がみるみる変わっていった。言いおわったときには、彼女はいたたまれないような表情になって俯いてしまった。言い返すでもなく細い肩がかすかに震えていた。

だが、僕はその姿にかえって神経を逆撫でされるような気がした。まるでこれでは隠微な暴力ではないか——と思った。

「気がすすむとかすすまないとか、そういう問題ではないと思うけどね。言わせてもらえばきみは僕との関係に対して、僕以上に無責任な気がするね」

自分の気持ちがどんどん尖っていくのを感じていた。

「雷太の引っ越しの日、きみは言ったよね。一緒にがんばろうねって。一体あれは何だったの。一緒にがんばってきみの両親に会おうってことだったの。もしそうだとしたら、僕はとんだ勘違いをするところだったよ」

枝里子は下を向いたまま、小さく吐息をついた。隣の椅子に置いたバッグを取って肩に掛けると、何も言わずに、飲みかけのカップを持って立ち上がった。そして、僕のことを静かな瞳で見下ろした。

僕はその顔を見返し、これみよがしにため息をついて、ソファの背に身体をあずけてみせた。

その動作で、枝里子が口にしかけた言葉を押しとどめたのが分かった。

「私、先に行くね」

歪んだ微笑を頬に浮かべ、それだけ言って枝里子はゆっくりと背を向けた。薄暗い店内を階段の方へと歩いていく後ろ姿を僕は目で追った。息を詰めて、胸の中に押し寄せてくる不安と後悔に耐えながら、「とっとと消え失せてしまえ」と僕はその背中に毒づいてみた。

## 17

葬儀場は浦和のはずれの小さなセレモニーホールだった。

僕は東京駅から京浜東北線で南浦和まで行き、そこで武蔵野線に乗り換えて東浦和の駅で降りた。広々とした駅前の広場は、会社帰りのサラリーマンで混雑するにはまだすこし早いのか、一日中降りつづく雨に打たれて、ひどく閑散としていた。通りの向こうにはマクドナルドとパチンコ屋があるだけで、目立った建物はほかに何もない。暗く曇った雨空の下で、街全体がまるで沈み込むような陰鬱な雰囲気をただよわせていた。

雨足もちっとも弱まってはいない。

僕は枝里子が会社宛に送ってくれたファクシミリを鞄から取り出し、改札の脇で葬儀場の所在を確かめた。ここから左にまっすぐ歩いて十分足らずの距離のようだ。

大きな傘を広げ、人通りもまばらな舗道を歩きはじめる。他に弔問とおぼしき人たちがいないかと前後に目を配るが、それらしい姿はない。激しい雨が靴と喪服のズボンの裾をたちどころにびしょびしょにした。

たった一度会っただけの人だが、こんな縁もゆかりもない殺風景な場所で弔《とむら》われることを思うと、物哀しくなってくる。枝里子の話では、浦和には故人の実兄が住んでいるだけだという。本来なら会社のあった江古田近辺か、生家のある常陸太田《ひたちおおた》で通夜、葬儀を執り行うのが当然だが、事情が事情だけにそうもいかないということのようだ。

「セレモール東浦和」という看板が見えてきた。古びた箱型の建物の手前に駐車場があったが、乗用車とライトバンが一台ずつ駐まっているだけで、受付のテントもない。ホールの入口は庇《ひさし》が張り出し、ちょっとしたスペースになっていた。右手の玄関は両開きの自動ドアだが、すりガラスなので中は見通せない。

スペースにも受付台一つ置かれていなかった。ただ、前方の壁に長方形の大きなパネルが掲げられ、

——中垣進　儀　葬儀式場

と達者な筆文字で記されていた。

パネルのすぐ下には、「全国指定優良葬斎会館」という金属プレートが嵌まっている。庇を借りて、喪服についた雨滴をハンカチで拭いながら自動ドアの向こうから人が出てくるのをしばらく待った。が、誰も出てこない。

腕時計を見る。すでに六時を過ぎていた。パネルにも通夜六月十七日午後六時、告別式十八日午前十一時と書かれている。にもかかわらず、あとからやって来る人もなければ、人の出入りもまったくない。

仕方なく僕は玄関の自動ドアをくぐって中に入った。

そこはまた十畳ほどのスペースで左手は二枚の背の高い衝立で仕切られているが、隙間から覗くと立派な祭壇が出来上がっていた。故人の遺影と安置された棺《ひつぎ》がたくさんの菊の花で飾られている。線香の匂いが立ち込め、天井からは静かな音楽が流れていた。祭壇の左右が遺族席で、それに向かい合って三十人分ほどのパイプ椅子が並んでいたが、ぽつぽつと五、六人の喪服姿の男女が腰かけているだけだった。

正面は硝子タイルの壁で、その手前に受付があった。

雷太とほのかが神妙な顔つきでかしこまっている。

僕は香典袋をポケットから抜いて二人の前に立った。雷太の顔は蒼白で、空《うつ》ろな瞳で見返してくる。

「通夜なのに、たったこれだけなのか」

ほとんど名前のない芳名帳に記帳しながら言うと、

「誰にも知らせてないらしいんです。ご親族と従業員の方たちくらいで」

ほのかが小さな声で答えた。

「しかし、これじゃああんまりさびしすぎるよ」

「そうなんですけど……」

ほのかが雷太の方に目をやるが、彼はもう俯いてしまっていた。

「枝里子は来てるの」

「ええ、さきほどみえて、席にいると思います」

後ろに人が並んだので、僕は「じゃあ、あとで」と言ってその場を離れた。雷太はとうとう一言も口をきかなかった。

さきほどは気づかなかったが、祭壇に向かい合うと枝里子は最後列の右隅に腰かけていた。背筋の通った後ろ姿ですぐにそれと知れる。僕は足音を消して近づき左隣の椅子に座った。あの日、人形町で別れて以来、今朝の電話まで一切の連絡は絶えていた。

「雷太のことが心配だな」

僕の方から話しかけた。

「相当こたえてるみたいよ。ほのかちゃんの話だとさっきまで錯乱状態だったたって」

「しかし……」

枝里子からの半月ぶりの電話は早朝六時に入った。

そのときの枝里子の説明によると、最初に枝里子の携帯に知らせてきたのはほのかで、中垣社長が運び込まれた病院からだった。雷太が発狂したようになって手がつけられないというので、枝里子もその場に駆けつけた。僕のところへ連絡を寄越したときは彼女自身も病院にいたのだ。

車の中で死んでいる中垣社長を見つけたのは雷太だった。

一昨日土曜の朝から行方の分からなくなっていた社長を、奥さんの頼子さんと雷太は必死で探し回った。そしてようやく昨日の夜になって、哲学堂公園の中に車を駐め、車内に排ガスを引き込んで死んでいる社長を雷太が発見したのだ。

昨日は夜半から篠突く雨だった。枝里子から電話があったときも、僕は窓を激しく叩く雨音に起こされてベッドから抜け出そうとしていたところだった。真っ暗な公園の中をずぶ濡れになって駆けずり回り、あげく懐中電灯の光に浮かび上がった社長の無残な姿を目にしたときの雷太の衝撃は察するに余りある、と僕は枝里子の電話を受けながら思った。

「きみも疲れたろう」

病院から仕事に出て、そのままここに来たのだろう。さすがに疲れ切った表情をしている。枝里子は何も言わずに、祭壇の遺影を見つめる。

「優しそうな人だったのに」

と呟く。

僕は遺族席で肩を落とす奥さんの頼子さんを見た。泣き腫らした顔は血の気を失い、別人のように面変わりしている。その横に黒いドレスを着た萌ちゃんがちょこんと座っていた。

二人の僧侶が入場し、すぐに読経が始まった。一向に席は埋まらず、僕と枝里子を入れてたったの八人しかいない。

焼香の順番を待っているあいだに、もう三人ばかり増えたが、それでも五分も経たずに角香炉の前の列は途切れてしまった。枝里子が受付の二人を呼びに行き、ほのかと雷太が最後に焼香した。

雷太が棺に相対した途端、不思議な異変が起きた。

飯や団子などを盛った膳の手前に並んだ二本の燭台《しょくだい》の灯明《とうみょう》が、風が吹き込んだわけでもないのに間をおかずに右、左とつづけて消えたのだ。

雷太の背中が小さくたじろぐのが分かった。遺族席の人たちも気づいたようで、幽かなどよめきが起きた。雷太は一度合掌し、落ち着いた所作でポケットからライターを取り出すと、祭壇に近づき右の高欄越しにまず一本の蠟燭を灯し、今度は左の高欄までゆっくりと歩いて、腕をのばして残りの一本に火を点けた。

再び遺影の正面に戻ると、彼は五分近く身じろぎもせずに合掌瞑目していた。

僕は厳粛な気持ちでその一部始終を眺めていた。隣の枝里子からは、身を硬くし、息を呑んでいる気配が伝わってきた。

——真知子さん。

僕は心のなかで名前を呼んだ。

——中垣進さんの霊がいまここにいます。この世界での不幸や悲惨、断ちがたい未練を断ち切り、帰るべき場所へと安らかに旅立っていけるように、どうか、彼の魂を導いてあげてください。

僕はただ一心に祈った。

御斎《おとき》のために用意された二階の座敷で、頼子さんや親族たちとすこし話をした。

「雷太君にはほんとうに助けてもらって……」

それだけ言うと頼子さんは声を詰まらせた。

去年の春から新たに始めた改装の仕事は、大手住宅メーカーの改装事業部門からの発注を孫請けするものだったが、社長を追い詰めたのは、その一次下請けをやっていた工務店が先月末に突然倒産してしまったことのようだ。掛け売りで請け負ってきたここ半年の工事代金が未収となり、中垣工業はあっという間に資金ショートしたらしい。職人たちへの賃金はもとより、無理をして借りた事業資金の返済にも行き詰まり、六月に入ってからは金策に奔走したが、銀行からの容赦のない督促もあって会社は万事休すとなった。金曜日、最後の頼みの綱だった創業以来の付き合いの信用金庫からも、つなぎ資金の融資を断られ、社長はその晩は泥酔して帰宅したという。

失踪したのは翌朝で、家族が起き出したときにはもう姿が見えなかった。

すぐに近所に住む雷太を呼んで、頼子さんと彼で八方手をつくして探したが、結局丸一日半にわたって行方は摑めなかった。

「あいつらしくってよう、車の窓はこれでもかってほどていねいにガムテープで目張りしてあってさあ、遺書もきちんと三通、頼子にも萌にも長い長い手紙でよう、会社の始末のこともきっちり書いてあったよ。覚悟はつけてたんだろうなあ。十五年前に会社興したときから、『兄貴、何かあったら生命保険で片づくようにしとくんだ。俺は、誰にも迷惑なんてかけねえから』って口癖のように言うてたからね」

実兄は訥々《とつとつ》と語って、溢れる涙を掌で拭った。

頼子さんの傍らで枝里子も嗚咽しつづけていた。

社長は、僕たちに弁当を持って来てくれたときの、あのトヨタ・エスティマの排気口にビニールパイプをつないで車内に排ガスを流し入れたのだそうだ。

ほのかは、萌ちゃんのお守りをしながら、部屋を出たり入ったりしていた。雷太はようやく増え始めた弔問客たちと、いまはすっかり平静な面持ちで酒を酌み交わしていた。さすがに客商売の経験を積んでいるだけはある、と思いながら、僕は遠目にそんな彼の様子を眺めていた。あの二灯の燭台の火を点け直してからは、雷太の姿には見違えるような精気が蘇っていた。

だが、そうした雷太の変化に、僕は何やら一抹の不安を感じてもいた。

午後十一時を回って、僕と枝里子は席を立った。帰りしな、玄関まで送ってきた雷太たちとようやく言葉を交わした。

「直人さん、枝里子さん今日はありがとうございました」

雷太が深くお辞儀をする。

「仕事、また見つけないとね。私でよかったらなんでもするから、遠慮しないで言ってね」

枝里子が言う。

「ありがとうございます。ほのちゃんもついてくれてるし、俺は大丈夫です」

「無理するなよ。明日も来るから」

僕が言う。

「はい」

「社長もいまはきっとほっとしてるさ。こんな苦しみの多い世界からやっと解放されたんだ」

雷太はそこで、奇妙に顔を歪めた。最初は泣きそうになっているのかと思ったが、そうではなく笑い顔になった。

「そうですよね。俺もそんな気がします。大将にしても社長にしても、一生懸命働いてる人間が不幸にしかならないこんな世界はもううんざりだったでしょうから」

二人に見送られて玄関を出ると、降り続いていた雨もようやく上がって、夜空にはちらほら星が散っていた。

「ちょっと東京を外れると、こんなに空が澄んでるんだな」

枝里子がそっと僕の腕をとってくる。駅までの道を腕を組んで歩いた。

「今日は連絡くれてありがとう。この前はひどいことを言って悪かったと思ってる」

僕は礼と詫びを同時に口にした。

「こっちこそ朝早くに電話してごめんね」

そしてしばらく口ごもった後、

「あのときは私も勝手なことお願いして悪かったと思ってる。ごめんなさい」

枝里子はもう一つ謝った。

僕は、この小さなやりとりに、彼女と僕との関係の実質を垣間見たような気がした。

結局、身勝手でわがままな振る舞いをしていつも相手を困らせているのは僕の方なのだと思った。

「諏訪に行くのは、来月の十二日からだったよね」

僕は言った。

「楽しみにしてるよ」

「ほんとにいいの？」

枝里子が顔を覗き込んでくる。

「ああ」

僕は頷き、

「そのかわり、今夜はきみの部屋に泊めてもらいたいな。一緒に眠りたいから」

と言った。

帰りの電車のシートに並んで座ると、雷太が死なせてしまったという「公平兄ちゃん」のことを教えて欲しいと枝里子に言われたので、僕はかつて雷太から聞かされた話を手短に伝えた。枝里子はほのかから少し聞きかじっていただけのようで、まずは「どういう事故だったの？」と訊ねてきた。

「十年以上も前のことらしいよ。まだ雷太が小学校五年くらいで、従兄弟の公平君は高校生だったそうだ。その公平君と彼の両親、それに公平君の妹、雷太の五人で南房総の海へ磯釣りに出かけて、そこで事故は起きたんだ」

公平一家は釣りが趣味で、シーズンにはよく磯に出かけていたが、雷太はその日初めて一緒に連れて行ってもらった。海は凪《な》いで絶好の釣り日和だった。磯では彼らの他にも釣り人が岩場に散ってそれぞれに竿を伸ばしていた。雷太は公平と組んで一つの岩場に陣取り、叔父夫婦と従姉妹は別の場所で糸を投げた。

波が高くなりだしたのは、昼飯の休憩を終えたあたりからだった。雷太と公平の組はなかなか釣果があがらずにいたが、すこし離れた岩場の叔父たちは大きなメジナを何枚も釣り上げていた。

突端の岩場に誘ったのは雷太の方だった。しばらく前までそこで釣っていた男が去り、ちょうど場所が空いたのだ。男の魚籠《びく》がいっぱいだったのを見て、雷太はいてもたってもいられなかった。折から波はさらに荒くなり、公平はかなり渋ったという。それを無理やり手を引くようにして突端まで連れていった。

椅子を据える間もなく、高波が二人を襲った。攫《さら》われたのは身の軽い雷太だった。公平は飛び込み、波間で溺れかけている雷太を抱えて岩場にすがりつこうと必死で試みた。だが、潮は早く波も想像以上に高く荒い。何度も岩礁に叩きつけられ、そのたびに返す波に海中に引き戻される。いまでも雷太の右腕に残っている深い裂傷痕は、このとき尖った岩に打ちつけて負ったものだ。

二人が落ちたことはすぐに叔父たちにも分かった。

雷太は公平に押し出されるようにしてなんとか叔父の手で引き上げられた。が、公平はそれを見届けると、力尽きたのかそのまま波に呑み込まれてしまった。

叔父も飛び込み、さらには駆けつけていた数人の釣り人たちも躊躇《ちゅうちょ》せずに海に入った。しかしもはや公平を救うことはできなかった。

公平の遺体は翌朝、岬一つ隔てた隣の海岸に打ち寄せられていたという。

「だから、雷太君は絶対に魚を食べないんだ」

枝里子の妙な感想に僕は苦笑した。

「そんなところがほのかとウマが合ったのかもしれないな」

「そうね。二人とも深く傷ついているから」

「とくに雷太は気がかりだよ」

「私もそんな気がするの」

僕は、四月に中野で飲んだときに雷太がしきりに呟いていた「ぶっちぎれた」という言葉を思い起こしていた。

――この薄汚い世界と自分とをいままでかろうじて繋いできた紐切れみたいなもんが、とうとうぶっちぎれちまった……。

雷太はあのときそう言っていたのだ。だとすれば、今回の中垣社長の自殺は彼に一体どんな心理作用をもたらすのか。

電車の窓の向こうには真っ暗な夜の闇が広がっていた。

「みんな死んでしまうのね」

枝里子がぽつりと言った。

「そうだね。みんな死んでしまう。僕も死ぬし、いつかはきみも死ぬ。雷太もほのかも、そしていまはああやってうちひしがれている頼子さんも死んでしまう。小さな萌ちゃんだって必ず死ぬんだ」

「だったら何も自分で死ななくたっていいのに」

「違うよ」

僕は向かい側の車窓に映った枝里子に対して言う。

「中垣さんは、自分で死んだわけじゃない。自分を殺してしまっただけだ。他人を殺すように自分を殺したんだ」

窓の中の枝里子は不可解な顔つきになっている。

「彼は自分に殺されたんだ。人を殺すことがいけないように自分を殺すことも罪だと僕は思う。というより、自分を殺すことは他人を殺すことと同じなんだ。自分を殺すことを認めてしまえば、他人を殺すことを否定できなくなる。戦争なんてその典型だよ」

「でも、戦争は人を殺すための行為じゃないの」

「そうじゃないよ。彦根に行ったときも言ったと思うけど、戦争は自分の死を前提に成り立っている殺人だからね。自分がいつ殺されてもいいと思っていれば、他人を殺すことに対する罪悪感なんて微塵もなくなるさ」

僕は目を閉じて、日々考えつづけている問いが頭の中に喚起されるのを待った。

どうして僕は自殺しないのだろう?

それは多分、自分に他人の命を奪う権利や資格がないように、自らの生命を奪う権利や資格もないからに過ぎないと僕には思える。ともすれば人は自分の力で生きていると錯覚しがちだが、そんな力は人間にはない。誕生それ自体が自分の意志や力とは無縁であり、生きているさなかは確かに思えるその意志や力も、死の前では生まれたときと同様にまったく無力なのだ。要するに人間は、最初から最後まで、自分のことを何も決めることができない。であるなら、自分の生を勝手に終わらせる権利などあるはずもないし、他人の命を奪う権利もあるわけがない。人は生きているのではなく、ただ生きさせられているだけなのだ。

それでも、新たな問いはさらに生まれてくるのだ。

どうして人間は新しい生命を生み出そうとするのか？

と。

人間がただひとつ意志を発揮する場があるとすれば、他人の生を創造するということだと僕には思える。

しかし、なぜそんなことを人間はやらかしてしまうのか、それが僕にはよく分からない。なぜなら、他人の生を生み出すということは、そのままその他人の死を生み出すことと等しいからだ。人を生むことは、その人を殺すことでもある。

僕は触れるでも感じるでもなく、ただ知っていた。

自分がいずれは死んでしまう――という事実の底深い意味を捉えない人間は、必ずや自らを殺すか、他人を殺すかのどちらかを選択しなければならなくなってしまうのだ。

この世界のただならぬ無慈悲さの正体は、ひとえにそうした選択を迫られてしまうことにある。

そのいい例が女性たちだ。

かあちゃんがそうだったように、ほのかの母親がそうだったように、思いつきで子供を作りたいと言いだした大西昭子がそうであるように、勝手に拓也を産んで、パクとの関係は半端なままに僕とつき合う朋美がそうであるように、僕を諏訪の実家に連行し、いずれは結婚へと進みたいと願っている枝里子がそうであるように、そして、生まれたわが子をわずか四十三日で見知らぬ他人に預けてしまう母親たちがそうであるように、女性たちは我が身の欲望に取り憑かれて、自分を捨て去ることがどうしてもできない。彼女たちは自身の死を閑却《かんきやく》して、安直に他人の死を生み出しつづけている。

子供を産むということが、その子をやがては死に至らしめる行為なのだと彼女たちは考えもしない。自分たちこそが正真正銘の殺人者であることに、おそらく一瞬たりとも気づいたことがない。

僕には、そういう女性たちの蒙昧《もうまい》さが歯がゆかった。

世界中のありとあらゆる人々は、「生まれてこなければよかった」し「仕方なく生きている」のだ。確実に死にゆく運命の途上にあって、その現実を覆《くつがえ》すだけの反証を自分の中に見いだすことは誰であっても不可能だ。

あの女性仏教徒が書いていたように、たしかに〈人間存在から、若さや、美しさや、愛や、情念や、富や、地位や、世間的能力など、うつろい行くものすべてを、ささらでも使って根こそぎかき出してみれば、あとに残る骨組は、万人共通の老・病・死があるばかり〉なのだ。

かあちゃんも、ほのかの母も、大西昭子も朋美も枝里子も、そうした〈万人共通〉の

〈生存のまごうかたなき骨組〉から目を背け、〈無意識の優越感、傲慢の思い〉に身をまかせて、かりそめの幸福を渇望し、最も愛すべき対象を過酷な死の淵に追いやっていく。

お釈迦さまは、その一切を〈苦〉と受け止め、そこからの解脱《げだつ》を説いたのだという。

そして、はるか遠いあの日、真知子さんは僕にこう言ってくれた。

「自分のことを恥ずかしいと思うその直人君を、直人君自身がちゃんと見つめているかぎり、ちっとも恥ずかしがることなんてないのよ。いずれは、直人君も直人君と別れてしまうときがきて、こうやって亡くなった大勢の人たちと混ざり合って、一陣の風になって吹き渡るんだよ。だったら、生きているうちに、できるだけ自分のことなんか忘れて、他人のことを考えられる人間になって欲しいって思う。この世界の何もかもが全部一緒だってお釈迦さまは教えて下さっているの。人間も動物も、そして石や花、空気もすべては一つに繋がった夢みたいなものなのよ。生まれる前も生きているときも、死んでしまってからも、きっと同じなんだろうなと私は思ってる。他人はきっと自分だし、自分はきっと他人で、これから生まれてくる人も自分だし、大昔に死んでしまった人も自分自身なのよ。まだ直人君には分からないだろうけど、石や草や虫や動物も、同じように自分なんだよ。ほんとはね、何も思い煩《わずら》うことなんてないの。自分が苦しいと思えば苦しいし、楽しいと思えば楽しいの。この世界は、ただそうとしか言いようがないものなの。だから、私も直人君もいつかは死んでしまうけど、それはちっとも悲しいことじゃないし、悲しまなくてもいいの。たとえ私が死んでも直人君は生きてくれるし、直人君が死んでも他の人は生きていくでしょう。そう思えば何にも怖いことなんてないわ。だからこそ、自分を捨ててどんな人のことも大切に思ってあげたいって私は思う。別に直人君のことが私は特別に好きなわけじゃないんだよ。自分がそう信じているから親切にしてあげてるだけ。ぜんぜん感謝なんてしてくれなくていいの。私はただ自分のためにやっていて、それが結局、直人君のためにもなるだろうって勝手に思い込んでるだけなんだから」

僕は、あの夏の夜の体験以来、ずっと真知子さんのこの言葉を反芻し、繰り返し考えつづけてきた。そして、考えれば考えるほど、そこには深い意味が込められているような気がしてくるのだった。

雷太もまたきっとこの真知子さんの残した言葉の深い意味に近々突き当たるような気がする。そのとき雷太は果してどんな答えを見つけ出すのだろうか。それがいまの僕には不安だった。現在の彼の境遇には、誤った答えに導かれるべく用意された不幸が溢れていた。親のために深く傷ついてしまったほのかとの付き合いもそうだろうし、幼いわが子を失った末に病に倒れ、故郷へ落ちていった「鳥正」の大将夫婦の姿もそうだろう、今回の中垣社長の死もまたそうだろう。しかしそれにもまして大きいのは、彼がすでに一人の人間を殺してしまったと思い込んでいることだ。

僕には、いまにも躓《つまず》いて倒れそうな、切羽詰《せっぱつ》まった雷太の姿しか見えなかった。ふいに枝里子に肩を叩かれて僕は顔を上げた。

もの思いに沈んでいるうちに電車は東京駅に着いたようだ。さきほどまでの風景とは様変わりで、窓の外はホームを行き交う人の群れと、明るい光で満たされていた。

「明日は晴れるといいのにね」

先に席を立ちながら、枝里子が力のない声で言った。

18

七月七日の深夜、妹からの電話で母の容体が急変したことを知らされた。

五日ほど前から風邪をこじらせて何も食べられなくなっている、とは聞いていたが、危篤というのは意外だった。都合よくというべきか、八日の月曜日から一週間の休暇をとっていたので、僕は荷造りをして朝一番の飛行機で北九州の小倉に帰った。

福岡空港からタクシーで直接、入院先の総合病院に出向くと、母は個室に移されて酸素吸入器を口許にかぶせられている以外はもう何の処置も受けてはいなかった。

妹がベッドの脇にやつれきった顔で座っていた。昨夜一晩中苦しんだが、いまは鎮痛剤と睡眠薬で眠っている。肺炎を併発して心臓がすっかり弱っているから時間の問題だと主治医に告げられたと妹は言った。母の意識は混濁からすでに昏睡《こんすい》の方へと移行しているらしい。

二年半ぶりに見る母は痩せ細っていた。紺地の花柄のゆかたの胸もとが少しはだけ、白いタオルケットが腰のあたりまで掛けられていたが、その腰から足先にかけての薄いふくらみが枯枝のように細りきって、大半の生命を削り取られた肉体の無残な有り様を露《あら》わにしていた。

文字通り骸骨のような顔や胸、手足には、薬の副作用による疱疹《ほうしん》があばたのように無数に飛び出し、乾いてかさぶたになっていた。

翌日の昼、母は死ぬ前に一度意識を取り戻した。といってもただ束の間、眼を開いたにすぎないのかもしれなかった。

僕は母の皺だらけの浅黒い顔を覗き込み、火の消えた瞳を見つめ、手を握った。微かに振れている意識の針を見とったように思ったが確信は持てなかった。僕は「かあちゃん」と言った。何十回も叫んでいるうちにだんだんあたりを憚《はばか》るような小さな声になった。それにも言い飽きて、「これで楽になれるからね」とも言った。「よく頑張ったね」とも言った。結局、何の反応もないまま、母は再び眼を閉じ、妹が医者を連れてきた時はすでに息を引き取っていたようだった。

医者が時計に眼をやった途端、妹が堰《せき》を切ったように泣き出し、僕もつられて泣こうか、こういう場合は、感情に押し流されてもいいのではないかと考え、実際目頭が潤みかけているぞとも思ったが、そう思ってみると涙はまったく出なくなってしまった。

僕は母の死について何か考えようとしたが、その前に、この丸一日ずっと思案していた葬式の段取りや人の手配のことが、鮮やかに、まるで待ってましたとばかりに頭の中に浮かび上がってきたので、そっちの方へ意識を集中し、悲しむのはとりあえず妹にまかせて自分は必要な作業をこなしていけばいいと思ってしまった。

別にどうでもいいことではあるが、母の人生というのは無秩序で悲惨だった。

僕は市営住宅の小さな集会場で近所の人たちの弔問にいちいち妹と二人頭を下げながら、野辺送りの際、何と挨拶をしようかと考えている時にそう思った。

母が最初の結婚をしたのは、まだ二十歳にも満たない頃のことで、相手は母が働いていた居酒屋によく通ってきていた九州大学の学生だった。一年後には僕が生まれ、その学生は大学を辞めて働きに出たというが、僕が二歳間近のときに、母と僕を捨てて郷里の大分に逃げ帰ってしまった。以来、僕は彼に会ったこともないし、その後彼がどんな暮らしをしているのか、はたまた生きているのか死んでいるのかさえよくは知らない。一度、彼の兄という人が訪ねてきて少しまとまった金を置いていったらしいが、そのときの話では「弟は弁護士の資格をとって元気にやっている」とのことだったそうだ。当時は母も再び結婚をし、妹も生まれていたので、別に悶着も起こらずに片がついたようだ。

母の人生が傾きだしたのは、二度目の結婚に破れてからだった。

借金をして戸畑で始めた飲み屋があっさり潰れ、母の男関係の激しさから妹の父親が去って以降は、金と男で、本人も呆気にとられるほどの苦労を繰り返すことになった。

堅気の仕事がつづかないことを、満足な教育を与えてくれなかった両親のせいにしてばかりいた母だったが、僕や妹の目から見ると、生まれついたその自堕落な気質がそうした堅実な暮らしから彼女を遠ざけているだけのことだった。

小倉でホステスをしていた頃、僕たちは戸畑の工場街の裏の薄汚い六畳一間のアパートに住んでいたが、昼間は騒音でとても落ち着いていられるようなところではなかった。母はその部屋を嫌って外泊を重ねていたから、僕たち兄妹は学校から帰ってくるといつもおやつ代わりの豆腐を食べて表の工場の脇の草っ原で時間を潰した。

僕が隣室の若いバーテンさんが引っ越して行くときにくれた一本のギターに夢中になり、毎日何時間も爪弾くようになったのは、この原っぱでだった。たしか小学校三年ぐらいのときのことだ。優しげなメロディーは、工場の騒音にかき消され、行くあてもなく押し潰されていったが、僕の耳元にはちゃんと届いてくれた。それは、僕に、いついかなる場所においても小さな自分だけの静寂を作るのは容易だということを教えてくれた。

母はたまに家に帰ってくると、慌てて粗末な夕食の用意をし、自分は食卓を囲むでもなく派手な身支度を済ませ、また店か男のところへと駆け戻って行った。

僕が高校に上がる頃には、ほとんど帰宅することもなくなり、歳の離れた不動産会社の社長の愛人におさまって好き勝手な暮らしを始めた。さすがに子供たちが粗末なアパート暮らしでは人目に悪いと思ったのか、そのパトロンの伝《つて》で小倉の市営住宅の入居資格を取得して、こちらの学校の都合などお構いなしに強引に僕たちを転居させた。

そのパトロンとも二年ほどで別れたのだが、しかし、相変わらずの男出入りは、僕が東京に出てからのちも一向におさまりはしなかった。

ようやく彼女の男遍歴が終焉《しゅうえん》を迎えたのは、三年前、子宮癌に罹ってしまったからだ。母は突然の病に嘆き悲しんだが、妹も僕も、そんな母の姿にさしたる同情を抱くことはできなかった。

病気が見つかったとき、医師は子宮全摘出の手術をしきりにすすめた。が、僕は放射線と抗癌剤による治療を母に提案した。知り合いの幾人かの医師に意見を求め、母の検査データも見てもらった上での、それが最良の選択と判断したからだが、母は僕の説得は受けつけずに医師を頼って手術に踏み切ってしまった。結果的には、この手術が裏目に出て、予想以上に予後が悪く、母の腹に巣くっていた癌細胞は、メスを入れて全身の免疫力を奪ってしまったことで、半年もたたずに肝臓に転移してしまったのだった。

再発がはっきりした段階で、僕は退職して北九州に戻り、別の仕事を見つけて母の看病に専念しようかと真剣に考えてみたが、経済的にもそれは不可能だったし、よくよくつきつめてみれば、そういう情熱はほとんど無意味なことだった。僕と母の死との間には実際何のつながりもないし、母はこれからの一年、二年という残りの時間を母なりに独りでやり過ごしていくしかないのだと結論づけた。

妹に看病をまかせ、東京に戻り、それからは肝動脈塞栓術《そくせんじゅつ》を行う際に一度戻ったきり、二度と小倉には帰らなかった。母はその間三度退院を許されたが、それぞれ短期間だった。僕が帰らなかったことについては、別に何の理由もなかった。始終忙しくて疲れてばかりいたし、帰りたくなかっただけだ。

そういうわけで、結局、これまでの二十九年間で、僕と母がまともに接触した時間は、幼児期を除けばひどく微々たるものだった。僕は母の五十年間の生涯の大半をまったく知らないし、母も僕のことは同程度に知らなかった。

葬儀の日、高校時代の同級生たちが何人も焼香にやって来た。僕は彼らに細かな雑用を頼んだが、彼らはそれを懸命にこなしてくれて大いに助かった。ろくに話らしい話をすることもなく彼らと別れた。僕の目を見て、瞳で小さく頷いてみせる者が多かったが、僕には皆のそうしたお揃いの仕種が可笑しかった。棺に釘を打ち、テープレコーダーから流れる葬送の調べにのせて骸《むくろ》を霊柩車に積み込み、火葬場へと向かった。

火葬場は小倉から四十分ほどの山間《やまあい》にあったが、葬儀の日の七月十日は前日の雨がきれいにあがって晴れ渡った青空が久しぶりに広がっていた。会葬の誰もが判でも押したようにその好天を故人のために喜んでくれていたが、僕は、何も感じなかった。

母が焼かれているあいだ、まるでホテルのように広く豪華なロビーのソファに腰掛けて、全面ガラス張りの窓から降り注ぐ、梅雨の終わりを告げる陽光に全身を浸しながら、僕はこの三日ばかりの睡眠不足のせいもあって、ぼんやりとまどろむように物思いに耽っていた。

真知子さんが死んだときも、あれは冬のさなかのことだったが、こんな風に明るい光で世界は満ちていた、とふと思った。真知子さんのときは、その光がいかにも彼女にそぐわしいもののように感じたものだ——そう思い出して、母もまた死出の旅立ちの日には、真知子さんと同じようにきっと美しく安らかな姿となって天上へとかえっていくのだろうな、と思った。

僕たちが引っ越してきた小倉の市営住宅のすぐ近所には、弘法寺という大きなお寺があった。通学の往来には必ずその門前を通るのだが、立派な山門の向こうに古く壮麗な本堂が建ち、広い境内の左手には墓石が奥までずらりと連なる墓地があって、右手には住職たちの住むこれも古めかしい長家があった。

僕は学校の帰りに、よく寺の境内に入って、大きな樟《くす》のたもとに腰を下ろし、文庫本を読んだ。弘法寺は本堂を開放していて、その中で読書することもあった。中央に御本尊の本師《ほんし》釈迦牟尼仏《しやかむにぶつ》が鎮座する本堂は、いつも天井の明かりが皓々《こうこう》と灯って明るかった。普段は人気もほとんどなく静まり返っていたが、そこにいると不思議と心が鎮まった。長家とのあいだは渡り廊下でつながっており、長家の入口の十五畳ほどの和室には壁一面に本棚が据えられ、たくさんの本がおさまっていた。仏教関係の書籍だけでなく、世界や日本の文学全集、「世界の名著」や「日本の名著」シリーズ、漱石、鷗外、有島武郎《たけお》、武者小路実篤、徳富蘇峰・蘆花兄弟、三島由紀夫、福永武彦、それに山川方夫《まさお》の個人全集などがずらりと並んでいた。

それまでいつも学校の図書室や市立図書館で本を借りるか、たまに古本屋で一冊百円の文庫本を買うしかなかった僕は、最初この書棚の前に立ったとき、興奮を抑えきれぬ心地になった。

思わず部屋に踏み入り、かねてから読みたかった三浦梅園《ばいえん》の「玄語」を見つけて、その一冊を手にとった。夢中でページを繰っているとき、背中に声がかかって、びっくりして振り返った。

中年の小柄な女性が、笑みを浮かべて座敷の入口に立っていた。

それが真知子さんだった。

「本が好きなの？」

慌てて書棚に本を返そうとしていた僕は、訊かれて小さく頷いた。

「いつもそこの木の下で本を読んでる学生さんね。いまどき、めずらしいわよね」

まるで人を小馬鹿にしたような言い方だった。

「申し訳ありませんでした」

本を戻し、部屋を出るために彼女の脇を通り抜けようとしたときだ。ぐいと強い力で二の腕を摑まれた。僕は動転しながら、否応もなくそばかすの多い真知子さんの丸い顔と対峙《たいじ》する羽目になった。しかし、間近にその黒く大きな瞳を覗き見て、彼女がちっとも咎めたり怒ったりしているわけでないことがすぐに分かった。

「あなた、そんなに急いでどこへ行くのよ」

真知子さんが口を大きく開けて笑った。

この日から、僕と真知子さんとの交流が始まったのだ。僕が引っ越して来て一ヵ月ほど経った高校一年生の五月のことだった。

以来、僕は弘法寺に入り浸って書棚の本を読みあさるようになった。そのうち妹も一緒に連れて、広い庭を囲んで幾つもの部屋が並んだ長家の一室で宿題をしたりテレビを観たり、たまには真知子さんの作ってくれた夕食を三人で食べたりもするようになった。

真知子さんは、住職の長女で、一度は縁づいて寺を出たものの、難しい病気を得て御主人とは別れ、実家の弘法寺に戻ってきていた。年齢は四十五歳。しかし、見た目にはとても若々しくて、母と同じくらいにしか見えなかった。彼女の病気はパーキンソン病で、当時すでに発症から数年が経過しており、軽い手の震えや運動麻痺が固定化しはじめていた。

真知子さんは僕にほんとうにたくさんのことを教えてくれた。僕たち兄妹の面倒を見てくれたのは、病状が悪化の一途をたどる最後の三年足らずだったから、過酷な症状が次々と彼女を襲って身体の自由を奪い去っていく厳しい時期であったはずだが、いま振り返ってみても、そうした辛さを滲ませた彼女の姿を思い出すことはまったくできない。真知子さんはいつも明るく、そして優しかった。彼女と病気とを結びつける記憶といえば、よく本を読みながら塩漬けのビワの種を食べていたことくらいで、僕や妹の体調がすぐれないと、持ち歩いている小瓶からいかにも大事そうに一粒ずつその黒い種を取り出して僕たちにも食べさせてくれた。

「私の病気はお医者さまでは治せないの。だから私はずっとビワのお世話になってきたのよ」

真知子さんはビワがいかに身体にいいかを丁寧に説明してくれた。ビワの生葉の湿布を硬直しがちな手足にほどこし、ビワ葉の温灸を日々欠かさないのだと言って、一度ならず腰や肩に当てたビワ葉を見せてくれたこともあった。絆創膏でとめて文字通り患部に張り付けただけで、僕はこんなただの葉っぱが本当に効くのだろうかと怪訝な気がしたものだ。あとは、出されるご飯がきまって黒豆やあずき、はと麦などをまぜて炊き込んだ玄米だったのが、病気への彼女の配慮を感じさせる程度だった。

妹が、母の病気で代替医療にやっきになったのも、こうした真知子さんの姿を見知っていたからだ。むろん妹はビワ葉を使った療法も熱心にやっていた。が、母には効き目はほとんどなかったという。

「かあちゃんは、私が何をやっても、やっぱり心の奥底で信じてないのよ」

そう言って、母と真知子さんとの違いを妹はしきりに嘆いていた。

人間は何のために生まれたわけでもない――と最初に教えてくれたのも真知子さんだった。真知子さんは自分の病気のこともあって、結核で九死に一生を得た末に福岡の地で戦争孤児の救済に力を尽くした常岡一郎という人物に傾倒していた。

常岡先生はね、と名前を出しながら語ることもしばしばだったし、時には常岡氏の書いた文章のコピーを僕に渡して読むように勧めることもあった。

その大半はもう忘れてしまったが、一つだけ現在でも記憶に残っているものがある。それは「人は何のために生れたのか」と題された次のような文章だった。

人は何のために生れたのか

Q　私は明春、大学を卒業します。これから世の中に出ることになります。大人の世界に入っていきます。しかし、いままで大人の作った世界を見て尊敬できません。新聞やラジオや雑誌で、見たり、聞いたりしていますと、それはあまりに悲しいことや、でたらめが多いようです。ずるい者がうまく世を渡ってみたり、地位の高いものが汚職をやり、それをうまくごまかしてのさばる。全くいやになります。こんな世の中に、ずるいことまでおぼえて、なぜ人は生きて行かねばならぬのか、全くわけがわかりません。それでおたずね致したいことは、「人間は何のために生れて来たのか」ということです。

A　そんなこと聞かれると全く困ります。私には返事ができません。

Q　どうしてお答え頂けないのですか。

A　私にはわからないことですから、返事ができません。何のために生れたのか私にはわかりません。

Q　エッ！　あなたにもわからないのですか。あなたほど生き生きして働いている人でも何の目的で生れたか、わからないのですか。

A　そうです。私は目的なしに生れて来ましたのでね。生れる前には何も考えず、何の力も持たず、何にも願わず、求めず、この世に出て来ました。全く自分の力も、考えも、計画もなしに生れたのでしょう。だから「生れた」というよりも私以外の力で、私以外の考えによって「生れさせられた」というべきですね。だから君に何のために生れたかと聞かれても返事する資格もないわけです。

Q　なるほど、それでは私も生れさせられた方ですね。人間は全部生れたのではなく、生れさせられたというわけですね。

A　そうです。哲学青年の藤村操《みさお》さんが「人生は不可解なり」といって華厳《けごん》の滝に飛び込んで死んだ。これも何のために人は生れたのかと質問してまわった。本も読んだ。しかしさっぱりわからないので死んだわけですね。そこで、あなたが、人は何のために生れたかと聞かないで「人は何のために生れさせられたのか。この点をどうお考えになりますか」と聞いて下されば私も「それは多分、おおかたこうでしょう」とお答えすることができます。

Q　それで結構です。それではなぜ人は生れさせられたとお考えになりますか。

A　多分育つためでしょう。

Q　エッ！　育つためですか。どうしてそんなことが言えますか。

A　それはすべての人を見ていますと、育っていきます。身も心も、年毎に育ちます。もし育たないものがあったら亡びます。死にます。死なないものは育っていくでしょう。だから、人は育つために生れさせられたと第一番に考えています。その育つためにはどうすればいいかを第二に考えてみます。育つためには相反する二つを組み合わせて調和をとることですね。空気を吸うたら、必ず次に吐き出す。真夜中もやめず、決して面倒くさがらず、必ず二つを調和させる。食うたら減らす。減ったら食う。起きて、寝る。寝たら起きる。これを元気よく、明るく、とどこおりなく、くり返し、調和させる。これが育つための日々の条件ではないでしょうか。

人間の世の中も今日まで育ってきましたのは「生れて、死んで」「死んで、生れて」生死一如《いちにょ》。幾度も生れかわって今日の姿まで育って来たと教えられています。こう考えるとすべてが相反する二つの対立と、これを見事に調和させるところに生れさせられて育つ道があるのではないでしょうか。どんな人間でも顔は全部、向こうむいた人ばかりでしょう。顔が自分の方を向いている人は一人もありませんね。向こう向きの人間と人間とがさし向かいになって語り合う、だから話がまとまる。どんな偉い人でも、かしこい人でも自分の顔を自分で見た人は一人もない。やっと鏡で見て、そこに映ったかげを見て自分の顔を知ることができるに過ぎない。人の顔ならいつでも見えるが、自分の顔は死ぬまで見えない。そこで鏡が必要であるように、自分を知るために反省が必要であり、反省の鏡として宗教的教養がいるわけだと思います。この点をもっとわかりやすくたとえて申し上げましょう。たとえば、大根について申しましょう。大根よ、お前は何のために生れたのか、と聞いたら、私は「ためなしに」生れた。何の目的も決めず、自分の力もなく、全く生れさせられたのです。神の摂理によって生れさせられた。そうして、人間の丹精によって育てられましたと答えるでしょう。それでは何のために生れさせられ、育てられて来たのだと考えるかと聞けば、多分、それは私を人間に食わせるために生れさせられ、人間はまた私を食うために育てたらしい。どうしてそんなことが言えるのか。それは私の祖先、大根の一族は代々人間に食われて来た。私もやがて食われるだろう。私の子孫もすべて人間に食われるでしょう。だから、人間に食われるために生み出され、育てられて来たものだと思います、と答えるでしょう。そこで大根が自分の方を向いて、自分の方の都合だけで考えるとします。俺の祖先も人間に食われた。俺もやがて食われる。子孫も食われる。思えば情けないことである。人間と大根の関係は倶《とも》に天を戴かない敵の間柄である。食いつ、食われつの間柄なら五分五分だが、食われてばっかりきた。全くなさけない。この祖先のうらみを晴らし、子孫の禍をも絶つために俺が仇討ちしてやろうと考える。そこで物凄いニガ辛い大根になる。食った人間がまったくコリゴリするくらいにニガクなったら、確かに仇討ちはできる。しかしその後に来るものは「こんなニガ辛い大根は二度と作るべからず」となって子孫断絶の運命となる。自分の都合のみから割り出す考え方は亡び行く運命の道であると思います。これに反して、先方の都合のみをよく理解する。相手を生かす考え方をする。「もし人間の努力まごころがなかったら」大根は育たぬ。双葉の時に虫に喰い殺されてしまったと思う。幸い大根として一人前に育てられたのは全く人間の苦心努力の賜物である。だから、人間にどうして恩を報じようか。人間によろこびをいかにして与えることができるか。こう考えて非常にうまい大根になる。この場合、お家自慢の大根となる。その大根の種は大分県のおばさんに送る。埼玉県の従兄弟にも送る。といった調子で八方に送られる。別に願わず、求めずとも子孫繁栄の道に出る。生と死、吸うこと吐くこと。眠ると起きる。

食うのと減ること。自分と他人。生かすことと生かされること。すべて二つの組合せでしょう。だから、人を生かす。相手を生かす。よろこばす。伸ばす。守る。ここに全身全霊をつくす修行、訓練が毎日の課業だと私は考えています。ここに私が胸を病んで、また救われた道があったと思っています。「人は何のために生れさせられたのであろうか」というお答えになるでしょうか。結局、自分の一日一日を全力をかたむけつくして自分を空にして相手にささげ、相手を許し、相手を伸ばすことに努力していくことが、われまた育つ道だと信じますので一言申し上げました。

骨を拾い、壺におさめ、葬儀は終わった。

骨を拾ったのは二度目だった。真知子さんの骨は真っ白で美しかったが、母の骨は骨盤や肋骨がひどく変色していた。妹はくすんだ骨を拾いながら「病気のせいでお骨までこんなに傷んで、かあちゃんがかわいそうだ」とむせび泣いた。だが、僕はその骨を見つめ、〈老・病・死をかかえこんだ髑髏〉から母の命の衣はようやく解き放たれ、苦痛のない世界へと飛び立ったのだと感じた。

集会所に戻って骨箱を祭壇に安置すると初七日の法要を行ない、それから二階で親戚や近所の人たちと仕出しの料理をつつきながら酒を酌み交わした。午後七時には散会となり、僕は久しぶりに実家に帰った。さすがに重い疲れが全身にのしかかり、居間にしている六畳の部屋に妹と二人布団を並べて横になると、すぐに激しい睡魔に襲われた。枕元に置いた母の骨壺に掌をあて、その滑らかな磁器の表面をさすっているうちにいつの間にか眠りの淵に落ちていった。

翌朝は六時には目を覚ました。隣で寝息を立てている妹を起こさぬよう用心して起きると、僕は外に出た。さすがに通勤の人たちの姿もまばらで静かな朝だった。昨日同様に空は澄み、涼やかな風があたりを吹き抜けている。僕は弘法寺へと向かった。門はすでに開き、誰もいない境内はきれいに掃き清められていた。真知子さんが亡くなり、その二年後には父親の住職も遷化《せんげ》し、いまは長男があとを継いでいる。樟の巨木は濃緑の葉を繁らせ、初夏の強い陽射しに深い影を足元に広げている。

本堂の中は森閑としていた。

三年ぶりに対面する釈迦牟尼仏の御前に正座し、合掌瞑目して母の死を報告した。そして真知子さんにもそのことを伝えた。

いまは墓地の脇に納骨堂が建っているのだが、僕は、この納骨堂に母の骨をおさめるつもりだった。そうすれば、夏の盆には母もまた風となって僕や妹の元へと帰り、そしてここへ吹き戻ってくることができるだろう。

あれは真知子さんが死んだ年のお盆の最終日、八月十五日のことだった。

夏休みは例年、長家の一室を借りて勉強するのが僕の日課だったが、その年は来春の受験を控え、毎日早朝から弘法寺に出向いて、夕方遅くまでぶっとおしで受験勉強に励んでいた。予備校の夏期講習など受ける経済的余裕はなかったし、大半が九大志望という高校の中で東京の国立を目指す僕は少数派だったから、助け合う受験仲間もいなかった。妹も共に勉強することも多かったが、その時期はお盆休みということもあって彼女は熊本の親戚の家に泊まりがけで出かけ、僕一人で弘法寺に通っていた。といっても日中は檀家さんが引きもきらずお参りにやってくるため、さすがに昼間は長家に籠《こ》もるわけにもいかず、夜遅くから寺に出かけて、朝方まで勉強させてもらう手筈になっていた。

十五日の午後十時頃、いつものように山門をくぐり本堂に上がると、真知子さんが戸や窓をすべて開け放って一人で掃除機をかけていた。盆中は朝早くから人の出入りがあるので、その数日間はこうして夜中に本堂の清掃を行うのだ。僕が入っていくと、真知子さんは掃除機のスイッチを切って、おいでおいでと手招きした。彼女は広い本堂のちょうど真ん中あたりに立っていた。近づくと、僕の腕をとって引き寄せる。

掃除機の音が止んだ途端から、本堂の中は深い静寂に支配されていた。

「どうしたんですか」

僕が声をかけると、「シッ」と真知子さんは唇に人指し指をあてて、笑みを浮かべた。

「直人君、感じない？」

囁くように彼女が言う。僕は隣に立つと、彼女にならって耳をすまし目をこらすように本堂の内部を見渡した。最初は窓の向こうに横たわる漆黒の闇と、堂内の水を打ったような静けさが感じられるにすぎなかった。が、しばらくそうやっているうちに、全身を撫でるような優しい風が、開け放たれた戸や窓から本堂の中心に立つ僕たちに向けて流れ込んできているのが分かった。そしてその奇妙な風は、まるで幾つもの細い筋のようで、どんどんどんどんどん戸外からこの本堂へと吹きつけてきていた。一度感じ始めると、ピューピューと笛を鳴らしたような風音までがはっきりと耳元に届く。

「不思議な風でしょう」

真知子さんが言った。

「毎年、十五日の晩に掃除をしているとね、こうやってたくさんの風が、本堂の中に吹き込んでくるの。月初めに朝方掃除をしているときは、逆に、本堂の中から外に向かって風が吹き出していくんだよ。このお寺に祭られている人たちの霊魂が、お盆が近づくと、風になって自分の故郷の町や村に戻っていって、そして、お盆が終わると、こうしてちゃあんと帰ってきてくださるのよ。直人君にも一度、私はこの風を感じて欲しかったの。だから今夜は直人君が来るのをずっと待っていたんだよ」

僕は、真知子さんの言葉をどこか遠くからの声のように聞いていた。それはまるで歌うような不思議なリズムを伴っていた。次々に吹き込んで来ては一度は僕たちにからみつくようにつむじを巻いて、背後の御本尊の方へと通り過ぎていくしなやかな風を全身に受けながら、僕たちはおそらく一時間近くも夢見心地の態でその場に立ちつづけていたと思う。

真知子さんが亡くなったのは、その年の十二月のことだった。

ある朝、起き出してこない彼女を呼びに住職が寝室に入ると、真知子さんは眠るように死んでいたという。駆けつけた医師の診立てでは、脳溢血《のういっけつ》だろうとのことだったが、不審死とはいえ長患《わずら》いしていた古刹《こさつ》の娘の死ということもあって警察も解剖までは求めず、真知子さんの死因は深く追求されなかった。

僕と妹は、通夜、葬儀と彼女につききりにしていたが、その顔は安らかで、荼毘《だび》に付すまでの丸三日のあいだ、つやつやと輝きを失うことはなかった。

「邪魔くさい、なんて言ったら罰が当たるけど、私はこの自分の身体がもうあんまり必要じゃない気がするのよ」

亡くなる数ヵ月前から、真知子さんはよくそんなことを口にしていた。さらにはこんな風なことを言ったこともあった。

「最近、ようやく、死ぬということがどんなことなのか分かってきた気がするの。死ぬっていうのは、抜けるってことなのね。でこぼこだらけの狭いトンネルを抜けるんだったら、それはきっとあちこちに当たって痛かったり窮屈だったり、たいそう苦しみもあると思うけど、それこそツルツルの陶磁器みたいなトンネルだったらちっとも辛くなんてないでしょう。私は、こうやって身体はボロボロだけど、その分、ぐるぐるトンネルはきっと滑《すべ》らかでもう何もゴツゴツしたものがなくなっているような気がするの。そして、ある日、不意にすうっとそのトンネルをくぐって、別の世界に抜けていってしまえるような気がするの」

彼女は、この言葉のように、僕を置いて、すうっとこの世界から抜け出してしまったのだ。

真知子さんを送り終えて家に戻った。妹は午後から学校に行ったが、僕は休みを取っていたので、一人きりでその日を過ごした。亡くなってからの三日間、天気は冬とは思えないほどに温かく、明るかった。窓から差し込む小春日和の柔らかな光を居間の炬燵《こたつ》の中でしばらくぼんやりと浴びた。それから僕は、自分の部屋に入ると、カーテンを閉じベッドの上に座り込んで、生涯ただ一度きり、身も心も滅びるほどに号泣したのだった。

僕は本堂にしばらく座り込んで、みるみる光度を増す朝の光に黒々と艶光りしている釈迦牟尼仏の姿をじっと見つめながら、人間も動物も、石や花、空気さえもすべては一つに繋がった夢のようなもので、今を生きる人も、死んでしまった人も、さらにはこれから生まれてくる人々も、ただ一人自分自身なのだ、と言った真知子さんのことを思った。さらには、人を生かし、相手を生かし、喜ばし、伸ばし、守ること、ここに全身全霊をつくす修行が毎日の課業であり、自分の一日一日を全力をかたむけつくして自分を空にして相手にささげ、相手を許し、相手を伸ばすことに努力していくことが、自分もまた幸福になる道なのだと説いていた常岡一郎という人のことを思った。そして、日々に生きゆく姿は、日々に死にゆく姿だと思えば、ものみな有り難い。活き活きと生きゆくことが、活き活きと死にゆくことだと納得すれば、心やすらぐ、と記した女性仏教徒のことを思った。

彼らは、結局、みな同じことを言おうとしている。なのに、いまの僕はそういう彼らの言葉を知りながら、彼らの境地からは遥かに外れた場所で、膝を抱えてうずくまっているだけにすぎない――そんな気がした。

その日の午後、僕は東京に帰った。羽田から大西夫人に電話を入れ、母の死を知らせた。夫人は、

「おかわいそうに、お疲れでございましょう」

と電話の向こうで言った。夫が側にいるのかもしれないと思い、僕はこれまでの礼を手短に伝えてそそくさと電話を切った。

## 19

東京も快晴の天気だった。モノレールの窓越しに見た羽田沖の海は、硝子の粉でも撒いたように眩しくきらめいていたが、それはいかにも人工的で安っぽい風景だった。僕は浜松町で山手線に乗り換え、秋葉原で降りて、都営新宿線の岩本町駅まで歩いた。四日ぶりの東京は、どこもここも人の渦だった。電車の中も、駅のホームも、横目に通りすぎた電気街も、平日の午後だというのに人の群れでごった返していた。勤め人、学生、制服姿の高校生、外国人、小さな子の手を引いた母親、髪を真っ赤に染めた若い女、楽

器を抱えた金髪の少年、コップ酒を片手に頰を染めた中年男、ぶつぶつ独り言を言いつづけている青年、喪服姿のおばさん、警察官、宅配便の運転手、各種作業員、ありとあらゆる人間たちが、互いに何のつながりも持たぬままに、ただ無秩序にひしめきあって、そこかしこの空間を埋めつくしていた。

僕は、虚無的で、およそ実在感に乏しいこの都会の姿に、たちまちにしてやりきれなさと息苦しさ、形容のできぬ敵意を甦らせた。ここにはすべてがあるようでいて、ほんとうは何ひとつありはしないのだ、という気がした。真知子さんが言ったように、何もかもが一つであって、目の前に群れるこれらの人々の一人一人がたとえ僕自身であったとしても、単にそれは冷たく凍りついた孤独を表象しているに過ぎない——と感じた。

五時頃、アパートにたどり着いた。僕は浴槽に湯を張り、真っ先に風呂に入った。あたたかな湯舟に身をひたすと、心地良いため息が何度も口をついて出て、数日間の疲れが入浴剤で白濁した湯の中に溶け出していくのが分かった。

開けた浴室の窓からは、隣の米屋のビルの灰色のざらついた壁が見えるだけだが、まだ存分に明るい日差しはビルとビルとの僅かな隙間をくぐってふんだんに射し込んできていた。こんな小さな窓であっても、ここを通じて、天高く無辺の青空へと光の空間は途切れることなくつながっているのだ、と僕は不意に思った。そう思うと、さきほどとは打ってかわって真知子さんの言っていたことの一端が幽かに感得できるような気もした。

よく真知子さんは言っていた。

「見えるものだけを追いかけてばかりいたら、人はどんなことにでも絶望するしかなくなってしまうわ」

たしかに、見えないものの中にこそ、いまあるものの真実の姿が隠れているのかもしれない。

風呂から上がって着替えを済ませたところで携帯が鳴った。枝里子からだった。

「ずっと、どこに行ってたの」

そういえば七夕の日以来、まったく連絡を取り合っていなかった。携帯には彼女からの不在着信が幾つも記録されていたが、とても電話に出る気分ではなかったのだ。

枝里子の声を聞いて、明日十二日金曜日からの諏訪行きの約束を思い出した。

「ごめん。せっかくの休みだから久しぶりに北九州に帰ってきたんだ。きみも今週は仕事が立て込んでるって言ってたしね。いましがた戻ってきたばかりだ」

どこに行っていたのか、と訊ねるからには、きっとこのアパートにも寄ったのだろう。いい加減な嘘はつけない、と思って僕は答えた。それにしても、明日からまた諏訪までのこのこ出かけていくのはうんざりだという気がした。

「めずらしいわね。あなたが故郷に帰るなんて」

「もう二年以上戻ってなかったからね。ところで電話くれてたでしょ」

「心配しちゃったわ。明日からのこともあるし。父も母もあなたに会うのを楽しみにしてるから」

「うっかりして携帯を持っていくのを忘れてしまったんだ。悪かったね」

「諏訪に行くのが厭で、どこかに雲隠れしたのかと思ったわ」

枝里子は冗談めかした口調で言ったが、言葉には微妙な刺があった。

「別に厭だなんて思っていないよ。こうやってちゃんと帰ってきてるだろ」

「でも、ほんとに無理しなくていいのよ。もともとあなたは気がすすまなかったんだし」

雲隠れだの、両親が楽しみにしているだの言っておいて、同じ口からよくもそんなことが言えるもんだ、と僕は内心呆れながら、反面では枝里子がいかに今回の諏訪行きを重大視しているかをあらためて実感した。といって、約束を反故にはできないし、週末をこのアパートで過ごすのも億劫だったので、たとえ彼女が何を期待し、何を目論んでいようと、一度きり彼女の実家を訪ねたくらいで互いの関係が決定的になるわけでもあるまい、と思い直した。

思い直してみると、枝里子と久しぶりにどこかへ行くのは、いまの自分にはうってつけの気散じのような気もしてきた。

「明日は、何時にどこで待ち合わせにする？」

「十時新宿発のあずさ号の切符を買ってあるの。だけど、あなたが疲れてるなら、もうすこし遅い電車にしてもいいわ」

「じゃあ、新宿で待ち合わせだね」

「そうね」

明日、ひとりで起きて新宿まで行くのは面倒な気がした。たしかに僕はひどく疲れていた。せめて今夜は枝里子と一緒に眠りたかった。

「それなら、今晩、きみがここに泊まらないか」

「そうしましょうか」

にわかに枝里子は明るい声になった。僕も何となくほっとした。

「だったら車で迎えに行くよ。まずはお父さんとお母さんにお土産を買って、それから食事でもすればいいさ」

「分かったわ。じゃあ、七時に青山のいつものところで」

「了解」

電話を切って時計を見る。すでに六時を回っていた。僕は慌てて外出着に着替え、部屋を出た。

買い物と夕食を終えて、部屋に戻ってきたのは十時過ぎだった。さすがに体が重く、ぴりぴりした気疲れも感じたので、僕たちはすぐにベッドの中にもぐりこんだ。僕は本を読みながら下着だけになった枝里子の尻を撫でていたが、ふと気になって本を閉じ、

「ねえ、向こうでもこうやって僕たちは一緒に寝ていいのかな」

と訊いてみた。枝里子も読みさしの雑誌をたたんで「実はそのことなんだけど」と含

み笑いをしながら僕の方へ顔を向けた。

私の部屋は二階にあって、父と母の寝室は下なのね。母と相談してあなたには二階の別の部屋に寝てもらうことにしたの、と枝里子はベッドパッドを指でなぞって彼女の家のたくさんの間取りを熱心に説明しはじめた。つづけて、明日は二人でここを、土曜日はあそこを、と巡る予定の諏訪の名所の名前をいちいちあげ、

「原則としてよ」

と言いおいて、彼女の両親は諏訪案内には同行せず、土曜日、諏訪大社の側の父親の行きつけの料亭で四人で食事をとることにしているとつけ加えた。僕は彼女が母親と相談して決めた細かなプランを黙って聞いていたが、

「じゃあ、やっぱり別々に寝るんだね」

と言った。

「だいじょうぶ、あたし鍵なんてかけないから」

枝里子は僕の目を見て悪戯《いたずら》っぽく笑った。

「それじゃあ、なんだか夜這いみたいだね」

僕もつられて笑い、ところできみの部屋はベッドなのかいと訊ねた。枝里子は頷いた。

「じゃあ、あんまり軋ませちゃうと、きっときみのお父さんがゴルフクラブでも握って二階に駆け上がってくるね」

僕は枝里子を仰向けにするとその上にべたっと身体を乗せて、彼女の下腹の丸い骨の

つきだした部分に自分の少し硬くなったものをすりつけ、「ほら、こんな風にさ」と強い調子で腰を上下に揺さぶった。

「いやだ、変なこと想像しないでよ」

枝里子はくすくす笑い、腕を僕の首に巻きつけ唇をよせてきた。

枝里子が達したあと、身体を離すと、彼女はいつものように硬いままの僕のものを眼をとじたまま掌に包んでしごきはじめた。僕はその手首をつかんで引き放し、いいよと言った。別に断る理由があったわけではないが、何か枝里子の掌の生温かな感触が鬱陶しく感じられたのだ。

枝里子は眼を開き、しばらく僕の瞳を覗いていたが、急に体を起こすと、僕の下半身にかかっていた毛布を膝元からたくしあげた。ベッドの上にぺたんとカエル坐りをすると、僕の頭の方へ大きな尻を向け、僕のものを口に含んで一生懸命に舌を使い始めた。彼女はまだまだ稚拙だったので、いつものように時々歯があたって具合が悪かったが、僕は仕方がないから半身を曲げ、その尻の割れ目の粟だった肌に鼻面をあてて女の甘酸っぱい匂いを嗅ぎながら、くびれた腰に手を回し、力を入れた。そのうち達してきてわずかな時間で彼女の口の中に洩らした。

口の内壁や舌に先端が触れながら、この四日分のたくさんの量がどんどん飛び出し、まるで水を吐いているホースが勝手に動き回るような感じだった。直接口の中に出したのは、付き合うようになって初めてのことだった。

枝里子は口を閉じて、粉ぐすりを含んだときのように頰をふくらませたまま、僕の方を見て微笑し、ティッシュペーパーを二枚抜くと中のものを吐き出した。が、僕が凝っとその動作を見つめていると、まだ残っていた分は舌を動かしてそのまま飲み込んでみせた。

その様子を見つめながら、どうしてここまでするのだろうと思った。じきに慣れてしまうのだろうが、何か、通りで浮浪者に出会った時のような申し訳ない気分だったし、これではまるで大西昭子と変わりがないという気もした。

枝里子が僕の胸の中に体を丸めてきたので、思いきり抱き締めたが、内心は、

——この人は自分を見失っているのだろうか、それとも少々やり過ぎているのだろうか。

と考えたりしていた。

20

午前十時発、松本行きの特急電車に乗り込むと、枝里子は諏訪の町で育った小さい時分の話をたくさんした。中学時代や高校時代の話もしてくれた。

初めて人を好きになった時のことも聞いた。それは彼女が中学二年生の頃で、相手は櫛田君という同級生だった。最初のデートは映画を観に行った。リバイバルの「ジーザス・クライスト・スーパースター」だった。櫛田君が帰り道、熱心にソルジェニーツィ

ンの「ガン病棟」の話をしてくれたのをいまでもよく覚えていると枝里子は言った。

「櫛田君、いまどうしているのかなあ」

と枝里子が呟くので、

「きっと、いまきみがそうしているように、彼も、きみのことを思い出して、同じことを誰かに言っているだろう」

と僕は言った。

「あなたに似ていたわ、ちょっとだけ。私、昔から変わったひとが好きだったのね」

それから枝里子は、あなたの子供の頃の話も聞きたい、自分はあなたからほとんど何も聞かされていないと言った。

この前も言ったけれど、僕にはきみに話せるようなまともな話は何もないし、思い出したくもないことばかりだ。ひどく貧しかったから、中学生くらいまでは心の底から大きな家に住めるようになりたいと願っていた。自分にはそれができると信じていた。その程度だ——と僕は言った。

何しろ周囲が呆れるくらいできのいい子でね。三歳になった頃には、コナン・ドイルの「失われた世界」という本を一冊まるごと暗記するような生意気な子供だったんだ。

そして、僕はいまでも憶えているその冒頭の一節を諳じてみせた。

〈僕は胸をドキドキさせながら、チャレンジャー教授の居間に向かいました。もし僕が、「デイリー・ガゼット」の新聞記者だってことが、教授にバレたら……もう何人もの記者が教授に殴られたり、階段からつき落とされたりして大怪我をしているのです。ドアをノックすると中から牡牛のような声の返事が返ってきました〉

そこで暗誦《あんしょう》をやめ、

「ところで、きみのお父さん、まさか、牡牛のような声の持ち主じゃないよね」

と僕は言った。

「心配しないで、父はやさ男だし、それに父の部屋は一階だから」

枝里子も笑った。

「でも信じられない。そんなことをよく三十年近くも憶えつづけていられるわね。あなたの頭の中って一体どうなってるんだろう。私はいつも不思議な気がするわ」

僕は首をすくめてみせた。

「これも前から言ってることだけど、こんなのは大した才能でもないし、特技でも何でもないよ。僕だって、憶えたくて憶えてるわけじゃないからね」

「でも、自然に記憶できてしまうんでしょ。みんなからすれば信じられないような羨ましい話だと思うわ」

「別に自然に記憶してるわけじゃないさ。どんなことでも記憶しないでは済まないような、そういう強迫観念が子供の時からこびりついてて、そこから逃げ出せないんだよ。だから記憶するときは、他の人と同様に脳細胞が擦り切れるくらいの作業を頭の中でやっているんだと思う。ただ、僕の場合は、そういう感覚が麻痺してしまってるだけでね」

「強迫観念って？」

枝里子が怪訝な顔になった。

「それほど大したことじゃないんだけどね」

僕は、枝里子の探るような目つきに、つまらぬことを口走ってしまったとすぐさま後悔した。これまで一度だって、あのことを他人に話したことはなかったし、これほどあっさり匂わせるような物言いをしてしまったのも初めてだった。

何も答えずに窓の外に視線を逸らすと、枝里子は、それ以上は追及してこようとはせず、自分も青々とした田圃《たんぼ》が広がる景色に目をやった。

その端整な横顔を見つめながら、僕は、なぜか心の底が泡立つような不思議な気分になった。中垣社長の通夜の帰りにも感じた、僕と彼女とのあいだの不均衡を、あらためて意識した。そして、この人に対してだけは、たとえ不十分なものに終わったとしても、僕は僕なりの歩み方でもっと近づかなくてはならないのではないかという気がした。

いま、彼女の面上にしっかりと滲む、いかにも満たされて幸福そうな色合いが、僕のそうした思いをさらに増幅した。何かこれまでにない責任のようなものを感じた。それは、拓也と川の畔《ほとり》で遊んだときに覚えた、あの自分が必要とされているという泣きだしたいような感覚に似ていなくもなかった。

「小さい頃、一度おふくろに置き去りにされたことがあるんだ」

口をついて、そう言っていた。生まれて初めて、妹にも真知子さんにさえも話さなかった過去の一端を、僕は枝里子に打ち明けようとしている。

枝里子は、ゆっくりとこちらに顔を向けた。何も言わず、ただ黙って僕を見ていた。

「僕は一度、母親に捨てられたんだ」

語る以上は、言葉をもっと厳密にすべきだと感じて、同じことを繰り返した。だが、それでもまだ言い足りないという気がしたので、さらに修正した。

「あの女は、僕を捨てたんだ」

ひとりで呟くときは一瞬にして心を凍らせ、周囲のすべての風景を脱色してしまうようなこの言葉が、初めて人前で口にしてみるとそれほどの反動を自分に与えないことに僕は内心驚いていた。

予想を超えて冷静な自分を感じた。

かあちゃんが死んでしまったことが、これほどの沈着さをもたらしてくれているのかもしれない。

「まだ僕は二歳だった。当時おふくろは僕の父親に捨てられた直後でどうしていいか分からなかったんだろう。二十歳を過ぎたばかりのまるで子供みたいな母親だったから。ちょうどいまくらいの季節だったと思う。おふくろと一緒に電車に乗って、博多の町に出かけた。動物園に遊びに行ったんだ。南動物園っていう大きな動物園だよ。僕はそのころ、動物が好きで、本物のゾウやシマウマやキリンやトラやライオンがたくさんいるところに連れていってあげるねっておふくろに言われて、前の晩から興奮して眠ることができないくらいだった。動物園で本物の動物たちを見て、僕は夢中になった。置き去りにされたなんて、最初はぜんぜん気づかなかったくらいだ。覚えているよ。猿山があって、低い柵にもたれて飽きずに僕は猿たちを眺めていた。おふくろが『なおちゃん、おかあちゃん、アイス買ってくるからここでじっとしててね』って言った。僕はろくに返事もしなかったと思う。何しろ猿に熱中してたから。

おふくろが帰ってこないと分かって、それから六日の間、どうして『僕も一緒に行く』って言わなかったんだろうって、どれくらい後悔したかしれやしない。僕が馬鹿だったから、僕が迂闊だったから、僕が悪い子だったからかあちゃんとはぐれてしまったんだって。子供は、親に捨てられるなんて考えもしないし、想像することもできないんだ。動物園の人が来て、事務所に連れて行かれて、僕の名前を訊いてくれて、何度も何度もアナウンスしてくれた。ほら、よくあるだろ。『青いシャツを着た、二歳くらいの男の子が迷子になっています。心当たりのある方は事務所までお越しください』って。僕はそのアナウンスを聞きながら、必死になって動物園の人に頼んだよ。直人っていう名前だから、名前も言って欲しいって。だってそうだろ。青いシャツを着た二歳くらいの男の子ってだけじゃ、かあちゃんが気づいてくれないかもしれないからね。もし間違って、青いシャツを着た別の二歳くらいの男の子をかあちゃんが連れて帰ってしまったら、もう僕は二度と家に帰れなくなってしまうだろ。

夕方になって、警察の人が来て、どんどん異様な雰囲気になってきて、僕はパトカーに乗せられて、動物園から連れ出された。車の後ろから見てると、動物園の正門がみるみるまに遠ざかっていった。僕は泣きじゃくって駄々をこねた。だって動物園から離れてしまったら、もう二度とかあちゃんは僕を見つけることができなくなるから。それでもパトカーは真っ暗な知らない道を走りつづけて、もう僕には何がなんだか全然分からなかったよ。『勝手におかあちゃんから離れたら、人さらいに攫われてしまうよ』ってよく怒られてたからね。とうとう攫われてしまったんだって思った。自分がいけない子だったから、ついにその日が来てしまったんだって。いま思えば、児童相談所の宿泊施設に連れていかれたんだろう。優しそうな中年の女の人が待っていてくれて、そこでご飯を食べさせてくれた。ジュースやお菓子も飲み食いさせてくれた。それから、畳の部屋に連れていかれて、今度はしつこく僕の名前や住んでいるところを訊ねられた。だけど、まだ二歳だからね。名字が思い出せないんだ。女の人は、さかんに『なおとくんの上の名前はなあに?』って訊いてくるんだ。きっと姓名が分かれば、住民票や戸籍で僕のことを調べられると思ってたんだろう。だけど僕には、名字というもの自体が理解できなかった。丸六日のあいだ、最後まで松原って名字を思い出すことができなかったよ。

どうやってきたの? 電車に乗ってきたの? バスは? 駅は? どのくらい時間がかかったの? どんなお家に住んでたの? 誰と来たの? お母さんの名前は? お父さんの名前は? 一日目は何にも答えられなかった。二日目は、僕もすこし落ち着いてきた。何色の電車だったのか、どこの駅だったのか、実際にいろんな駅に車で連れていってもらって、博多駅で降りたことも、どの色の電車に乗ってきたのかも女の人に教えることができた。だけど、そんなことが何の手がかりにもならないことは子供心にも分かってたよ。次の日は、女の人の他に若い男の人もやってきて、その人が運転して、博多の町中を案内してくれた。僕が泣きだすと二人が言うんだ。『なおとくん心配しなくていいよ。必ずおかあさんが迎えにきてくれるよ。なおとくんみたいな子供がときどきいるけど、みんな今日か明日にはおかあさんが迎えにきてくれるに決まってるんだから』って。でも、四日目になると、誰もそんな風には言わなくなったし、僕にも、かあちゃんは迎えに来ないって分かってた。これは、かあちゃんの問題ではなくて僕自身の問題なんだって。その頃には、もう女の人も若い男の人も半分諦めたみたいだった。とにかく何でもいいから、家のことや親のことや、近所のこと、友達のことで思い出すことがあったら言いなさいって言うばかりだった。夜になると、また同じ建物の同じ部屋に入って女の人と寝るんだけど、四日目の夜になると、先に女の人の方が寝てしまうんだ。僕は、彼女の寝息をうかがって、そうっと布団から起き出して、真っ暗な部屋で記憶の微かな糸を懸命にたぐろうと意識を集中したよ。頭が焼き切れるんじゃないかっていうくらい必死になって思い出そうとした。僕の名前の上につく名前や、住んでいた町の名前、電車に乗った駅の名前、その駅に行くために乗ったバスのバス停の名前。五日目の朝にはその幾つかを思い出していた。名字は駄目だったけど、駅は戸畑で電車は熊本行きで、バスは西鉄バスで、バス停はアサオとかアサウとか、そんな名前だった。だけど、僕はその程度ではまだまだ不十分だと思ってた。何か、決定的な場所の名前を思い出さなきゃいけないと。

五日目のお昼に、僕は、女の人から紙と鉛筆を借りたんだ。僕が毎日かあちゃんに連れていってもらってた小さな公園の名前を思い出したかったから。といっても名前なんて覚えていなかった。ただ、公園の入口に表札があって、その文字を僕はうっすらと記憶していた。何しろ毎日毎日通っているところっていえば、その公園だけだったし、その公園の表札は年中目にしてるわけだからね。

何度も何度も書き損じたけど、僕は、その文字を書いたんだ。たった二歳の子供が文字を書いたんだ。生まれて初めて書いた文字だ。信じられないだろ。人間はどんな状況に置かれてもきっと自分で自分のことを解決できるってわけだ。それは『光』って字だったよ。書き上げたとき、僕は間違いないと思った。僕がいつも遊んでいたのは、光公園っていう公園だったんだ。もちろん光という文字をどう読むかなんて全然分からなかったけどね」

僕は話し終えると、無意識に俯いていた。しばらくのあいだ、ゆるやかに流れる時間を噛むように味わった。生涯誰にも打ち明けまいと誓っていたことを、いま喋ってしまったのだ。僕自身にも、この記憶のどこまでが事実で、どこからが長じて再構成したものなのかよく分からなくなっていた。しかし、僕の記憶は、おそらくは事実そのままなのだろうという確信があった。なぜなら、この出来事を境にして、僕は以降の記憶をほとんど失わずに頭の中に蓄積しているからだった。あの燃やし尽くすように意識を集中した七月の一夜、僕は、自分の中の何かが確実に変容し、進化したことを自覚した。そのときから、僕は不眠や深酒で抑制でもしない限りは、もうどんなことも忘れることができなくなった。またどんなことも忘れてはならないのだと信ずるようになった。これは思考したり感覚したりすることとはまったく別の事柄だった。僕にとって忘れるということは、生命を脅かす危険な行為だったし、もう二度と自分を取り巻く状況に我が身を預けてしまうわけにはいかなかった。そんなことをすれば、たちどころに僕は手ひどい裏切りにあい、一切合切を失ってしまうに決まっていたから。

僕は顔を上げて枝里子を見た。枝里子の顔は感情を失ってまるで固まってしまったかのようだった。

「だから、こんな風に『失われた世界』も丸暗記してるってわけさ。思えばこの本のタイトルにしても、光公園という名前にしても、皮肉たっぷりだろ。戸畑の光公園といえば、さすがに一つしかなかったよ。六日目の早朝、僕は光公園に連れていかれて、そこに子供を遊ばせにきていた母親たちへの聴き取りで、自分の家を見つけてもらった。薄汚いアパートの一室の扉を開けて出てきたかあちゃんは、相談所の職員たちに付き添われて立っている僕を見て、眠気もぶっとんだように目を剝いていたよ。それからあとのことは、もう口にはしたくないな」

枝里子は、こうした話を聞いたときにまともな人なら誰もがそうするように、相手から目を離さず、といって言葉を選ぼうと焦る様子でもなく、ただ黙って静かに僕の言葉を受け止めているようだった。

「このことがあってから、最初は自分のことは自分で守るしかないって僕は堅く信じ込んだ。こんな散々な世界で生き抜いていくためには、僕に限らずどんな人にだってそれは必要なことなんだって。ちょうどほのかの母親が彼女に言っていたようにね。だけど、そのうち、そんなことは嘘っぱちだと思うようになった。自分のことを守るといっても、別に守るほど自分が大切だとはどうしても思えなかったから。だってそうだろ。僕は、産んでくれた母親にさえあっさり捨てられたような人間なんだよ。そんな人間に大した価値なんてあるわけないしね。そして、ようやく物心がついて、僕はこう考えるようになった。どうして自分はあのことを忘れることができないんだろうって。すっかり忘れることができたら、自分はもっと幸福になれるのにって。それをネチネチ記憶しつづけて、かあちゃんを怨みに怨んで二度と打ち解けないような、この嫌味たらしい自分の性格の方に問題があるに違いないって。だけど、それもしばらくして間違いだって分かったよ。人間は自分の人生にとって本質的なことからは、何がどうあったって、決して目をそらすことができないんだ。たとえば、親に捨てられるとか、自分がいずれは死んでしまうとか、そういうことは、いくら誤魔化して生きてみても、絶対に忘れることなんてできやしない。結局さ、僕みたいな出自の人間は、自分のことに囚《とら》われてしまったら、どうして自分が生きているのかよく分からなくなるんだ。自分のことを後生大事に考えようとしたら、その思考の最初の最初でつまずいて身動き一つできなくなってしまう。妹が生まれて、僕が小学校にあがったとき、だから僕は思ったよ。僕は、かあちゃんから妹を奪おうってね。妹を奪って、彼女が大きくなるまでの十数年間は、彼女のために生きようってね。そうすれば、僕はこんなくだらない自分のことなんかで悩まずに、妹のためだけに生きていくことができるだろ。一度、きみに言ったよね。家族なんて信じないって。だけど、それは、いわゆる世間一般の家族なんてものは、僕からすればちっとも家族なんかじゃないからだよ。母親がほんとうに母親であるためには、父親がほんとうに父親であるためには、兄がほんとうに兄であるためには、妹がほんとうに妹であるためには、互いが互いのために徹底的に犠牲になるべきだと僕は思ってる。ちょうど公平君が雷太のために死んだように、そして雷太がその死を体験して、自分までが死んだと思い込んでいるように、人と人とは、本来はお互いの生命の奥底まで浚《さら》って繋がるべきなんだと僕は思う。人間同士の結びつきには、対等だとか平等だとか、尊重だとか、犠牲だとか、そんなものは存在し得ないんだ。恋愛だってそうだろ。愛することが重要なんじゃない。相手を大切に思うことが重要なんじゃない。その程度のことでは、人間は自分にとって本質的な問題を解決することはできやしない。愛するということは、自分のすべてを滅ぼして、ただ相手のためだけに、ただ相手の中にだけ生きようとすることだ。だけど、そんなことは誰にもできやしない。どんなに愛し合った恋人同士でも、どんなに愛し合った夫婦でも必ず別れるときが来る。そのとき、一人が死んで、もう片方が後を追って死んだなんて話をきみは身の回りで聞いたことあるかい。僕は一度だって聞いたことないよ。でもそれは誰にとっても仕方のないことだし、当然のことなんだ。人には、与えられた命を自分でどうにかする権利なんてこれっぽっちもないんだから。命を自分の意思や力でどうにかできるなんて考えてしまったら、恋愛なんていう脆弱《ぜいじゃく》でかりそめの花は、咲き誇るどころか、たちどころに枯れ果ててしまうに違いないからね。人間一人一人が生命を自分のものだと考えることで生み出される世界では、ただ暴力と差別、支配と隷従だけしか生き残れないと僕は思ってる。いま、この世界がまさにそうであるようにね」

正午過ぎに諏訪に着くと、僕たちは枝里子の立てたプラン通りに、諏訪湖を周回する遊覧船に乗った。二人でデッキに立ち舷側の手すりに並んで凭れ、船のつくる意外に荒々しい白い航跡を眺めていた。

その時、枝里子が不意にぽつんと呟いた。

「私はとうとう、自分の生まれたところにまであなたを引っ張ってきちゃった」

それは、電車の中での僕の話とは何の関連もなかったが、彼女らしい気づかいを感じさせる台詞だった。僕は、湖畔を眩しそうに見つめている枝里子の横顔を見た。

「なのに、いつも私ばかりあなたを追いかけている。不思議ね。もしかしたら、あなたはすごく迷惑しているのかもしれないのにね」

わずかでもそう思うのなら、なぜ追いかけたりするのだ、といつもの癖で一瞬思ったが、枝里子が伝えたい不安はきっとそんなありきたりのものではないのだとすぐに考え直した。彼女の不安の根源は、実は僕が、彼女のするどんなことに対してもろくに迷惑も感じていなければ、喜びも感じてはいないということにあるのだろう。

僕は返事をせずに、ただ、湖の向こうにぼんやりと霞《かす》んで横たわる八ヶ岳の峰々に目を向けた。

「行きましょう。風が冷たいから」

枝里子に促され、僕たちは大きな窓に囲まれた広い船室に戻った。

それからの僕はひどく気分が沈んでいた。気落ちした状態のまま、夕方、庭の広い大きな二階家に案内され、待ち構えていた彼女の両親と対面したのだった。

## 21

枝里子の父親は諏訪に本拠を置く精密機械メーカーの計器類を下請け製造する会社の経営者だった。従業員三百名ほどを抱えた、下請けメーカーとしては諏訪でも大手に数えられる企業の二代目社長である。僕は、彼を一目見て、人の好さそうな顔をしていると思った。食卓に向かいあって、彼が最初に口にしたのは、自分が僕の出た大学の先輩だということだった。彼はしばらく懐かしそうに昭和三十年代前半の本郷界隈の思い出を語り、いくつかの定食屋、靴屋や洋服屋、飲み屋の名前をあげ、僕に知っているかと

訊ねた。どれも知らなかったので、

「聞いたことも見たこともないですね」

と答えた。父親は一瞬しらけたように顔を曇らせた。

「そうだろうなあ、いまはいくらでも遊ぶところがあるから。僕らの時代はようやく〝戦後〟が終わったという頃で、金もないし、場所もなかった。遊ぼうにも遊べない時代だった。たまさか学生に安い酒でも飲ませてくれるところがあると、もう芋を洗うような混雑でねえ」

僕は、

「枝里子さんが好きな三島由紀夫が似たようなことを書いていますよ。彼はたしか大正末頃の生まれだから、深澤さんより一世代くらい年長ですが、彼の場合は、その分、文学に没頭できて幸いだった、最近の学生には――これはもちろん昭和四十年代の学生の話だけど、情熱がないと三島は怒っていた。結論は、青春というものには、どんな時代にも理想的なものはないという実につまらない話でしたけれど」

と言った。

話は途切れ、僕は出されたビールを勝手にグラスに注ぎ、二、三杯たてつづけに飲んで、ダイニングルームとつながった広い応接間の上等そうなソファやサイドボード、シャンデリアや壁に飾られた写実的な絵画を眺めた。テーブルには枝里子の母が半日かけてこしらえたというたくさんの料理が並んでいた。

「しかし、法学部からジャーナリズムの世界に進むというのは珍しいなあ」

父親が言ったので、僕は以前枝里子にも説明したことを繰り返した。べつにマスコミに入りたかったわけでもなければ、本が好きだったわけでもないんです。本当はどこに勤めてもよかったんですが、いまの会社が日本で一番高給だという噂を、ある講義のときに当時商業誌にちょくちょく寄稿していた文学部の助教授から聞かされて、それでいまの会社の入社試験を受けたんです。それだけの理由なんですよ。

「へえー」

父親は感心したような声を出し、

「失礼だけど、で、どのくらい貰っているんですか」

と訊いてきた。

「まだ入社八年目ですが、それでも年に一千万と少しは貰ってます」

「そりゃあ凄い」

父親はつづけて、この不況でいま製造業は四苦八苦の状態で、自分のところなどはその皺寄せをもろにかぶっていると嘆いてみせた。僕たちはそれからしばらく、日米の経済関係について話した。その中で、僕は基軸通貨というものの説明を少し詳しく行った。「八十日間世界一周」の主人公フィリアス・フォッグにはどこの国でもイングランド銀行券で買い物ができるというアドバンテージがあったこと。それが一九三一年にポンドが金本位制を離脱することで不可能になってしまった経緯。アメリカの登場。戦争。ミスター・ドッジがGHQのニューディーラー達をやりこめた話。ドッジと池田勇人が密談で決めた時の為替レートは三十円ドル安だったこと。覇権国が必ず陥る海外債権の陥穽《かんせい》。ヴェトナム時代のアメリカの「ガンズ・アンド・バターポリシー」の矛盾。そして一九七一年のニクソンショックや竹下蔵相時代のプラザ合意の裏話。ミスターYENと呼ばれたかつての大蔵省財務官の意外に低い省内評価。予算編成権など奪ったところで内閣機能が充分に補強されない現在の行政改革プランでは、実効性は乏しく、金融庁の役割など財政当局は一切期待していないこと。現在の日本の不良債権問題が、インターバンク取引の発達で世界同時不況の契機となり得るというシナリオはもはや陳腐で、米国はこの数年来、世界金融市場から日本経済を除外しても恐慌が発生しないシステムの構築を企図し、すでにおおよその体制作りは終えていること――などについて、僕は喋った。

父親は熱心に僕の話に耳をかたむけ、彼の方は自分の会社の最近の業績や製品の値動きについて細かな解説をしてくれた。枝里子も母親も僕たち二人がようやく打ち解けて話をはじめたので、傍らでほっとした顔をしていた。しかし僕は、枝里子の父親が話すことに興味を感じなかったので、実際はほとんど聞いてはいなかった。

食事が済み、応接間に移った。父親はとっておきの酒だと、年代もののブランデーを持ってきて僕のグラスに注いでくれた。彼はすっかり寛《くつろ》いだ風情で、やはり僕の正面に座っていた。

「いやいや、お恥ずかしい話ですが、実は昨夜はよく眠れませんでしたよ。枝里子がこの正月に帰ってきて、パパ、私、ぜひ会って欲しい人がいるのなんて、突然あなたのことを打ち明けた時は、正直いってぶったまげましてね。こう言ってはなんですが、この娘はそう簡単には誰かを好きになったりしない子だと思っていましたから」

父親はグラスをぐいと傾け、

「だけど、あなたのような方で、いやいや、ほんとうに安心いたしました」

と付け加えて、少し照れたような笑い方をした。その隣でいままで滅多に口を開かなかった母親が頷きながら、こう言い添えた。彼女は枝里子に似て非常に端整な顔立ちをしている。

「本来なら、枝里子がまずそちら様の御実家へご挨拶を済ませ、それからお招きしなければいけませんのに、なにぶん遅くにできた一人娘のせいか親の方まで我儘《わがまま》になってしまいまして、ついついお顔見たさで後先が逆になってしまいました。本当に申し訳ございません」

予想通りの話運びに、枝里子の方を窺ったが、彼女はブランデーグラスを手に両親の方に顔を向けていた。僕はしばらく黙って、何か言い添えてくれるのを待ったが、こちらの思いを察する風でもなく、ただ微笑を浮かべているだけだった。訥々と語る母親に、どう対応すべきかと迷った。別にそんなに大袈裟に考えてもらう必要もないことです——とでも言おうかと思ったが、この場の雰囲気にはそぐわない台詞だった。枝里子の父と母が、今日何のために僕を待っていたかは分かりきっているし、それを半ば承知して僕もやって来たのだった。とすれば、要するに僕はこの人たちの思惑通りに演じるしかない。何事も状況がすべてを決するというのが世の習いだ。もし彼らが望むのなら、枝里子と一緒になっても別に構わないし、それは実際なんでもないことなのだと僕はとりあえず思った。そう思うと心が軽くなった。自分に正直であるためには、自分自身を水のようにさらさらにほどいてしまえばいい。それだけのことだ。

「そんなこと、別に気になさらなくていいんですよ。僕には親なんていやしませんから」

僕は言った。

すると枝里子の両親は、一瞬驚いたように僕の方を同時に見た。

「お幾つの時ですか」

父親がすかさず口を開く。

「父は、僕が一歳のときでした。母と僕を捨てて出ていったそうです。以来、僕は父とは一度も会っていません。母の方は、この月曜日に死んだばかりです」

この言葉に、今度は枝里子の顔がみるみる青ざめていった。

「月曜日というのは、今週の月曜日ですか」

しばらく唖然とした面持ちで僕を見つめてから、父親が訊いてきた。

「そうです。子宮癌の肝転移で、三年近く入退院を繰り返していたんですが、やはりだめでしたね」

・枝里子の父親は何といってよいのか分からないような、さらに奇怪な顔つきになり、まるで慌てたみたいに枝里子の方へ向き直ると「お前は知らなかったのか」と言った。

枝里子は急にしゃっくりでもするような仕種で頷いてみせた。母親は口を手で覆い「まあ」と上品そうな声を上げた。

「じゃあ、あなた、九州に帰ってたなんて言ってたけど、それで……」

枝里子の声は震えていた。呆れたようなその顔は父親にそっくりだと僕は思った。

僕は、間をおかず、興味深かった葬儀の一部始終や、手伝いに駆けつけてくれた滑稽な同級生たちのことを喋ったが、三人とも頷くでもなく、一様にこちらを探るような目つきになって、ただ黙り込んでしまっていた。

話し終わると、枝里子の父親は型通りのお悔やみを述べたあと、

「そういうことだったのですか。しかし……」

と言い、

「まるで他人事のようにお母さんのことを語るんですね」

と付け加えた。僕はどうしようかと思ったが、ほかに答えようもないので、声を立てて笑ってみせ、よかったらブランデーをもう一杯くださいと言った。

「きみは、お母さんのことが好きではなかったんですか」

酒をついでくれたあと再び黙り込んでいた父親が「うーん」とひとつ唸って、そう訊

いてきた。彼は目を据えて僕の目を覗き込んできたが、頬が赤く酔っ払いのような顔をしていた。僕は内心その不躾な質問が不快だった。母親を嫌いな人間などそうそういるわけがない。いたとすれば、そこには深刻な理由が必ず存在する。

「どうしてそんなことを訊くんですか」

「だってそうでしょう。でなければ、実の母親が死んで五日目の晩にこんなところへ来て、フィアンセの両親と対面するなんてことは考えられない」

僕はすぐに、大声であなたは馬鹿だと言おうとした。しかし、強い視線を感じて枝里子の方を見ると、彼女は哀願するような瞳で、何度も小さく首を横に振っていた。僕は口を閉じ、天井を見上げ、シャンデリアの灯に瞳を凝らした。違うことを言おうと考え、意識を集中した。

「ただ、寂しかっただけです。いけないでしょうか。そういう感情は非常識ですか」

僕はため息をつきながら弱々しい口調で、でまかせを言った。案の定、父親も母親も、一斉に、何か固いものを急速に溶かしていくのがわかった。

「失礼とは思ったが、つい気になって妙なことを訊いてしまいました。悪く思わないでください」

父親はつづけた。

「親というのは、人間としては一段低級な生き物なんです。単純過ぎると知ってはいても、肉親を愛せない人に、他人である自分の娘を愛することができるだろうかなんて、馬鹿なことを考えてしまう」

「そのお気持ちはよくわかります」

僕は言った。

「ただね、深澤さん、僕はいつも思うんですよ。肉親を強く愛する人間は、案外他人には冷淡だったりするもんだってね」

「そういえばそうかもしれないわねえ」

枝里子の母親が間延びしたような声で相槌を打った。

そのあと皆で枝里子の子供時代のアルバムなどを見て時間をつぶし、十一時を過ぎた頃に僕と枝里子は二階に上がった。

22

僕にあてがわれた二階の十畳の部屋には、いつの間にかもう寝床がとってあった。ふかふかの体が埋まりそうな布団に身を沈め、僕は携帯のアラームを二時間後にセットして眠りについた。

その二時間のあいだに短い夢を見た。

僕は学校の校長室のような広い部屋で、応接セットのソファに黒いダブルの背広を着て座っていた。なぜだか赤い蝶ネクタイをしめている。

ドアをノックする音が聞こえた。

「どうぞ」

と言うと、青い制服のような上っぱりを着た中年の女性に促されて、一組の母子が入ってきた。その女性の顔は不明瞭だったが、連れてこられた母子は朋美と拓也だった。

「園長先生」

中年の女性が僕のことを呼び、僕は自分が保育園の園長であることを知った。そうすると彼女は保育士の一人なのだろうかと僕は夢の中で考えていた。

明日からこの保育園で拓也を預かることになり、朋美が挨拶にやってきたのだということが、彼女の説明でのみ込めた。立っている三人に目の前の長椅子に腰掛けるようにすすめ、さっそく僕は細かい園の規則など——その内容は目が醒めたときには何も覚えていなかったが——を朋美に説明した。ずいぶん長々とした話になった。

そのあとどういう脈絡でだったか、これもよく覚えていなかったが、とにかく、朋美が夫と別れて働きに出ることになった事情を話した。中年の保育士が、「離婚」と聞いて横あいから一言差し挟んだ。

「まあまあ、悪いお母さんだこと」

拓也に向かって頰笑みかけ、そう言ったのだ。朋美が瞬間、顔色を変えてその保育士を睨みつけるのを僕は見逃さなかった。

朋美は口調を改め、僕の顔を咎めるような瞳で見つめた。

「それでね、園長先生。四時半にお迎えにくるように、とこちらの先生にきつく言われたんですが、なんとか六時まで延長してもらえませんか」

「ええと、あなたの場合、朝七時からのお預かりでしたね。お仕事も保険の外務員ということですし、四時半ということでお願いしているわけです」

僕は答える。

「それじゃいろいろと仕事にも差し障りがあるんです。夕方からお訪ねするお客様も多いですし、まだ始めたばかりですから、設計書の作成なんかにも手間をとられるんです。なんとか他の方のように六時までにしていただけませんか」

僕は朋美の押しつけがましい物言いが気に食わなかった。

「しかし、なにぶんにも規則ですから」

そっけなく返事した。

「どうして駄目なんですか。母子家庭だと駄目なんですか」

「そういうわけではありませんが、早朝から来ていただいているパートの保育士さんにも限りがありますし、うちとしては今でもギリギリ手いっぱいなんです。それに、こう申してはなんですが、離婚というのはあなたがた夫婦が勝手にやったことで、多少、身から出た錆という面もあるでしょう。そう何もかも最初から都合よくいくというわけでもないし、第一、この拓也君のことも少しは考えてあげて下さいよ」

僕の何気なく言ったこの台詞に、朋美は爆発した。彼女は猛烈な勢いでまくしたてはじめた。

「とにかく生活が大変なんです。四時までの勤めではとても保険の成績が上がらないんです。この町には身寄りもありませんから、夕方からこの子を預かってくれるような知人もおりません。いま月十万の給料に、保護費を足して十五万そこそこで暮らしているんです。それがどんなに大変か、あなたたち公務員の方にはわかりっこない。アパート代だって五万も六万もかかるし、食費だって、衣類だって決して馬鹿にならないんです。両親揃って働きに出ている家庭とはうちはわけが違うんです」

それから、朋美は細々と一ヵ月にかかる生活費の内訳や、前夫が一切養育費を送金してこない実情などを、涙ぐまんばかりに訴えつづけた。

僕は呆然と彼女の話を聞いていたが、いかにもこの都会で月十五万そこそこの収入で母子二人が暮らすのが辛い状況かはよく理解できたので、同情の念にかられた。終《しま》いには、目の前のちょっと魅力的な女ざかりの母親の取り乱しようにすっかり圧倒されてしまったのだった。

そこで僕は、朋美の熱弁が一段落すると、ダブルの背広の内ポケットから財布を取り出し、中からあるだけの一万円札を抜き出し、それを二つ折りにして朋美の眼前に差し出した。

「じゃあ今月はこれを足しにしてみて下さい。そのかわり、ちゃんと四時半にお迎えにくるんですよ。そうすれば、また来月もお金は渡しますから」

言い終わる前から、朋美の顔の血の気がすうっと引いていくのがわかった。彼女の顔面は歪み、唇を嚙み締めたものすごい形相になった。考えてみれば妙なことだが、こんな朋美の顔を見るのは初めてだなどと僕は夢の中で思った。

朋美の憤怒の表情がストップ・モーションのように僕の視界いっぱいに広がり、その刹那、僕の手の中のたたんだ紙幣は彼女の右手で叩き落とされ、強烈な平手打ちが僕の頰を襲った。どうしてこんなひどい目に遭うのか訳が分からぬまま、痺れるような頰の痛みに耐えかね呻き声を洩らした。

その場面で僕は本当に叫び声を上げ、床からはね起きたのだった。

携帯のアラームが鳴っていた。

びっしり汗をかいて、全身が熱っぽかった。実に厭な夢を見た気がした。

明かりをつけ、枕元に置いたカバンの中から青いスポーツタオルを取り出し、パジャマの下につっ込んで汗を拭《ぬぐ》った。

息を整えながら、タオルを首に巻き、両端を交叉させてパジャマの襟元《えりもと》にたくしこんだ。布団の上にあぐらをくんで、部屋の中を見渡し、しんと静かな空気を感じた。体内の熱が涼しい内気に触れて徐々におさまっていく。白川義員《よしかず》の山の写真のカレンダーが壁に掛かっていた。夕映えに朱く染まったどこか遠い国の高い山々の峰の連なりが僕を見下ろしていた。

その頂に逆巻いているだろう、恐ろしく冷たく酸素の極端に希薄な激しい風を僕がいま感ずることなく、何の実在感もないままに異郷の連峰を見ているように、僕は僕のいるこの場所にも、そして、いま流れている時間そのものにも何の実在感も感じてはいないのだと思った。何もかもが、はじめから僕の周りには存在しなかったのだという孤絶感は、僕をいつものように安心に導いていく。

写真の下には七月と八月のカレンダーの数字が並んでいた。七月の方を見た。今日は何日だったろうと思い、たしか金曜日だから十二日だと思った。かあちゃんは何日に死んだのだろうと数字を左に追い、そうそう八日だったと心の中で呟いた。胸の奥で「しちがつようか」と何度か唱えてみて、ふと気がつくことがあった。どうしていまのいままで気づかなかったのだろう、と僕は我が身を疑った。

激しい感情の波が一気に胸に押し寄せてきた。

自分はいま母のために泣きたいと思っているのだ。そう思っている自分を見つけて、さらにそんな自分自身にも泣きたいと思っているのだ。悲しみというのは何と本能的なものだろうという気がした。

母の死を見た時、いや母の癌を知らされた時、いや母という余りに動物的な生を息子として自覚した瞬間から、僕はずっとなにものかによって悲しまされようとしつづけてきていた。僕はいままでその理不尽な圧力に懸命に耐え抜いてきたのだ。誰かのことを悲しむことは、自分のために悲しむことにすぎないという、幼稚すぎる真実を、僕はどれほど苦心惨憺《さんたん》して守ってこなければならなかったか。

カレンダーの８という数字を凝視して、とりわけ人の死ほど悲しいことはないと思っ

い。それは本人にとってそうであるばかりでなく、他の誰にとっても耐えがたく悲しいのだ。しかし、そうやって死を悲しむことは、結局は罪を生むことにしか結びつかない。他人の死を激しく悲しむ者は、自分の死に恐れ戦《おのの》く者だ。その恐怖こそが、他人を平然と傷つけて恥じることのない人間を作り出してしまう。

たしかに、かあちゃんにはかあちゃんなりの思いがあったに違いない。僕を捨てたあの日であっても、かあちゃんにはかあちゃんなりの葛藤があり屈託があり、そして手酷《てひど》い絶望と哀しみがあったのだ。そんなことは、当時の、まだわずか二歳八ヵ月の僕にだって分かりきっていた。成長するに従って、そのことはますます僕の中で明瞭にもなっていった。だが、だからといってどうして僕が、彼女の葛藤、屈託、絶望、悲哀を同じように悲しまなくてはならないというのだ。そうやってかあちゃんの悲しみを悲しめば悲しむほど、僕はこの僕自身のことをまるで赤の他人に対するように悲しみ、同情し、憐れまなくてはならなくなってしまう。自分を憐れみ、自分を慰めることほどこの世で罪深いことはあるまい。

僕は破裂しそうな心を、拳を固め、腹に力を込めて鎮めつづけた。涙腺に集まっていまにも噴き出しそうな涙を、唸り声をあげながら押し止めた。呪文のように「しちがつようか、しちがつようか」と繰り返し、頭の中の嵐を凍らせていった。

ものの数分で平静さが戻ってきた。

携帯を取り上げて時間を見る。七月十三日午前一時二十五分と表示されている。僕は立ち上がり、襖をあけ、廊下を挟んではす向かいにある枝里子の部屋のドアの前に立った。ノックしようかと思ったが、そのままノブを回した。

明かりの消えた部屋に人の気配がないことはすぐに分かった。寝る前に案内してもらった彼女の部屋は大きな本棚が並ぶ色のない部屋だった。本棚にはたくさんの画集や三島由紀夫や大江健三郎の著作がびっしりと詰まっていた。僕は枝里子の隣に立って、その中の何冊かを抜き出してページをめくってみたが、どの本も一度も手を触れていないのではないかと思われるほどきれいなままだった。このたくさんの文字の上を颯爽《さつそう》と走り抜けていった学生時代の枝里子の姿が目に浮かぶようだった。ただ、よくよく調べていると、ページのところどころに黄色の鉛筆で薄い※印が書き込まれていた。僕がこの印はどういう意味かと訊ねると、彼女は、その印をつけたフレイズは中学生の頃から毎日つけている日記に書き写したものだと答えた。そんなことをする理由が僕には分からない、いつか自分の日記を素材に何か書いてでもみるつもりなのかと訊いた。枝里子は、

「私にはそんな才能はないわ。ただいつまでも忘れたくないと思うだけ」と言った。

窓側にあるベッドのところへ行って、シーツに手を触れてみたが、冷たかった。僕は彼女を探しに部屋を出た。

枝里子の部屋の隣にある和室や、僕の部屋の隣の広い洋室をまず覗いてみた後、階下におりることにした。

階段を下ったすぐは広い玄関で、檜《ひのき》の立派な衝立が置いてある。

その玄関の脇に来客用の応接室があり、年代物の白い革張りのソファと大きなガラステーブル、そして本物のローランサンの絵が掛けてあるのを夕方見せてもらっていた。向かいの階段の横には昔の女中部屋があり、いまは物置になっている。応接室の先に大きな畳の一室があってそこにはアップライトピアノととても古いビクターのコンポーネントステレオが一台置かれていた。いまは玄関灯ひとつ灯るきりで、広い廊下も部屋部屋のたたずまいもすっかり物寂しげだった。

僕は中庭に通ずる暗い渡り廊下をわたり、さっき食事をした食堂と居間の方へ歩いていった。

居間の扉から光が洩れていた。まだ誰かがいるのだ。扉の前まで来ると中から話し声が聞こえてきた。

父親の声だった。

「げんにお前は、彼のことを何も知らなかったじゃないか」

たしなめるような、さきほどとは違うまるで別人みたいに厳しい口調だった。まさに従業員を叱る経営者の声だと僕は思う。ノブにかけた手を離し、聞き耳を立てた。

「もしかしたら、お前はとんでもない男を連れてきたのかもしれんぞ。お前が言うほど……」

「あの人はまだ子供なのよ」

枝里子が何か必死な様子で父親に訴えている。枝里子の声は低く小さく、よく聞こえなかったが、「気味の悪い人なんかじゃ」「いつも身構えて」「何かに脅《おび》えて」「生まれたばかりの……みたいに裸でガタガタ慄《ふる》えて」といった言葉が途切れ途切れに聞き取れた。

「さっきから言っているように、いまお前が決めようとしていることは、二度とやり直しのきかないことだということを忘れてはいかん。お前の話を聞いていると、まるで人助けのためにあの男と結婚しようとしているように聞こえる。どう考えたって尋常じゃないとは思わないか。時々、ああいう頭ばかり良くて、無気力な人間がいるものだ。お前は世間を知らないから珍しいのかもしれないが、たくさんいるんだ。そりゃあ彼には彼なりの哲学めいたものはあるに違いない。しかし……。お父さんにはどうも、お前があの男から悪影響を受けているようにしか思えない」

「そうじゃないのよ」

枝里子の声が大きくなって、よく聞こえるようになってきた。

「そうじゃないの。あの人には何かがあるの。それはあの人のことを知ろうとしないかぎり決してわからない何かなのよ。他の誰にもない何かがある。ものすごく自由な心と、勁《つよ》い心の芯のようなものをあの人は持っている人なのよ」

「お前は、どうしてそんな抽象的な物言いをするようになってしまったんだ。昔はもっとはっきりとしたことの言える娘だったじゃないか」

父親は、急に宥《なだ》めるような口調になった。

「枝里子、人間は誰にだって探せばどこかいいところは一つ、二つ必ずあるものだし、可哀そうな人ならこの世の中に腐るほどいるんだぞ。お父さんは別に彼の人格がどうのと言っているんじゃない。そうではなくて、お前自身の現在のものの考え方、選択の仕方に不安になっているだけだ。女性にとって一番大切なことは、自分の幸福だけを考える集中力のようなものだ。現実を見つめ、手に収まる分だけの幸福を確保する姿勢だ。一時的な感情や興奮にかまけてそのことを忘れた女性はきまって結婚に失敗している。お父さんはそんな人をたくさん見てきた。結婚とはそういうものだ」

　枝里子が何も言わなくなった。

「まあ、とにかく一度ふたりでとことん話し合ってみることだ。こんなに相手のことを知らないのではとても話にならん。父さんはびっくりしてしまった」

　僕は話が途切れたようなので慌てて踵《きびす》を返し、音を立てぬよう気をつけながら、すり足でドアの前を離れた。

　二階の部屋に戻って、いったん明かりを消して布団の中に入った。僕の部屋の前を通って枝里子が自分の部屋に入っていく気配を確認してから、再び起き上がり、灯をつけて着替えをはじめた。枝里子の母が用意してくれたパジャマを脱ぎ、服を着た。布団をたたんで押入れに戻し、タオルや穿きかえた下着や靴下をカバンにしまうと、僕は電気を消して部屋の外に出た。このまま黙って出て行こうかと思ったが、一応挨拶ぐらいはしようと思い、こんどはノックしてから枝里子の部屋の扉を引いた。僕が入っていった時、彼女は机の上で何か書きものをしていたようだった。僕の格好を見て驚いた顔をした。僕は椅子に座っている枝里子の背後まで近寄り、肩越しに机の上を覗き込んだ。彼女は慌てて机の上のものを手で隠そうとした。

「へえー、こいつは凄いや。さっきおやじさんと話してたこと、もう日記につけてるの」

僕を見上げたその顔が一瞬凍りついたようになった。僕の方は、その小さな文字の群れを眺めながら、あの焚き火の日、ほのかの文字に記憶があるような気がしたのは、枝里子のこの文字とよく似ていたからだと気づいていた。

「黙って帰るつもりだったけど、お別れに来てよかったよ。言っとくけど、僕はきみのおやじさんみたいな人は大嫌いだ。自分の幸福のことだけ考えろなんてエラソーに娘に忠告するような男は、どうにも愚かで不遜としか言いようがないからね。だけど、それ以上にきみはサイテーだと僕は思うよ。ろくに自信もないくせに人のことを子供呼ばわりして、あげく自分は見え透いた同情にどっぷり浸って、いい気になってるんだからね。実にゴリッパ、大したもんだね。まったく頭が下がって、もう二度と顔も見たくないってカンジだよ。じゃあ、僕はもうこんなところにいる必要はないから失敬するよ」

僕はそれだけ言って彼女に背を向けると、駆け出した。階段を勢いをつけて下り、背中に後を追う足音を聞いたので、玄関で自分の靴を拾うと、それを手にぶら下げて急いで引き戸の鍵をあけ、表に飛び出した。

それからはただ、走った。裸足で二百メートルほど左に真っ直ぐ走り、家並の入り組みはじめたあたりで細い脇道に逸れ、靴を履いて、また夢中で走った。「エッホ、エッホ」と声に出して掛け声をかけ、途中からはジョギングしているような気分だった。

えっさ
えっさ
えっさホイさっさ
お猿の駕籠屋は
ホイさっさ

いつの間にか、走りながらこんな鼻唄を口ずさんでいた。

## 23

僕は上諏訪駅の前に車を停めて仮眠をとっていたタクシーを見つけ、東京まで運んでもらった。森下のアパートに着いたのは午前八時ぐらいだった。

車の中で眠ったが、まだ眠り足りない気がした。

部屋に上がると枝里子が持ち込んだ様々なものが目につくので、めぼしいものは送り返そうと、まず冷蔵庫の中の整理を始めた。しかし、冷やしていた半ダースほどの缶ビールを景気づけのつもりでぐいぐい飲み干しているうちにだんだん面倒臭くなってきて、片づけること自体をやめてしまった。

台所の床にあぐらをかき、大きな冷蔵庫と相対して最後の一缶を空けた。

——要するに彼女は学者だったのだ。

僕は思った。よくは知らないが枝里子のような女性はこの世の中に腐るほどいるのだろう。美人で成績の良い女の子はとかくガクシャになるものだ。フィールドワークでもやるように、秘境でも探検するように、実験室で危険な化合物でも弄ぶように、彼女たちは浅ましい好奇心と高慢な自信に衝《つ》き動かされて、自分の手には負えない相手に情熱を注ぎ、そして最後には尻尾を巻いて必ず逃げ出す。それでも恥じることもなければ反省もしない。「体験」という表題の花柄のノートに、歯の浮くような甘ったるいレポートを書き終えると、さらにまた同じ失敗を繰り返しに出かけるか、はたまた枝里子の父親が言うところの「手の中におさまるだけの幸福」に目覚めて、安穏《あんのん》とした結婚やら出産やらにせっせと精出すのだ。

まったくどうかしている。

ほんとうにどうかしている。

いや、どうかしているのは、枝里子ではなくてこの僕の方だ。

枝里子が一体どんな悪いことをしたというのだ。

だが、何も悪いことをしていないからこそ、彼女は真に悪辣《あくらつ》なのではないか。

どうやら、僕はすっかり酔っ払ってしまったらしかった。

不確かな足取りで寝室に入ると、ベッドの上に倒れ込んだ。カーテンを締め切った薄暗い部屋で、これと似たような時間がかつてあったことを思い出す。あの頃の僕はまだ幼く、純粋だった。たしかに、どんなに苦しい時代であっても、かけがえのない時間とかけがえのない自分とがあるに違いない。

枝里子は、僕のことを脅えた赤ん坊のようだと父親に言っていた。しかし本当に脅えているのは僕ではなく、彼女自身だ。枝里子は旅をして涙を流す、誰かを愛そうとして傷ついたふりをする。彼女はこの広い世界、自分の髪の毛の数の何百倍もいそうな無数の人々を見てすっかり怖気《おじけ》づいている。暗闇で手さぐりするように自分以外の何かにしがみつこうとしている。

僕には枝里子たちの言いたいことはうんざりするほど良く分かっていた。昔、或る作家が得意気に書いていたが、彼女たちの言いたいことはただひとつ、

――生身の人間につき当たらずに本や映画を覗いて分かったつもりになれるような事柄は、この世の中に一つもない。

それだけだ。こうしたいわゆる下等な世間智が枝里子をそそのかし、この世界のあらゆる人々を終生おびやかしつづける。たしかにその通りだ。十五の小娘だって僕に何がしかのことを教えてくれるだろう。僕の頭の中を一時的に混乱させるようなショックを与えるに相違ない。そんなことは知っている。そしてそれを喜ぶ人間がたくさんいることも。火遊びを滔々《とうとう》と文章にして飽かぬ小説家がいるようにだ。彼らは自らを変えよう

もなく、ただ脅かされ、つまらない好奇心を刺激されているに過ぎないことを知っているくせに、いつも体験を振りかざして説教じみた嘘をつく。僕はそういう類《たぐい》の人間のいじましさ、二重性ともいえない自分を使った陳腐なトリックが嫌いなのだ。人間は生まれたその日からもう何も変わりはしないのに、まるで何かを学び、何かを失い、何か再生されるものがあるかのように信じることの愚かさが許せないだけだ。ほんとうに脅えているのは枝里子だ。毎日埒《らち》もない日記をつけ、確信もないくせに父親に自分の男のことで抗弁する。人間は一人ひとり靴のはき方も違えば、トーストの齧り方だって違う。それは僕たちとイヌイットとキューバ人が違うことと同じように違う。だが、そんな違いにいちいち何かを読み取ろうとすれば、失うのは自分自身なのだ。誰だって、本質的には同じなのだ。どこにもさしたる違いなどあるはずがない。自分は自分のためにあるのではなく、ただ他人のためにある。他人があって、初めて朧《おぼろ》げなる自分自身があるにすぎない。にもかかわらず、この世界で常に人間を拘束し、徹底的に支配しているものは恐怖だ。愛などではない。愛はよく光に譬えられるが、その光を光たらしめているのは、深い闇にほかならない。世界を認識するには二つの方法があって、一つは光に導かれる一筋の道を信じて、その光に沿って狂信的に短い人生を生き抜く方法だ。もう一つはより精緻な方法で、それはさながら宇宙空間に我が身を投げ出すがごとく、この世界全体、つまりは深く閉ざされた闇そのものを見据えることだ。しかし、人間はその巨大な闇の前では余りに卑小であるだけでなく、そもそも生まれ持った二つの瞳だけでは決して闇を凝視することができないのだ。すべての希望、愛、それぞれの生命には絶望と恐怖、死がつきまとっている。そして、つきまとっている絶望と恐怖、死こそが人生の大部分なのだ。一人ひとりの運命の終着点に「絶対的恐怖」としての死を置く限り、愛が恐怖に打ち克《か》つことは不可能だ。だが、この恐怖の根源は実のところ決して「死」そのものにあるわけではない。人間が最も恐れるのは、「死」を運命づけられ、その「死」におびやかされてしか生きることのできない人間それ自体でしかない。なのに人間は死をひたすら恐怖しつづける。死は恐れれば恐れるほど、いついかなる幸福の時間にも必ず人の心の襞《ひだ》に住みつき、ちりちりと震え、人を幸福の海に心から解き放つことがない。だからこそ、もう一度しっかりと僕たちが確かめねばならないのは、生きるということの意味などではなく、死ぬということの真実の意味なのだ。

トルストイは「人生論」の中でこう語っている。

――何世紀が過ぎても、人間の生命の幸福という謎は、大多数の人にとって、やはり未解決の謎でありつづける。にもかかわらず、謎はもうとうの昔に解かれていたのである。その謎解きに気づく人はみな常に、どうして自分で解けなかったのか、ふしぎに思うし、もうとうの昔から知っていたのに度忘れしただけだという気がする。われわれの世界の誤った教えの間ではあれほどむずかしく思われた謎の解決が、実はいたって簡単で、ひとりでに思いつくのである。

お前は、みながお前のために生きることを望んでいるのか、みなが自分よりお前を愛するようになってもらいたいのか？　お前のその望みがかなえられる状態は、一つだけある。それは、あらゆる存在が他人の幸福のために生き、おのれ自身よりも他の存在を愛するような状態だ。そういう場合にのみ、お前も他のすべての存在も、みなに愛されるようになるし、お前もその一人として、望み通りの幸福をさずかることだろう。お前にとって幸福の可能なのは、あらゆる存在が自分よりも他を愛するようになる時だけだとしたら、お前も、一個の生ある存在として、自分自身よりも他の存在を愛さなければいけない。

この条件のもとでのみ、人間の幸福と生命は可能となり、この条件のもとでのみ、人間の生命を毒してきたものが消滅する。存在同士の闘争も、苦痛の切なさも、死の恐怖も消滅するのである。

そして彼は言っている。「他の存在の幸福のうちに自分の生命を認めさえすれば、死の恐怖も永久に視界から消え去ってくれる」と。

僕は次第にかすれていく意識の中で、枝里子の顔を思い浮かべた。

もう二度と彼女と会うことはないだろう。こんな僕を彼女はきっと許しはしないだろう。

中垣社長の通夜に赴いた晩、ベッドの中で僕のことを強く抱きしめながら、枝里子はこう言ってくれた。

「私は何でもない人がいい。情熱的でも感傷的でも私には駄目なの。そんな人なら探せばいくらだっているから。私はどんなに探してもこの人しかいないという人がいい。あなたはそうだもの。あなたは心に穴のあいている人よ。いつまでたっても満たされることのない病気にかかった心の持ち主よ。気持ちは優しいけど、心は気まぐれで冷たいわ。人を追い詰めるような冷たさはないけど、何もかも投げ捨てるようなことはするでしょう。でもね、あなたは本当に苦しそうに生きてる。どうして愛しているのか私にもわからないけれど、きっと穴のあいたあなたの心を私は見過ごすことができないのよ。いくら探してもいない人というのは、この私しかその人のことを見つめてあげる人間はいないって思わせる人のことなのよ。この男しかいないってことは、この私しかいないということなのよ。きっとそうなのよ。

私はあなたを忘れることができない。どんなに歳をとっても、他の人と一緒になっていても、ふっとあなたのことを思い出すことがあると思うの。たとえば、何かの拍子に一人きりになって、通りの向こうに裸の木々を見つけた時、海水浴に行って、私の夫や私の産んだ子供たちから離れて、ひとり海に体を浮かべ、ああ太陽が眩しいなあって思った一瞬、不意に私はあなたのことを想うと思うの。そのあなたは、いまみたいにとっても苦しそうに生きてる、気持ちの優しいあなたね。

ひっかかっているのよ、セーターが何かにひっかかったみたいな感じで。ただそれだけなんだけど、私はもう身じろぎひとつできなくなっているの」

あのとき僕は、

「それじゃあ、まるで僕は塀《へい》に刺さった赤錆びたクギみたいなもんだ」

と笑って誤魔化したが、しかし、心の中では枝里子のその言葉に深く頭《こうべ》を垂れていたのだ……。

目が覚めたのは真夜中だった。

ベッドから起き出して、本棚に置いた充電器から携帯を抜いた。着信履歴を見るが枝里子からの電話は入っていなかった。午前二時ちょうどだった。何時頃寝ついたのか覚えていないが、おそらく十二時間以上は眠った勘定だろう。こんなに長時間寝てしまったのは久方ぶりだという気がした。酔いはすっかり抜けていたが、頭がひどく重い。

日付は十四日に変わっていた。日曜日。せっかくの休暇も惨憺たるものでしかなかった。また明日からは会社に出て、楽しくも面白くもない仕事をこなしていかねばならない。

一体、僕は何をしているのだろう。

楽しくも面白くもないのは、何も仕事ばかりではない。僕は、こうして生きていることそれ自体にこれっぽっちも喜びを感じてはいないのだ。なのに、どうして生きつづけているのだろう。

そういえば、木曜日の午後、見送りに来てくれた妹と福岡空港のレストランで食事を

した。そのとき、妹から、

「かあちゃんはよく一人で泣いてた。三年間泣いてばかりだったとよ。お兄ちゃん、いくら呼んでも全然帰ってこんかったけん」

とあてこすりを言われた。

かあちゃんは、一体何が哀しくて泣いていたのだろう。

六日ぶりに帰ってきた我が子を見つめ、彼女は、あたかも幽霊でも見ているような啞然とした表情だった。そして、一緒に立っている相談所の職員二人の方に顔を向けると、不意にうなだれ、小さな声で呟いたのだ。

――ごめんなさい。

と。

僕は喉元まで出かかっていた言葉を飲み込んだ。

それでも最初は、どうして僕が言うべき言葉をかあちゃんが口にするのか、よく理解できなかった。突然、彼女が目の前でしゃがみこみ、職員の一人と手をつないでいた僕をひったくるように抱き取って、「ごめんなさい、ごめんなさい」と泣きながら繰り返しだして、ようやく、僕は自分が悪いことをしたのではなかったことを知った。息が詰まるほど抱きすくめられながら、頭の中が真っ白になった。

その瞬間、自分が母親から捨てられたことを、僕は初めて悟ったのだ。

人間は、ほんとうにつらいことに出会ったとき、なすすべがなくなる。泣くことも笑うこともできなくなる。できるのは、たった一つ。恐れることだ。

僕は母親に抱かれながら、恐怖にがたがたと全身を慄わせることしかできなかった。

## 24

七月、八月はがむしゃらに働いた。

断られてしまった書き下ろしの穴埋めのため、この数ヵ月のあいだに幾つかの企画を起《た》ち上げていたが、とりあえずの帳尻合わせのつもりで七月末に出版した或る作家のエッセイ集が予想外の売れ行きを示し、僕は、その対応に忙殺されたのだった。にわかに設定された全国各地でのサイン会に同行し、作家の各局テレビ出演に立ち会い、殺到する取材のスケジュール調整にも気を配った。部数が増してくると、広告部や営業部との打ち合わせも頻繁で、文字通り社内外を飛び回る忙しさだった。

そんな慌ただしさの中で、引っ越しをした。

母の死によって送金の負担が大幅に軽減されたし、地元で働いている妹も今年中には結婚する予定だった。今後はかなり余裕が生じるはずで、思い切ってもっと広い部屋に移ることにしたのだ。幾つか不動産屋にあたって会社宛に物件情報をファクシミリしてもらい、気に入ったものが見つかったので即座に契約した。八月の半ば過ぎには引っ越しも済ませてしまった。今度のアパートは神楽坂《かぐらざか》だったが、会社にも近く、独りで暮らすにはすこぶる便利な土地だった。

オートロック式の新築マンションで、スペースも充分にあった。

むろん、部屋にきちんと鍵もかけるようになった。鍵をかけ、鍵を開くたびに、枝里子のことを思い出した。

雷太やほのかには連絡しなかった。もともと滅多に訪ねてくることもなくなっていたので、彼らにも別段不都合はなかっただろう。

雷太とは、八月の初めに、ひょんなところでばったり出会った。年明けに回顧録を出版した前総理の七十歳の誕生日を祝うパーティーがホテルニューオータニで開かれ、そこに出席すると、テレビカメラのバッテリーを肩にぶら下げたスーツ姿の雷太と顔を合わせたのだ。あまりに意想外な場所だったので驚いたが、訊いてみると、中垣社長が亡くなったあと、寺内に頼んでテレビ局でバイトをするようになったのだという。毎日、撮影クルーの一員として都内中を駆けずり回っているらしく、真っ黒に日焼けして思いのほか元気そうだった。ほのかはいまだに就職活動でおおわらわだと笑っていた。枝里子のことには二人とも触れなかった。四、五分立ち話をしただけで、次の取材があるからと言って雷太はそそくさと会場を去っていった。

大西昭子からは、母の死を伝えて以来、連絡が途絶えていた。おそらく、彼女にとってもそれが一つの区切りだったに違いない。

朋美とは七月の末に別れた。

拓也の入院騒動があってしばらくたってから、朋美にはパクとの復縁話が持ち上がっていた。激しい雨で客足がさっぱりだった梅雨の一夜、僕は誰もいない店で、朋美からそのことを打ち明けられた。あれはたしか、中垣社長が自殺する数日前のことだった。

「正式に別れてくれって頼みに行ったのに、どうしてこんな話になるのかしら」

朋美は困惑の態だった。彼女の話によると、パクはどんなことがあっても絶対に離婚はしないと強硬姿勢で、あげく、一緒に住みたい、元の家族に戻りたいと正反対のことを言いだしているのだという。あの男ならいかにもそうだろう、と僕は思いながら聞いていたが、長々とした話になるうちに、朋美の方にも、まったくその気がないわけでもなさそうな気配が見てとれた。

二人が仲違《なかたが》いをした当時の経緯を、初めて詳しく聞かされて、僕はなおさらその感を強くしたのだった。

これも朋美の一方的な話ではあるが、もともと彼女がパクに見切りをつけた原因は、拓也のことや国籍のことなどではなく、パクに金銭絡みの女性問題が持ち上がったためらしい。その頃、生まれたばかりの拓也を抱えて芝居から足を洗った朋美は、仙台の実家にも泣きつき、方々からの借金も重ねて「ニューソウル」の開店準備を進めていた。息子ができてもろくに父親らしい自覚もうかがわれないパクを見るにつけ、今後の暮らしを彼にあずけるなどとても無理な相談だと思えたからだ。ようやく資金の手当ても済んで、店の権利も買い取れる目処《めど》が立ったちょうどその時期に、劇団仲間の女性とパクとのあいだに悶着が起こり、彼は相手の内縁の夫から恐喝される羽目に陥ってしまったのだ。

「突然、ふらっと戻ってきて、真っ青な顔で私に土下座するのよ。どうせまた女のことだろうと察しはついたけど、聞いてみると、女の旦那に脅されて、三百万の慰謝料を払うと約束してしまったって言うのよ。しかも、念書まで置いてきたって。どうやらその旦那のグループに二日ばかり安ホテルに監禁されて、さんざん絞られたみたいで、とにかく根は気の小さな臆病な男だから、言いなりに念書を書かされてしまったのね。こっちは、この店を買うために奔走して、ようやく算段がついたばかりの時でしょ。ほんとうに愛想が尽きたわ。知り合いの弁護士さんにも相談したけど、一筆入れてしまったら、もうどうしようもないらしくて、あの男は、ぼろぼろ涙流して私に謝ってたけど、ほんとに泣きたいのは私の方だった」

「で、お金はどうしたの？」

僕は訊いてみた。

「払ったわ。そのかわり、もう二度と私の前に顔を見せるなって、叩き出してやったのよ」

事の次第を聞いて、僕は、その程度のことならば朋美とパクは幾らでもやり直しができるだろう、と考えた。一昔前ならともかく、パクが韓国籍などということは夫婦にとっても拓也の将来にとっても障害になるはずもなかったし、あと数年もすれば、韓国人や中国人と結婚する男女は、珍しがられもしなくなるに決まっている。それに、あのパクという男はたしかに芝居じみて少々調子っぱずれだが、根は悪い人間ではなさそうだった。

七月の終わり、久し振りに店を訪ねて、引っ越しすることになったと告げると、朋美はびっくりした顔はしていたが、そのことをすんなりと受け入れてくれた。

むろん理由は訊かれたので、母が死んだことを話した。「そんなこともあって、すこし生活を変えたいんだ」と僕が言うと、

「そうなんだ……」

と朋美は呟き、それから意外なことを口にした。

「ずいぶん長かったでしょう。私があなたからお母様の話を聞いたのがもう三年近く前だから。私もなんとなくいつも気になっていたの」

僕は、母の病気のことなど一言も喋った記憶がなかったので、思わず、「どうして知ってるの」と訊き返してしまったが、朋美によると、まだ付き合いだして二、三ヵ月の頃、母が癌で入院して助からないという話を聞かされたということだった。

「それきり、あなたは何も言わないから、黙っていたけど」

これには心底驚いた。きっとその時は相当酔っ払っていたのだろう。しかし、そう推測したとたん不意に気味の悪い疑問が頭をもたげてきた。もしかしたら朋美は、枝里子のことや大西夫人のことも洗いざらい僕から聞かされているのではないかという疑問だ。まさか、と打ち消してはみたが、ともかく、何だか張り合いのない話になった気がした。

「親が死ぬといろいろなことを感じるわ。特に母親が死ぬと」

朋美は言った。

「だってきみのところは、両親ともまだ健在じゃないか」

「あら、私あなたに教えていなかったかしら、いまの母は後妻なのよ。私の本当の母は私が中学二年生の時に死んだのよ」

はじめて聞く話だった。もしかしたら前に聞いたことがあるのかもしれないが、憶えていなかった。僕が、そうだったのかと感心したような声を出すと、朋美は、

「たしか、前に一度話したわよ」

と呆れた風にしてみせた。

店を出るときに、

「拓也によろしくね。何か困ったことがあったらいつでも相談に乗るって伝えておいてくれ。といっても、もっともっと大きくなってからのことだろうけど」

と僕が言うと、朋美はそこで初めてわずかに表情を歪めてみせた。

「分かった。ちゃんと伝える。いままでほんとうにお世話になったわね。ありがとう」

「僕の方こそ、お礼を言わないと。きみや拓也に会えてよかったと思ってる」

店を出ると、朋美が表まで見送りにきた。梅雨も明けて、連日猛暑の日がつづいていた。もう十一時を過ぎたというのに、むっとする熱気が町を包み込んでいる。

「すっかり夏だね」

僕が言う。朋美は長いスカートの足元を見つめるようにして小さく頷いた。

「引っ越しはどうするの」

「もう業者さんに全部頼んであるからね。心配ないんだ」

「そう」

僕は彼女の正面に立って、その手をとった。朋美が顔を上げ、僕を見つめてくる。

「一度会っただけだから、はっきりとは言えないけど、彼はいい人なんだと思うよ」

朋美は何も言わず、微笑を浮かべただけだった。

「じゃあ、さようなら」

「さようなら」

歩きだして、すぐのところで、背中に声が聞こえた。振り返ると朋美が笑っている。

「私ははっきりと言えるけど、あなたは間違いなくいい人よ」

僕も笑顔を返した。彼女が大きく手を振っている。僕も大きく手を振った。

そうやって僕たちは別れた。


八月二十五日の日曜日、四十九日の法要のために小倉に帰った。お盆は仕事の都合もあって十五日に一泊しかできなかったので、このときは三日ばかり休暇を貰ってきた。弘法寺での法事が終わったあと、妹の婚約者と夕食を挟んでひとしきり話をした。葬儀のときに挨拶だけは交わしていたのだが、じっくり向かい合うのは初めてだった。妹と同じ信販会社で働いていて、年齢も同じ二十六歳。眼鏡をかけたちょっと小太りの、いかにも温和そうな静かな青年だった。佐賀大学を出て、地元採用でいまの会社に入社したが、実家が佐賀市内でそこそこ大きなリース会社をやっているので、長男の彼はゆくゆくはその会社の後を継ぐことになるという。

弘法寺の納骨堂に入った母の供養も、隣県の佐賀であれば、それほどの負担ではないだろうし、うってつけの相手を見つけてくれたと僕は妹に感謝した。

「お義母さんがお元気なあいだに式を挙げよう、と二人で相談してたんですが、こんな急なことになって、本当に申し訳なく思っています」

律儀に詫びる彼に、

「こちらこそ、おふくろが生前いろいろと御世話になってお礼の言葉もありません。なにぶん仕事柄、僕の方はおそらく九州に戻ってくることはないと思うので、これからは妹のこともお寺のことも、きみにすべてお願いすることになると思います。どうかくれぐれもよろしく頼みます」

と、僕は深々と頭を下げた。

十月に予定していた式の日取りを来年の一周忌が済んでからに延ばしたい、と彼が言い出したときだけは、そんな必要はない、と強く反対した。

「きみたちが一日も早く一緒になることが、母にとっても何よりの供養なんだからね」

言うと、

「そうでしょうか」

彼は思案顔になり、

「お義父さんにも、実は同じことを言われたので、そうしようかとも彼女と話してはいたんですが」

と意外なことを口にした。

「お義父さんって、じゃあ、きみはあの人にも会ったわけ」

妹の父親は、新しい妻子と共に現在は広島に住んでいた。かあちゃんが死んだことは妹が連絡したが、通夜、葬式には姿を見せなかったはずだ。並んで座っていた妹が、やや口籠もるようにして言った。

「お父さん、お葬式が済んですぐにお線香上げに来てくれたんよ。そのときに彼とも会ってくれて。先週、二人で広島にも行ってきたんよ。向こうの家族の人たちもみんな歓迎してくれてね、ほんと嬉しかった」

隣で婚約者の彼も頷いていた。初めて知る話だった。

「そうか……」

僕にはもう何も言うべきことがなかった。目の前の二人は、着々と新しい家庭を作るべく堅実な努力を重ねているというわけだ。母の死を境に、妹はこれまで縁の切れていた実父ともよりを戻し、腹違いの弟妹たちともそれなりの付き合いを始めるつもりでいるのだろう。

——それじゃ、かあちゃんがあんまり可哀そうじゃないか。

と思った。

僕ならば、母親を捨てた男のことを簡単に受け入れたりはしないし、その男が別の女性に産ませた子供たちを自分の弟や妹などとは、そうやすやすとは思えない、という気がした。

九月に入っても東京は、うだるような暑さが続いていた。ようやく神楽坂での生活にも慣れ、仕事は相変わらずの忙しさだった。それでも変わったことが幾つかあった。まず、あまり外で酒を飲まなくなった。失ってみて、朋美の店がいかに貴重な存在であったか思い知らされた気分だった。大体午後九時頃には会社を出て、そのまま部屋に帰った。深夜まで開いている近所のスーパーで食材を買ってきて、自分で夕食を作った。といっても野菜炒めやオムレツ、焼きそば、唐揚げ程度のものだったが、それらを肴にテレビを観ながら缶ビールを飲み、ほろ酔い加減で一風呂浴びて、午前一時頃にはいつもベッドに入った。

眠りにつくまでの短い時間、何かを考えようとして何も考えられなかった。

かあちゃんのこと、朋美や拓也のこと、大西昭子のこと、雷太やほのかのこと、そして枝里子のこと、どれも頭に浮かぶのは過去の思い出でしかなく、そこにつけ加えるべき新しい要素が一切なかった。そのため、思考は広がらず、想像の楽しみは皆無だった。

かつては、過去をたどることで慰めを得ているような気でいたが、それが錯覚だったことに気づいた。過去は、現在を味わうための触媒のようなもので、現在のない人間にとっては、思い出はまったく無価値なのだ。

いまの僕にはたしかに場所はあった。が、人がいなかった。そして、人がいないということは時間が存在しないということだと僕は知った。

人こそが時間なのだ。時間のない空間は、人間にとっては無意味に等しいのかもしれない。真知子さんが言っていたように、場所も人も時間も、すべてはたった一つのものの別々の姿にすぎないのだろう。

枝里子は何をしているのだろう。

雷太とほのかはうまくいっているのだろうか。ほのかの就職はどうなったのだろう。枝里子はいまもきっと相談に乗ってやっているに違いない。僕とのことを二人にどんな風に説明しているのだろうか。おそらく彼女は、僕を責めるような言葉は一言も口にしていないだろう……。

九月十七日火曜日——。

ようやく涼しい秋の風が街に吹きはじめたその日、僕は自分のデスクで、明日の午前中までに校了しなくてはならない念校ゲラの処理に没頭していた。著者がひどく神経質な人で、念校にもかかわらず大幅な加筆・訂正の朱筆を入れてきたために、行数調整や小見出しの変更など、作業は煩雑で注意を要するものだった。

昼食を終えて、席に戻り、再びゲラに集中してどれくらいたった時だろうか。僕の所属する書籍出版部のある七階のフロア全体が、不意にざわめくような雰囲気に包まれた。それは形容のしようのない、ひどく陰惨で不気味な気配を帯びていて、僕はペンを置いて、背後を振り返った。

出版部のセクションには数人が散らばるように席にいるだけだったが、彼らも立ち上がってざわめきの起きているあたりに目をやっている。僕たちのいる場所は東側の窓に面していたが、騒ぎは真向かいの西側の窓のあたりから発生していた。そこには僕がかつていた総合月刊誌の編集部があった。

数人の一人が、様子をうかがいに行って戻ってきた。誰かが「どうしたんだ」と訊いた。彼は急いで作業台に置かれたテレビのスイッチを入れながら、青ざめた顔で、

「宇田川が刺されたらしい」

と口走るように言った。

全員が一斉にテレビの前に走り寄っていった。「ほんとか」、「ウソだろ」と口々に叫んでいる。僕も、一呼吸おいて、アナウンサーの緊迫した声を伝え始めているテレビの前に歩いていく。歩きながら、雷太の姿が鮮明に脳裡に映し出されていた。それは一ヵ月半ほど前に、ニューオータニの会場で偶然出くわした背広姿の、いやに快活な、日焼けした彼の姿だった。

## 25

宇田川敬一郎首相（六三）が国会内でテレビ局アルバイトの左翼青年、木村雷太（二〇）に刺されたのは九月十七日の午後二時十五分のことだった。

敬老の日をはさんでの三日間、中国、韓国を歴訪して帰国したばかりの首相は、連休明けから始まった、不況対策のための第二次補正予算案を審議する衆議院予算委員会の集中審議に出席。精力的答弁を終え、議場から出てきたところを待ち構えていた各局テレビクルーに囲まれた。ちょうどその日は、元第一秘書の巨額脱税問題で批判を浴びていた与党幹部が議員辞職を表明したばかりで、各メディアは宇田川首相の感想を直接得るために院内に詰めかけていたのだった。

通例に従い、代表取材者のマイクの前で立ち止まった宇田川がコメントを口にしかけた刹那、取り囲んだカメラクルーの群れの中から、不意に一人の痩せた男が飛び出してきて、正面から彼に体当たりした。むろん、首相の背後には数人の屈強な警視庁派遣のSPが佇立《ちょりつ》していたが、この場面で彼らが職務を遂行することはまったく不可能だった。すべては一瞬のできごとだった。

宇田川首相は、突然懐に飛び込んできた青年をまるで抱きすくめるようにしたあと、引き締めていた口許を半開きにさせ、小さな呻《うめ》きを一つ洩らして、青年とともにその場に崩れ落ちた。直後、SPたちや前面に陣取っていた報道陣が、二人に覆いかぶさるように殺到した。

現役総理大臣襲撃の決定的場面はそうやって何台ものテレビカメラの前で起こった。刺された首相は、すぐに院内から運び出され、虎の門病院に急送された。

犯人の木村雷太は、ＳＰ数人に人込みから引きずり出され、猿ぐつわと手錠をかけられて桜田門の警視庁に連行された。騒然とした雰囲気の中、黒山の人だかりとなっていた院内の広い廊下を警察官に両脇を抱えられて連れ出されていく雷太の様子も、克明にテレビカメラで撮影され、繰り返しニュースの中で放映された。

新聞各社は号外を撒き、放送各局はあらゆる予定を変更して、この事件のニュースを報じつづけた。

事件直後には姓名、年齢などが判明していた雷太が、日本共産党幹部の息子であると知れたのは、その日の深夜になってからのことだ。共産党はただちに緊急記者会見を開き、党と今回のテロルとのあいだには一切の関連がないことを表明したが、当の父親である木村信一稲城市議が会見場に最後まで姿を現さず、声明一本すら出さなかったため、メディアの反応はひどく冷淡だった。

「取り調べには素直に応じている模様」と伝えられていた雷太の供述内容の概略が報じられたのは、翌十八日の朝刊各紙においてだった。

犯行計画、犯行動機、背後関係などの詳細は、十八日午前九時からの警視庁での発表で明らかにされることになっていたようだが、各紙は、さまざまな捜査関係者への取材によって、発表内容のほぼ全容を先取りすることに成功していた。
世間を震撼《しんかん》させるに余りあったのは、何と言っても、雷太の「犯行動機」だった。毎日新聞朝刊は、その詳細を、あたかも供述そのままの形で記していた。

——別に世の中を変えようとか、この人（宇田川首相）が日本を駄目にしてるとか、そんなこと考えてみたこともないっす。だいたい、俺、政治なんて何の興味もないし、新聞だってニュースだってろくに見たことないっすから。ただ、まあ、なんつうか、首相とかエラソーじゃないすか。でも、実際は、俺らと一緒で、こいつが死んだって、世の中、何にも変わりやしないっていうか。まあ、そういうのを、みんなに一度教えてやりたかったってことですかね。それだって、いま思いついたみたいなもんですけど。この国は、総理大臣一人死んだって、別に良くもならなきゃ、悪くもならないってことですよ。でしょ。とにかく早く死刑にでも何でもしてくださいよ。自分で死んだりするの、俺、チョー不得意だと思ってますから。

同じく十八日には、雷太をアルバイトとして雇っていたテレビ局の社長が今回の事件の責任をとって辞任した。僕は、このニュースを知って、雷太にうまく利用されてしまった寺内はいまごろどんな顔をしているだろうかと思った。
僕のところには、その段階では警察からの接触はまだなかった。当たり前のことで、雷太が僕や枝里子やほのかのことを取り調べでおくびにも出すはずがなかった。

とはいえ、いずれ寺内の口から僕と雷太との付き合いも警察に知れるはずだった。そのときは、淡々と事情聴取に応じればいいだけの話だった。

それより僕が最も危惧したのは、ほのかのことだ。彼女と雷太との関係がつづいているのなら、ほのかの存在に警察が着目するのは当然のなりゆきだった。江古田のあのアパートに出入りしていれば、周辺の住民に面が割れているだろうし、マスコミも近々嗅ぎつけるに決まっていた。このまま放っておけば、首相襲撃犯人の恋人として、彼女は報道の渦の中でもみくちゃにされるのは必至だった。

雷太がこれだけのことをしてしまったいま、ほのかがそんな事態に耐えられるはずがなかった。

十七日午後、事件の最初の映像を目にするとすぐに、僕は枝里子に電話した。

枝里子は撮影の仕事でスタジオにいたようで、僕が挨拶抜きで雷太の一件を告げると、しばらく携帯の電話口で絶句していた。

雷太がほのかと七月後半に別れていたことを、その電話で枝里子から知らされた。ニューオータニで会ったときに、就職でおおわらわだと笑ったのは、どうやらほのかと別れる前の話だったようだ。雷太は、江古田のアパートを勝手に引き払い、唐突にほのかの前から姿を消してしまったのだという。これは、八月、九月と都内のカプセルホテルを渡り歩いていたという雷太の供述で翌日には裏付けられた。

「とにかく、ほのかにすぐに連絡して、今日はきみのところに泊まるように言ってほしいんだ」

僕が言うと、

「分かったわ。いまから電話して、私が迎えに行くことにする。もうニュースは知ってるかもしれないけど、とても放ってはおけないから」

「頼むよ。僕も仕事を切り上げて、きみのところへ行くよ。ほのかとも話さないといけないしね」

その夕には、僕は枝里子の部屋に駆けつけ、泣きじゃくるほのかと、その傍らに呆然と寄り添う枝里子と久し振りに対面したのだった。

宇田川首相襲撃事件は、それから一ヵ月以上にわたってこの国を揺るがした。物情騒然という言葉の本来の意味を、日本人は久々に身をもって嚙みしめた。事件から五日目には衆参両院本会議で、宇田川内閣の大蔵大臣だった小野寺利幸が首相に指名された。宇田川首相は一命はとりとめているものの、刃渡り十五センチのスイス製アーミーナイフで下腹部を一突きされており、腎肝に達した傷は決して浅くなかった。近々での総理職復帰は絶望的だったのだ。

戦後始まって以来の政情不安に、諸外国の日本への信任は著しく低下した。株式市場は、強烈な日本売りによって大暴落をきたし、円は底知らずの下落を重ねた。日本国債の格付けはさらに一ランク降格され、金融市場はパニックに陥った。

木村雷太の名前は、浅沼稲次郎を刺殺し、獄中自殺した山口二矢にもまさる衝撃をもって人々の脳裡に刻み込まれた。一連の捜査により、雷太には背後関係は見当たらず、思想的な背景もほとんどなかったことが判然としてきたからだ。行政も司法も、そしてメディアも、彼のこのテロルをどう受け止めていいのか分からずに困惑していた。それは日本人全体にも通ずる、ある種の、空虚で寒々とした困惑だった。

結局、僕への事情聴取はなかったし、ほのかへの警察からの呼び出しもなかった。寺内もおそらく僕の名前は口にしなかったのだろう。考えてみれば、そのくらいの義理堅さはあの男にはあった。そして、何より雷太が、僕たちのことを一切喋っていないようだった。彼はアパートを引き払うときに、所持品をすべて処分していた。交友関係も、僕たちの他には絶無だったようで、ということは当の本人が語らないかぎり警察が僕たちにまで到達することは不可能だったわけだ。

雷太は実に見事に、「この薄汚い世界と自分とをかろうじて繋いできた紐切れみたいなもの」を「ぶっちぎった」とも言えるだろう。そして彼にすれば、ほのかや枝里子、僕との関係など、そんな紐切れの一部ですらなかったのかもしれない。

一ヵ月半が過ぎ、十一月になると、ほのかは徐々に落ち着きを取り戻していった。事件以来、彼女はずっと枝里子と一緒に暮らしていた。僕も、頻繁に枝里子の部屋を訪れ、三人で食事を作ったりテレビを観たり、たまに酒を飲んだりした。雷太のことも事件のことも、ほとんど話題にのぼることはなかった。

十一月に入ってすぐ、ほのかは「大学にもう一年残ることにしました」と僕たちに告げた。

「別に心理学をずっとやっていこうって思ってるわけじゃないけれど、私は、まだ社会なんかに出たくないし、出る必要も感じないんです。しばらくは誰とも親しくなんてなりたくないし、新しいことに没頭もしたくない。学費や生活費のことはバイトして頑張りますから、どうかここに置いてください」

そうやって頭を下げるほのかに、枝里子は、

「そうね。一年くらいはのんびりして、なーんにもしなければいいのよ」

と暢気《のんき》な声で頷いていた。

枝里子と僕はまるで友達のように仲良くなった。

最初から二人のあいだには何事もなかったかのようで、実際、なにほどのことがあったわけでもないのかもしれない。が、僕は、そうした僕自身が、それ以上に枝里子こそが、じっと互いの間合いをみはからいながら、僕たち二人の関係に最終的な決着をつけようとしていることを知っていた。

枝里子をそこまで拘泥させるものは、ただのプライドにすぎないのかもしれない。彼女には、僕のような人間にあしらわれ、自身の存在を黙殺されることがどうにも我慢できないのかもしれない。だが、実のところ、僕は、枝里子のことを無視もしなければ軽視もしていなかった。あの諏訪の家を飛び出した夜を区切りに、尚更に気づかされたこ

とだったが、僕は、心の奥底から枝里子のことを求めていたのだ。しかし、それが決して叶わぬ望みであることも同時に分かっていた。

僕には、誰かと共に生きる資格がなかった。その能力も決定的に欠落していた。

僕たちにとっての最終場面は、十一月の十日にやってきた。

その日は、日中からとてもあたたかい日で、春を思わせるような陽気だった。

日曜日で僕の三十回目の誕生日だった。

いつものように夕方、枝里子の部屋を訪ねると、ほのかは同級生たちと蓼科《たてしな》に泊まりがけで出かけていて不在だった。昨夜急に決まった話らしかったが、ほのかが友人と旅行に行くだけの気力を回復させたことを枝里子はとても喜んでいた。僕は玄関先で、二人きりになる部屋に上がることをしばし躊躇《ためら》ったが、彼女は、どこか押し切るような調子で、

「さあ、どうぞ」

と言うと、僕の買ってきたワインを受け取ってさっさと奥に戻っていった。

一緒に夕食を作り、ワインで乾杯した。

ほのかがいなかったので、僕は雷太の近況についてすこし話した。すでに初公判の日取りは十一月末で決定していたが、検察側、弁護側双方が公判に先立って裁判所に請求していた精神鑑定の結果がちょうど出揃ったところだった。鑑定結果はむろん「責任能力あり」で一致していたが、弁護人からの情報によると、雷太の精神状態はひどく混乱

しているという。長期間の過酷な取り調べの上に、父親の木村信一市議が、息子の不始末の責任を取って首を吊ったことが、彼に痛烈な打撃を与えたようだった。

「ほとんど錯乱の態らしいよ。ほのかの耳には絶対に入れたくない話だが、いずれは報道されるだろう」

僕が言うと、

「だからって私たちが隠せるものでもないし、彼女自身が乗り越えていくしかないわ。だけど、いまになってみれば、雷太君が決行の前にほのちゃんを捨ててくれたことに私は感謝してる。もちろん彼女は、彼の芯の芯の気持ちは分かってるだろうけど、それでも、事実として何も告げられずに去っていかれたことは、ほのちゃんにとっては彼を思い切る大きなきっかけになるから」

「雷太は、ほのかのことをどこまで真剣に考えていたんだろうか。案外、彼の芯の気持ちを見切ったら、余計にほのかが傷つくってことじゃないかな」

「さあ、それはどうかしらね」

枝里子は首をかしげてみせた。

「ほのちゃん、最近まで、彼が刑期を終えて出てくるのをずっと待ちつづけるって言ってたのよ」

「ほんとに」

「そうよ。彼女にとっては雷太君とめぐり会ったことは奇跡だったのよ。彼女自身がいつもそう言ってたから」

「奇跡？」

「そうよ。こんな広い世界でこんなにたくさんの人がいて、その中で、たった一人の自分とたった一人の彼がめぐり会ったのは奇跡なんだって。大切なのは彼がどういう人かとか何をやったかとかではなくて、そうやって出会ったという事実の方なんだって。近頃になってようやく、そうした感情も薄れてきたみたいだけど」

「にわかには信じがたいな」

言って、さらに付け加えた。

「それじゃ、雷太と獄中結婚でもするつもりだったのかな」

僕はすこし笑ってみせた。

「かもしれないわね」

しかし、枝里子は一緒には笑わなかった。そして、

「それはそれで、彼女にとっては一つの人生の選択なのかもしれないし、そうならないとまだ決まったわけでもないと私は思ってるの」

と言ったのだ。

「まさか」

「そうかしら。私は、もしほのちゃんがそういう選択をするのなら、それはそれで構わないと思う。そのときは彼女を一生懸命応援してあげようと思っているわ。宇田川首相

のことはお気の毒だと思うし、雷太君のやったことに弁解の余地なんてないけど、それでも雷太君は罪を償《つぐな》えばいつかはここに戻ってくるわけでしょう。誰も待っている人がいなかったら、彼は、きっと死んでしまうわ」

僕はこの枝里子の言葉で、初めて、雷太がいずれは刑期を終えてこの世界に戻ってくるということを具体的に想像した。十五年後なり二十年後なり、たしかにその日はやってくるのだ。そのとき、雷太はまだ四十歳足らずにすぎない。

――自分で死んだりするの、俺、チョー不得意だと思ってますから。

雷太は取り調べの中でそううそぶいていたが、彼が「チョー不得意」だったのは、死ぬことではなく生きることだった。出所してきた四十歳の彼は、きっとそのことを思い知るだろう。現在の僕が身に沁みて味わっている以上に。

「だけど、なんで雷太君、あんなことしたのかなあ。あんなことしたって、どこにも行くとこなんかないのに」

枝里子は、ふと呟くように言う。

「別に、あいつはどっかに行きたくて、やったわけじゃないさ」

「そうかなあ。私は、彼はきっとどっかに行きたかったんだと思うよ。ここととは違う別のどこかにね。あなたがそうであるみたいに」

途中から、枝里子が雷太にかこつけて僕のことを言っているのは分かっていた。だが、この台詞を聞いて、彼女が、今夜いよいよ決着をつけるつもりでいるのだ、と僕は確信したのだった。

僕はできるだけ抑えた口調で枝里子に訊ねた。

「この僕が、どこに行きたいっていうの?」

枝里子は僕の瞳を真っ直ぐに見据えて、言った。

「あなたは、あなたの居るべき場所へ行きたいのよ」

「居るべき場所ってどこだよ」

「さあ、私には分からないな。だけど、そこは、いまのあなたには絶対に見つけることのできない場所だと思う」

「きみにしてはいやに曖昧だね」

僕はもう一度笑ってみせた。枝里子は表情を変えなかった。

「ちっとも曖昧じゃないわ。曖昧なのは私ではなくてあなたの方じゃないの」

「それは、僕たちのことを言っているの」

僕は、もう何も言いたくないと思った。こうやって最後の時に、枝里子と言い争いなどしたくはない。

「違うわ。私はあなたのことを言っているのよ」

しかし、枝里子は、リハーサルをたっぷり積んだ女優のように白々と冷静だった。その堂に入った態度が僕の神経を刺激した。

「僕の一体どこが曖昧なんだ。そうやって思わせぶりな物言いをするきみの方こそ、よほど曖昧だと思うけどね」

そこでようやく枝里子は笑みを浮かべた。人の心を薄く切るような尖りきった微笑だった。

「あなたは言ったわ。行く場所がないほど悲しいことはないって。場所があってはじめて人があるんだって。こうも言った。自分は家族なんて信じないって。私は思ったわ。この人はなんていい加減なことを言うのだろうって。私の実家から逃げ出したときも思った。この人はなんてひどいことを平気でするんだろうって。だけど、あなただってほんとうは自分の居場所を探しつづけてきたんじゃないの」

僕は思わずため息をついてみせた。しかし枝里子は、いままでのような怯《ひる》んだ様子は見せずに、しっかりとした口調でさらに言ったのだ。

「私だって、家族なんて信じていないわ」

僕は枝里子の顔をまじまじと見つめた。

ふと、これ以上この人を追い詰めてはいけないという気がした。

だが、枝里子の毅然とした表情にはひとかけらの気後れも陰りも感じられなかった。なぜだろう、と少し僕の頭の中は錯綜した。

「私は私の居る場所をずっと求めてきた。それは誰だって同じ。別にあなただけが苦しんできたわけじゃない。だけど、いくら求めたって、探したって、自分の居場所なんて見つかるはずがないのよ。どんなにいろんな人と付き合ってみたって、自分の場所なんて誰も与えてくれやしない。あなたは言ったわ。もうどこにも行きたくない、ここにいるだけでも十分にうんざりしてるって。だったら、私は訊きたいわ。あなたのいるここって一体どこなの。ここって一体何なの。たしかに私は、あなたと私が一緒にいる場所が欲しかった。だけど、それはあなたと一緒にその場所を探そうってことじゃなかった。だってそうでしょう。ほんとうに居場所が欲しかったら、求めたり探したりするのをやめて、あなたみたいに彷徨《さまよ》いつづけるのをやめて、まず足を止めて、あなたがうんざりしているここ、このここに、自分で自分の居場所を作るしかないのよ。私はあなたと家族になろうなんて一度だって思ったことない。ただ、あなたと一緒に居られる場所を二人で作っていきたいって思っただけ。なのに、あなたは、いつでもどんなことでも、自分勝手に解釈して、自分勝手に失望して、自分勝手に諦めてばかりだった。そういうあなたが、私には哀れだったわ。心配でたまらなかった。このままだと、この人はきっと不幸になってしまう。それも誰も経験できないようなひどい不幸になってしまうと感じた。だから、私は、あなたのことを見過ごせないと思ったの。曖昧なのは私じゃない、あなたの方よ。ここよりほかのどこかなんてないのに。天国も地獄も、あの世もこの世も、みんなここなのに。過去も未来も全部ここで起こり、ここでこれから起こるだけ。私もあなたもここにいて、生まれる前も、死んだあともずっとここにいるの。神様も悪魔もきっとここにいて、来る前の場所も帰っていくべき場所も、どこにもないの。みんなここにしかない。私はあなたにいつも言いたかった。あなたは目を凝らして、一体どこを見ようとしているのって。あなたには、いまあなたが立っている場所から、そのあなたの足元からずっとずっとつながっている世界しか見ることができないのに、それでもあなたは一体何を見ようとしているのって。あなたがちゃんと自分の足元を見つめ、それから顔を上げて、ようく目を見開けば、この世界は無限に広がって、この世界こそが、あなたの見ることのできる、そして見るべき唯一の場所だって分かるはずなのにって。それをあなたは私の気持ちなんて想像しようともせずに、ただ、私の前で、自分を消そう消そうとするばかりだった。別に私はあなたのことを嫌ってもいなければ、怪しんでもいなかったし、まして憎んでなんかいなかったのに。私は、あなたのことを心から愛していたのに。あなたのためなら、どんなことでもしようって固く心に決めていたのに。あなたはただ、私のことを恐がるだけ。私がまるであなたに何かひどいことでもしようとしているみたいに、私のことを否定して、私から逃げ出しただけ。私は、あなたのようにひどい人に一度だって会ったことがないと思ったわ」

枝里子は話の途中から泣いていた。この二年近くの付き合いの中で、彼女がこうやって僕のために僕の目の前で涙を流したのは初めてだった。

その壊れそうな姿を見つめながら、

——僕だって、彼女の居る場所にとどまっていられれば、どれだけ幸福かしれやしない。

と思った。

取るに足らない、ちっとも生まれてこなくてよかったこんな僕でも、僕のためにこうして泣いてくれる人のためだけに生きていけるのならば、どんなに安らげることだろう。かつて妹のためならば、と思ったように、あの夏の川原で拓也のためならば、と思ったように、この枝里子のために自分のすべてを捨てることができるのなら、何と素晴らしいことだろう。

しかし、何がどうあっても、それだけは不可能なのだった。——

彼らは一様に説いている。

ただ一つ、人が幸福になる道は、自分自身よりも他の存在を愛することだと。だが、そのさらに奥深く、彼らはこうも説いているのだ。自分自身よりも他の存在を愛するときは、決して異性を愛するように愛してはならないのだと。

男は女を女として愛するのではなく、女は男を男として愛するのではなく、あたかも自分自身を愛するように愛さねばならないのだ、と。

なぜなら、男女の愛は不幸な果実を必然的にもたらすからだ。

僕だけでなく、この世界で生きるすべての人々が、その不幸な果実の一個一個にすぎないからだ。

僕は幸いだった。かあちゃんに捨てられたあの七月八日の日、自分だけはもう二度とこんな過《あやま》ちは繰り返すまい、と固く誓うことができた。そして、神様はこの僕にもこっそりと教えて下さった。

——お前は、いついかなるときでも、親が子を愛するように人を愛しなさい。と。

枝里子の言っていることは、何一つ間違ってはいなかった。ただ、せめて言わせてもらうならば、僕が彼女を恐れたのは、彼女が僕に何かひどいことをしようとしているからではなかった。僕はただ、僕こそがきっと彼女にひどいことをしてしまうのを恐れていたのだ。

そして、僕は多分もう十分に彼女を傷つけてしまったのだ。

向かい合って座っていたダイニングテーブルの上の料理はあらかた片づいていた。僕は、残っていたワインをひとくちすすると、椅子を引いて立ち上がった。枝里子は涙が乾きはじめた瞳で僕を見上げた。

「あなたには何も言うことはないの」

彼女は静かな声でそう言った。僕はその瞳から目を逸らし、壁にかかった大きなポートレートをしばらく無言で眺めていた。

いまふたたび、僕はなにものかによって悲しまされようとしている、と感じた。

僕は枝里子にではなく、その枝里子の写真に背を向けるようにしてテーブルの前を離れた。

「さようならも言えないのね」

背中にもう一度、穏やかな声が聞こえた。

扉に手をかけたところで立ち止まり、歯をくいしばり、そして僕は振り返った。

枝里子は新しい涙で瞳を濡らしていた。目が合うと同時にゆっくりと立ち上がり、こちらへと歩み寄ってくる。

激しい不安が、全身を震わせていくのを感じた。漆黒の闇にいまにも引きずり込まれそうな圧倒的恐怖が脳髄を埋めつくしていった。

しかし、僕にはもう身じろぎひとつできなかった。こうやって、とうとう自分は壊れていくのだ、と感じた。それでも、枝里子が迎えに来てくれるのを、ただじっと待っているしかなかった。

## 26

十二月二日月曜日午前九時三十分、前首相・宇田川敬一郎は二ヵ月半に及ぶ入院の末、この世を去った。一時は病室での笑顔の写真をメディアに公開したほどの宇田川だったが、結局、負った深手が癒えることはなく、最期は奇禍《きか》直後の大量輸血がもたらした肝不全によって一夜にして容態が急変、あっけなく人生の幕切れを迎えたのだった。

宇田川の死を教えてくれたのは、ほのかだった。突然、会社に連絡が入り、電話口で彼女は真っ先にこう言った。

「先生。雷太さん、とうとう人殺しになっちゃいました」

抑揚の薄い、感情を封じた声だった。

「いま何してるんだ」

訊ねると、バイト先に向かっている途中だと言う。十時を回った時刻で、有楽町駅前で配られていた号外でニュースを知ったとのことだった。ほのかは冷静な口調でその記事を読み上げてくれた。

「バイトどうするの」

宇田川の死は予想外のことだったので、僕も少なからず動揺していた。

「行きます。いまは何も考えられないし、考えたくないから」

電話の向こうから雑踏の気配が伝わってくる。

「何時に終わるの」

「今日は授業だから、二時にはあがる予定です」

「それからは」

「そのまま学校に行きます」

言ったあと、

「五限からですから、すこし時間空いてるんですけど」

とつけ加えた。

「五限って何時から？」

「四時二十分からです」

「じゃあ三時頃に大学に行くよ。一緒にお茶でも飲もう」

「いいんですか」

「ああ、構わないよ」

「分かりました。だったら私、正門のところで待ってますから」

ほのかは、最後まで取り乱したそぶりもなく電話を切った。その奇妙な平静さが一層の不安を僕の胸に呼び起こしてくる。

先週、雷太の初公判が開かれたばかりだった。

僕は八方手を尽くして傍聴券を二枚確保した。

出廷してきた雷太は、被告席から証言台に向かうわずかの距離のあいだに、傍聴席の中程に座っていたほのかと僕の姿をたしかに認めたと思う。表情ひとつ、目の色ひとつ変えはしなかったが、僕たちも彼の意志的な視線と一瞬目を合わせたことで、それを察知した。これまでの報道とは相違して、雷太はやつれた風もなければ、まして精神不安の様子でもなかった。罪状認否での受け答えも、声は小さかったが、しっかりとしたものだった。彼は明確に前首相に対する殺意を否認した。

閉廷後、報道陣でごった返す東京地裁前を念のため別々に抜け出し、僕たちは、赤坂のホテルで待ち合わせて一緒に昼食をとった。

そのとき、ほのかは、

「このまま宇田川首相が回復してくれれば、殺意も否認してくれてたし、きっとそんなに重い判決は出ないですよね。彼、まだ二十歳を過ぎたばかりなんだし」

としきりに繰り返していたのだ。

「雷太さん、ちっともおかしくなんてなってなかった」

ほのかの明るい顔は久々だったが、その面持ちを見つめながら、雷太とほのかとのあいだに結ばれている強い絆《きずな》を僕は実感した。彼女に視線を向けたときの眉一つ動かさぬ雷太の表情からも、それは十二分に窺われたことであったが。

だからこそ、唐突ともいえる今回の宇田川の死去がほのかに与えたショックは激しいものに違いない。

時と共に立ち直ってきている、と枝里子は直線的にほのかのことを見ていたが、僕はそうではなかった。雷太とのつながりの深浅とは無関係に、ほのかのような資質の持ち主はそうそう簡単にあのような痛手から回復したりはしない。雷太風に表現すれば、この世界と自分とを結ぶ紐切れの太さが、枝里子とほのかとでは最初から異なっている。人は所詮、自らを目安にしてしか相手を捉《とら》えることができないから、枝里子にはそのことが分かり難いのだろう。

三時ちょうどに慶應の正門前でタクシーを降りると、ゲートの傍らにほのかが立っていた。僕より先に駆け寄ってくる。この一年、まともに話をしたこともなかったが、それでもこうして二人きりで会うと、他人とはいえぬ親密さをその姿に感じることができた。初めて知り合ったとき、まだこの人は十五歳の少女だったのだ、と僕は思う。

「よかった」

ほのかは僕を見て小さく微笑んだ。

「何が」

「もしかしたら枝里子さんも一緒に来るのかと思ってたから」

「彼女にも電話したのか」

ほのかは首を横に振った。

「だったら、まだニュースを知らないかもしれないな。今日は一日スタジオだと言ってたし」

行きましょう、と言ってほのかは僕の手をとった。

正門をくぐり、ほのかの案内で僕たちはしばらくキャンパスを散策した。年の瀬も迫り、まだ授業時間中ということもあって構内は閑散としていた。銀杏の巨木がそここに植わり、黄色く染まった葉を繁らせている。道もまるで黄色の絨毯《じゅうたん》でも敷きつめたかのように大量の落ち葉で埋まっていた。

「慶應の銀杏って結構すごいですよね。毎年こうして黄葉が積もって、掃除の人がたいへんそうなんです。銀杏の葉っぱって肥料にならないらしくて、ただ捨てるしかないんですって」

ほのかが言う。僕は足元の葉々を踏みしめながら、そういえば真知子さんは、この銀杏の葉を煎じてお茶がわりによく飲んでいたな、と思い出していた。

十五分ほど狭いキャンパスを歩いたあと、僕たちは北校舎の半地下にある「Ｆｉｅｓｔａ」という名前のカフェテリアに入った。僕はコーヒー、ほのかはペットボトルのウーロン茶を買って、奥のテーブル席の一画に腰を落ちつけた。広い食堂の中は、学生たちがまばらに座るだけでとても静かだった。左側の窓からは凹型の校舎の張り出した部分が見えるきりだが、すでに傾きはじめた冬の日差しが、僕たちのいる古ぼけた木製のテーブルにまでかろうじて届いていた。背後で男子学生がそばをすすっている音が聞こえた。前方では、黒いエプロンに三角巾姿の中年女性がずらりと並んだテーブルを熱心に拭いている。右の白い壁には、生協の自動車教習の勧誘ポスターやＣＤ・ＤＶＤの安売りセールのポスターが貼ってあった。

ぬるいコーヒーにひとくちつけてから、

「いつもここで食事してるの」

と訊いてみた。ほのかはペットボトルのお茶をプラスチックの湯呑みに注いで飲んでいた。

「はい。お昼は大抵ここで済ませてます。安いですから」

「定食とか？」

「そうですね。でも定食はちょっと高いし、お肉や魚が多いから」

「幾らくらいなの」

「四百円超えちゃうんです。私はほうれん草のおひたしとかコロッケとかゴボウサラダとか、そういう小鉢にして、できるだけ四百円以内でおさめるようにしてます。といっても、女の子たちは大体そんなものですけど」

「たしかにバイト暮らしだと、昼飯は四百円が限界かもね」

僕は笑った。

「そうですよ。先生みたいなお金持ちとは違うんですから」

ほのかも笑みを浮かべる。

「僕なんか、学生の頃はもっとひどいもんだったけどね」

「そうですか」

「そうだよ」

「じゃあ、私ももっともっと倹約するようにします」

「いいよ、別に見習うことはないさ」

そこでほのかは、ちょっと沈黙した。そして、

「雷太さんだってきっとちゃんとしたものなんて食べてないと思うし」

と言った。

「まだ拘置所のはずだから、差し入れがあれば、案外うまいものだって食えるはずだよ」

「でも、彼にそういうことしてくれる人いないと思います。お父様も亡くなりましたか

ら」

「だったら、今度二人で差し入れにでも行ってやるか」

僕が言うと、ほのかは、

「もうすこししたらでいいですか」

と真剣な眼差《まなざ》しになった。

「もうすこしってどのくらい」

「あと一年くらい」

はっきりとした口調だった。

一年か、と僕は声に出して呟き、ほのかの目を真っ直ぐに見た。

「知っていたんだろ」

と言う。

無言でほのかも僕を見る。

「雷太が何をしようとしていたのかを。先週一緒に地裁に行って、ようやく気づいたよ。それまでは迂闊な話だが、よく分からなかった」

ほのかは、テーブルの上においていた手を膝元に下ろし、姿勢を整え、

「ごめんなさい」

と丁寧に頭を下げた。

「私には止めることができませんでした。ものすごく後悔しています」

「相談くらいしてほしかったよ」

ごめんなさい、ともう一度ほのかが言った。

「八月十五日の日、一度、先生のアパートに行ったんです。でもいなくって」

「そうなのか」

「はい」

ちょうどその日は、北九州に帰っていた。

「死んだお袋の初盆で、いなかに行ってたんだ」

「そうだったんですか」

ほのかは湯呑みを持ち上げ、ゆっくりとお茶をすすった。

「どうして八月十五日だったの」

僕もコーヒーをすする。

「雷太さん、きっとやってしまうって思ったんです」

「なぜ、そう思ったの」

「あの日、宇田川総理が靖国神社に公式参拝したでしょう。雷太さん、今年も総理が靖国に行ったら、もうやるしかないって言ってましたから」

宇田川は昨年も終戦記念日に靖国を訪れ、韓国、中国および東南アジア諸国の厳しい批判を浴びていた。にもかかわらず彼は今年も靖国公式参拝を強行したのだった。

「雷太さん、宇田川総理が『特攻隊員たちのことを思うと夜も眠れない、国民の一人として靖国を詣でるのは当然の義務だ』って言うのを聞いて、いつも許せないって言ってました。どんな形でも戦争を美化する行為は認められないし、たとえ特攻隊員だって、他の国の人間を殺しに出かけていったことは覆いがたい事実だって。彼らを英雄扱いするのは間違いだって言っていました。侵略されて被害を受けた人たちが、たった一人でも反対する限りは靖国神社に総理大臣は行ってはいけないんだって。そういうことを平気でする奴が、あの時代にも若者たちを特攻に駆り立てていったんだって。だから、もし今年も総理が参拝したら、もう決起するしかないと言っていました」

「そういうことか……」

僕はため息をついた。だからといって総理を刺していいというのでは、公式参拝などとは比較にならぬ危険な思想としか言いようがない。テロリズムは戦争そのものだ。

「中垣社長が亡くなってから、雷太さん、ジム通いを始めて身体を鍛《きた》え上げていたんです。バイトも道路工事とかキツイ仕事ばかり選んでたし。宇田川首相を襲撃するつもりだって聞かされたのは、七月の終わりに『ずっと会えない』って言われた時でした。でも、首相が靖国に行かなければやらないかもしれないって言ってたから、私、それから毎日必死でお祈りしてました。お願いだから、靖国に行かないでくれって。参拝のニュースを見て、もう駄目だって思いました。雷太さんからは一方的に時々電話がくるだけだったし、テレビ局でバイトしてるのも全然言ってくれなかった。それで、あの日、私、頭がパニックになって先生のアパートに行ったんです。でも先生はいなかった。夜中まで部屋で待っていました」

「それなら電話するなり、手紙でも置いておいてくれればよかった」

「そんなこと無理です。雷太さんからは、絶対に誰にも言うなって言われていたんです。私、約束したんです。そのかわり私の方からも約束してもらってたから、ほんとうは先生にも打ち明けるわけにはいかなかったんです」

「きみの方からの約束って」

僕は訊いた。ほのかは俯いてしばらく口籠もっていた。顔を上げると瞳が潤み、いまにも涙がこぼれそうになっている。

「どんなことがあっても死なないでほしいって。もしあなたが自殺したら、私も必ずあとを追って死ぬからって」

僕は残っていたコーヒーを飲み干すと、泣いているほのかから目を逸らし、窓の外の翳りはじめた光に目を向ける。

「ごめんなさい。私にはそんなことしか言えなかったんです。どうしてだか、いまになってみると自分でもよく分かりません。あのとき、なんでもっと真剣に彼のことを止められなかったのか。せめて、『あなたが罪を犯したら私はその場で死んでしまうよ』って、なぜ言えなかったのか。きっと私は、雷太さんに嫌われたくなかったんだと思います。自分に全然自信がなかったんだと思います。そうやって自分のことばかり考えて、結局、雷太さんのために何もしてあげることができなかったんです」

ほのかはしばらくひっそりと泣きつづけていた。

その姿を見つめながら、僕は思った。

雷太もほのかも、死とのつながりの中に自らの幸福を求めようとしているのだろう。そして、それ自体はきっと正しいことなのだ。何よりも誰よりも、それは正しいのだ。何のために生きるかも、自分がどうなっていくのかも、実はどうでもいいことなのかもしれない。人はただ死ぬために生き、やがてこの肉体は燃えて灰となるだけなのだから。物質的な充足や地位や名誉の獲得、競争での勝利や他人からの称賛、そうしたものは単に高く高く櫓《やぐら》を組み上げていくことに過ぎない。人生の破局である死から、人はそうやって必死に逃れ、遠くへ遠くへ離れようとあがく。幸福を死との距離で測る限りは、誰であれそうした無意味な行為を積み重ねていくほかに生きていくすべがない。だが、苦難や苦しみを乗り越えることにのみ幸福を見いだしていると、人は最後には死という暗黒の沼に引きずり込まれ、自分を完全に破壊されてしまうのだ。

破滅的な死からどれだけ遠くへ行けるか、どれだけ死を忘れてしまえるかを試すような幸福は幸福でもなんでもない。そんな幸福の櫓は高くなればなるほどに、そこからいずれは転落する運命を悲惨なものに塗りかえていく。最後の一瞬、空中に放り出された僕たちは、死の海に没するまでの長い長い恐怖の時間、生まれてきたことを恨み、呪うしかなくなるのだ。

死は海面のようなものだ。

その面をぐったとたんに僕たちは海中に入る。そこは、僕たちの恐れる死も、愛し合う喜びもないまったく新しい世界だ。死を通り過ぎた先の、想像のむずかしい、しかし決して想像することの不可能ではない世界だ。

僕は考える。本当の幸福は死と親密でなければならないのだと。死と親密な、まさに海面すれすれのところにある幸福こそが、真実の幸福なのだと——。

「枝里子に言ったんだってね。彼と出会ったことは奇跡だったって」

ほのかはようやく涙を止めていた。

彼女はすこし当惑したような顔つきになった。

「この世界に奇跡なんてないと思います」

と呟く。そして、

「枝里子さんはとってもいい人ですけど、先生や雷太さんや私とは全然違う人間ですから」

とつけ加えた。

なるほどと僕は思う。たしかに、枝里子は僕たちとは異なる種類の人間だろう。

「どうするの、これから。ゼミ論はやってるの」

「はい。他にすることもないから準備はしてますけど、でも、提出するかどうか分かりません。どっちみちあと一年ここに残るつもりですから」

「そうだったね」

「先生こそ、これからどうするんですか」

不意に質問され、よく意味が摑めなかった。

「どうするって？」

「枝里子さんとのことです」

「さあね。自分でもよく分からないな」

「枝里子さんは、何でも上手にできる人だと思います。きっとどんな事でも。そういう人っているんですよね」

ほのかがようやく頰笑んだ。

「そうだね」

僕も笑う。

「先生とのことも、枝里子さんはきっとうまくやります。勝手にやらせてあげればいいと私は思います」

「勝手にやらせるって？」

「だから、枝里子さんの好きなようにやらせて、先生は黙ってじっとしてればいいってことです。それに、先生にはそうやって自分をもっと大切にする権利があると私は思います」

そんなことも分からないのか、という顔つきになっている。

「そうかな」

「そうです」

それからほのかは噛みしめるような口調で言った。

「私、今回就職活動してみて思いました。どの会社の人事の人も、必ず訊いてくるんです。『出産しても仕事はつづけられますか』って。周りのみんなは、いい加減うんざりして『私は子供は産みません』と答えてたらしいですが、私は『子供は産みます。産んだら会社は辞めるつもりです』ってはっきり言いました。そしたら、面接の人たちが『それじゃあ会社に対して無責任だと思わないですか。社会人として失格だと思いませんか』って言うんです。私は言い返しました。『何のためにこの会社を受けたんですか』なんて訊いてくる人もいました。『ちゃんとした子供を産んで、ちゃんとした人間に育てるために社会に出て勉強したいんです。子供を産むまで自分なりの経済的基盤も作っておきたいんです』って。そしたら、『きみの言っていることは正しいね』ってみんな言ってくれるんです。そして、どの会社でも最終面接くらいまでは残してくれたんです。最後はやっぱり全部駄目でしたけど。私は思ったんです。みんなこの世界にいる人たちは、きっと本当のことが分かっているのに、それができないで苦しんでるのかもしれないなって。就職活動してみてほんとに良かったと思います。私は、私なりの方法を見つけてやっていくしかないんだって分かりましたから。誰かに頼ったり、人のやっていることを真似してみてもきっと無理なんだろうなって。そのために時間がもうすこし欲しくなったんです。でも、枝里子さんは、そうやって自分なりの方法で生きていこうとしている人だと思います。私たちとは全然違うけど、私は彼女を尊敬できます。だから、先生のこともきっとうまくやっていけると思うんです」

僕は何も言わず、ほのかの言葉を吟味しようとした。が、あまり深く考えることができなかった。最近、自分は人の表情や仕種、言葉に以前ほど関心を持たなくなったような気がする。ことに枝里子に対してはそうだった。ほのかの言う「勝手にやらせろ」ではないが、枝里子とのことを、僕はかつてのように突き詰めて考えなくなっていた。といって、彼女への興味関心がさらに薄まったというわけでもない。あの十一月十日以来、いままでになかったほど僕たちは連絡を取り合い、様々な話をし、毎日のように会っているのだった。

とにかく自分のことはさておき、ほのかの様子をもう少し念入りに確かめようと思って口を開きかけたちょうどそのとき、こきざみなサイレンの音が聞こえた。僕は思わず周囲を見回してしまった。

「五限の授業が始まる合図です」

ほのかが空になったペットボトルと湯呑みを持ってさっさと立ち上がった。

「今日はありがとうございました」

ぺこりとお辞儀をしてくる。僕も立ち上がる。

北校舎を出ると、銀杏の並木道をたどって僕たちは正門まで戻った。

さすがに冷たい風が出てきていた。ほのかはコートの襟を胸元でかきあわせ、寒そうにしている。

「先生、また会社に戻るんですか」

「ああ。仕事が残ってるからね」

「やっぱりサラリーマンって大変そうですね」

のんびりした声を出しながら、目の前の大通りまでついてくる。

タクシーはすぐに止まった。ドアが開いたとき背後からほのかが言った。

「先生、もう私のことはあまり心配しないでください」

僕は車に乗り込みながら、顔を向ける。

「そして、一年たったら、三人で雷太さんに会いに行きましょうね。おいしいものたくさん持って」

「そうだな」

返事をすると、彼女はとても嬉しそうな笑顔になった。

ドアが閉まり、行き先を告げるとタクシーはすぐに発進した。

笑顔のままほのかが手を振っている。ひとつ息をついて、僕も手を振る。あっという間に遠ざかっていくその姿を見送ったあと、車のシートに背をあずけ、僕は全身の力が根こそぎ奪われていくような気がした。

一年か……心の中で再び呟いてみる。いまの自分には想像もつかない先のことに思える。最近、とみに時間の流れが重たるく緩慢になってきているのを感じていた。それは日々の充実をもたらすというよりは、かろうじて歩を進める両足にへばりついた生臭い泥のように、僕の心身を疲弊させつつあった。

ほのかにしても雷太への思いは、一年、二年と時を経るごとに保てなくなってくる。生きていく限りは彼女自身も大きく変わっていくのだ。何一つとして定まり不変でいられるものはこの世にはない。生きながら死のうと、死にながらに生きようと、所詮は人の生にさしたる差異はないのだろう。たとえ自分を捨て、他人に酔い、他人に乗って流されるように生きてみたところで、この世界に生きるあいだは、結局は僕と同じように、誰もが足元に降り積もりつづける鉛のような疲労にからめとられ、立ち往生し、ついにはあらゆる意味を喪失してしまうに違いない。

それでも枝里子は、いまこのとき、ここ、このここにこそすべてがあると最後まで信じきれるのだろうか。これほどに不毛な世界が唯一無二の世界だと、彼女は本気で信じ込んでいるのだろうか。僕にはどうしてもそうは思えない。

ここことはちがうどこかが必ずやある。

だからこそ、ここでは、たとえどんなに自分以外のものに対して懸命につとめ、自らを虚《むな》しくしたとしても、その本当の価値が認められることがないのだ。そうした行為は、この世界とは異なる新たな世界へと飛び立つときに初めて、前途を照らす灯火となり、僕たちを運ぶ翼となってくれるものだからだ。幸福も不幸もこの世界だけのもののはずはない。それは次の世界へ、さらにはその次の世界へと果てしなくつづいていく。僕たちは決して自分のためだけの喜びや哀しみ、憎しみに足元をすくわれてはならない。枝里子のように生きることに気を取られているばかりでは、やがて待ち受ける新しい世界への道筋を見つけることができなくなってしまう。目の前の小さな輝きに目を奪われてばかりいては、遥かかなたで燃え上がり、僕たちを導いてくれる光に気づくことはできないのだ。

愛することも信じることも懐かしむことも、その対象が人であれ自然であれ何であれ、それは要するにこの世界に居つづけたいと駄々をこねているだけのことだ。枝里子のそうしたほのかは、枝里子の好きにさせればいいとさきほど僕に言った。駄々に付き合えと彼女は言ったのだ。

冬の夕暮れは早く、いつのまにか外は薄暗くなっていた。

——枝里子とこのままずっと一緒にいることも、今夜からもう二度と会わなくなることも、僕にとってはやはり大差ないことなのだろう。

その優しげな顔を思い浮かべながら、僕は、車窓の向こうで明かりの灯りはじめた街の景色をぼんやりと眺めつづけていた。

# 解説

窪美澄

白石一文という作家と私との縁というものをまず書いておかねばならないと思う。

私が小説家としてデビューするきっかけとなったのは、新潮社の『女による女のためのR－18文学賞』なのだが、「大賞をとりました」という電話をいただく直前、私は下北沢の三省堂書店の小説売り場で白石氏の『この胸に深々と突き刺さる矢を抜け』の単行本を手にしていた。白石さんの新刊が出たんだ。しかも上下巻の単行本。早く文庫にならないだろうか（その頃はフリーのライターをしており、しかも夫と別居するかしないかという問題でもめている時期で、経済的にも時間的にももちろん精神的にも余裕がなかった）。そんなことをぼんやり思っていたとき、携帯電話が鳴り、私は慌てて本を置き、新潮社の担当者からの電話をとったのだった。

この人の描く物語、この物語を描くこの人とは、何か縁を感じる、というのは、読者の一方的な思い込みから始まるものだと思うけれど、そもそも私に小説を書きたい、書かなければ、と思わせてくれたのが、本書『僕のなかの壊れていない部分』だった。

本は好きだったけれど、系統立てて読書をしてきたわけでも、圧倒的な読書量があったわけでもない。ライターをしていて、自分の文章はお金になる、と思ってはいたが、それも「こういう記事を書いてほしい」というテーマに正確に文章を投げ返すことができるだけで、一生続けていける仕事ではないだろうと思っていた。

私はもしかしたら小説を書きたいのではないか。

そう思いながらも、何度も首を振った。そんな力があるわけがない。それでも書かねば、と思ったのは、ライターとしての仕事だけでは、子どもの大学進学も叶わない、と思ったからだ。ライターと小説、ふたつの仕事を続けていけば、最低でも四年間の学費はまかなえるのではないか。

「どうして小説を書こうと思ったのですか？」という問いに「お金が欲しかったからです」と答えて、取材者に苦笑いをされることにはもう慣れてしまったが、正確に言えば、お金だけが理由ではない。

自分のなかに大きな岩のようなものがごろんとある。表面はもうすっかり冷めてはいるが、その内部にはどろりとした高熱のマグマのようなものが詰まっている。これを吐き出さないと、形にして残さないと、私は死ぬときに大きな後悔をするのではないか。

そう思った。

それでもそれまで小説を書いたことのない者が最初の一文をひねり出すには、ひどい苦痛を伴う。恋愛のことを書こうとすれば、過去の恋愛のいざこざが蘇るし、家族のことを書こうとすれば自分の生育歴を振り返らざるをえない。

特に自分の生育歴を思い出すことには、書く以前に大きな苦痛を伴った。それはなかったことにして、結婚をし、子どもを産み、まったく新しい家庭を築いているつもりだった（結局はそれも崩壊してしまうのだが）が、過去と今が繋がっていないわけがない。もう何度もいろんなところで書いたり話したりしていることなのだが、私の母は私が十二歳のときに、三人の子どもを置いて（捨てて）家を出た。悲観をした父親は私だけを連れて、心中を企てた。私は親に捨てられて、命を葬られようとした子どもだった。そんな記憶をいったんは忘れたことにして、子どもを育てた。自分の親とは違う親になるのは簡単なことだった。自分が親にしてもらえなかったことを、子どもにすればいい。すべてはうまくいっている。そう思っていた。

けれど、小説を書こうとすればするほど、子どもの頃の記憶が鮮明に蘇るのだ。そうして私に訪れたのは鬱だった。そんなときに手にしたのが、本書だ。

東大卒、大手出版社勤務、高年収、自分とはまったく違う立場にいる主人公。三人の女性とかかわりながら、その誰とも一定の距離を置いている。彼が発する言葉や思索は理屈っぽく、粘着質で、到底好きにはなれない。それなのに、この本を読み進めてしまうのは、タイトルのせいだ。『僕のなかの壊れていない部分』。それを探したくて、ページをめくる手が止まらないのだ。

最近、私のなかで頭をもたげているのは、こんな疑問だ。

「世の中の人は物語を本当に求めているのか?」

書店のいちばんいい席で表紙を見せている本を数冊読んでみる。読みやすく、希望のもてるラストシーン、思わず涙が滲むようなカタルシス。批判はできない。自分だって編集者にそういう物語を、と依頼され、書いたことがあるからだ。もちろん、そんな本があってもいい。けれど、私の心が満足しないのだ。

小説とはただの文字の羅列であるのに、ガツンと殴られるような衝撃が欲しい。あなたが本当に考えていることはこれだ、と血まみれの何かを差し出してくれるようなものを読みたい。そんな希望をこの本は叶えてくれるし、書き手としても本書を読むと勇気づけられるのだ。書いていい。何度もそう言われているような気持ちを抱いた。小説を書く前に読んだときも、改めて読み返してみた今も、その気持ちに変わりはない。

本書の後半、なぜ、彼がこんな人間になったのか、を理解するあるエピソードがある。それを読んで、これは私の物語じゃないか。そう思った。これは私の物語じゃないのか? そう読者に思わせてくれる作家が、今、何人、日本にいるだろうか?

「だってそうだろ。僕は、産んでくれた母親にさえあっさり捨てられたような人間なんだよ。そんな人間に大した価値なんてあるわけないしね。そして、ようやく物心がついて、僕はこう考えるようになった。……人間は自分の人生にとって本質的なことからは、何がどうあったって、決して目をそらすことができないんだ。……いくら誤魔化して生きてみても、絶対に忘れることなんてできやしない。」

この言葉で鬱が軽くなったわけでも、生きることが楽になったわけでもない。けれど、こんな私でも小説を書いてみてもいいんだ、と思えるようになった。だから、この本がなければ私は小説家というものにならなかったと思う。この作品に赦しをもらったような気になったのだ。

この物語を自分からはほど遠い高慢な男の話、という感想を持てる人は、ある意味とても健康で幸せな人だろうと思う。けれど、小説を書く前の私のように、心のなかに高熱のマグマのようなものを抱えていたり、現実世界の在り方や、ネットで声高に語られる意見や、万人に受け入れられている小説や映画なんかじゃ心が動かない、どうしたって納得できないんだ、ざらりとしたものが残るんだよ、と思っている人には、ぜひ本書を読んでいただきたい。

最後に。こんな物語を描く白石氏は、とても怖い人なのでは、という読者の方に伝えたい。最近の白石さんの描く物語には、とても世話好きな人のよい中年男性がしばしば登場するが、あれは白石氏ご自身の姿にとても近い。

そんな白石氏の面倒見の良さは本書の彼にも見られる。彼は壊れているように見えるけれど、壊れてなんかいない。彼が壊れている部分を見せるのは、世の中で良し、とされている耳触りのいい価値観、お行儀のいい秩序、公平だと巧妙に思わせる体制に向かいあったときだ。そこに深い思索があるのか、と幾度でも彼は問いかけている。彼はこう絶叫しているようにも思える。

壊れてみてもいいじゃないか。壊れていない人などいないのだから。自分の、誰かの、その壊れている部分を、認め、受け入れ、恥じないことからしか、私たちは何も始めることができないだろう。本書を読むたび、そのことを何度でも思い出す。

（作家）

〈主要引用文献〉

『母のいる場所』久田恵　文藝春秋
『落花芳草』江原通子　アムリタ書房
『物皆物申し候』古山高麗雄　「文學界」2002年2月号
『若きサムライのために』三島由紀夫　日本教文社
『風街』白石文郎　角川書店
『人生の目標』常岡一郎　稲垣多恵子編
『人生論』トルストイ　原卓也訳　新潮社

初出　2002年　光文社刊
　　　2005年　光文社文庫刊

ＤＴＰ制作　エヴリ・シンク

文春文庫

# 僕《ぼく》のなかの壊《こわ》れていない部分《ぶぶん》

定価はカバーに表示してあります

2019年11月10日　第1刷

著　者　白《しら》石《いし》一《かず》文《ふみ》

発行者　花田朋子
発行所　株式会社　文藝春秋

東京都千代田区紀尾井町 3-23　〒102-8008
TEL　03・3265・1211(代)
文藝春秋ホームページ　http://www.bunshun.co.jp
落丁、乱丁本は、お手数ですが小社製作部宛お送り下さい。送料小社負担でお取替致します。

印刷製本・大日本印刷
Printed in Japan
ISBN978-4-16-791386-1